Hofmannsthal ist ein Autor der kleinen Form, die er meisterhaft beherrschte und deren Reichtum er ausschöpfte. Ob die Gedichte und lyrischen Dramen, die Theaterstücke und die erfundenen Gespräche, ob die Erzählungen oder die essayistische Prosa: in jedem Text findet sich eine typische Signatur, die sensibelste Wahrnehmung mit sprachlicher Eleganz und filigranen Formen verbindet.

Dieses Lesebuch möchte die Vielfalt im dichterischen Schaffen Hofmannsthals darstellen und versammelt Texte unterschiedlicher Gattungen aus allen Schaffensperioden. Sämtliche Texte werden in ungekürzter Form wiedergegeben.

Hugo von Hofmannsthal wurde am 1. Februar 1874 in Wien geboren und verfasste schon in früher Jugend Gedichte und Versdramen, die seinen Ruhm begründeten. Er studierte zunächst Jura, dann Romanistik und promovierte 1898. Die größte Popularität erreichte Hofmannsthal mit seinen in Zusammenarbeit mit Richard Strauss entstandenen Operndichtungen und mit ›Jedermann‹. Hugo von Hofmannsthal starb am 15. Juli 1929 in Rodaun.

Hugo von Hofmannsthal

»Jedes Wort ist doch auch ein Ereignis«

Ausgewählte Texte

Fischer Taschenbuch Verlag

Ausgewählt von
Roland Spahr

Das Zitat im Titel wurde einer Aufzeichnung Hofmannsthals aus dem Jahr 1896 über »Die Sprache« entnommen.

Veröffentlicht im Fischer Taschenbuch Verlag,
einem Unternehmen der S. Fischer Verlag GmbH,
Frankfurt am Main, Oktober 2002

Lizenzausgabe mit freundlicher Genehmigung
des S. Fischer Verlags, Frankfurt am Main

Satz: Fotosatz Otto Gutfreund GmbH, Darmstadt
Druck und Bindung: Clausen & Bosse, Leck
Printed in Germany
ISBN 3-596-15527-4

INHALT

GEDICHTE

DRAMEN

ERZÄHLUNGEN

REDEN UND AUFSÄTZE

GEDICHTE

WAS IST DIE WELT?

Was ist die Welt? Ein ewiges Gedicht,
Daraus der Geist der Gottheit strahlt und glüht,
Daraus der Wein der Weisheit schäumt und sprüht,
Daraus der Laut der Liebe zu uns spricht,
Und jedes Menschen wechselndes Gemüt,
Ein Strahl ists, der aus dieser Sonne bricht,
Ein Vers, der sich an tausend andre flicht,
Der unbemerkt verhallt, verlischt, verblüht.

Und doch auch eine Welt für sich allein,
Voll süß-geheimer, nie vernommner Töne,
Begabt mit eigner, unentweihter Schöne,
Und keines Andern Nachhall, Widerschein.
Und wenn Du gar zu lesen drin verstündest,
Ein Buch, das Du im Leben nicht ergründest.

VORFRÜHLING

Es läuft der Frühlingswind
Durch kahle Alleen,
Seltsame Dinge sind
In seinem Wehn.

Er hat sich gewiegt,
Wo Weinen war,
Und hat sich geschmiegt
In zerrüttetes Haar.

Er schüttelte nieder
Akazienblüten
Und kühlte die Glieder,
Die atmend glühten.

Lippen im Lachen
Hat er berührt,
Die weichen und wachen
Fluren durchspürt.

Er glitt durch die Flöte
Als schluchzender Schrei,
An dämmernder Röte
Flog er vorbei.

Er flog mit Schweigen
Durch flüsternde Zimmer
Und löschte im Neigen
Der Ampel Schimmer.

Es läuft der Frühlingswind
Durch kahle Alleen,
Seltsame Dinge sind
In seinem Wehn.

Durch die glatten
Kahlen Alleen
Treibt sein Wehen
Blasse Schatten

Und den Duft,
Den er gebracht,
Von wo er gekommen
Seit gestern nacht.

ERLEBNIS

Mit silbergrauem Dufte war das Tal
Der Dämmerung erfüllt, wie wenn der Mond
Durch Wolken sickert. Doch es war nicht Nacht.
Mit silbergrauem Duft des dunklen Tales
Verschwammen meine dämmernden Gedanken
Und still versank ich in dem webenden
Durchsichtgen Meere und verließ das Leben.
Wie wunderbare Blumen waren da
Mit Kelchen dunkelglühend! Pflanzendickicht,
Durch das ein gelbrot Licht wie von Topasen
In warmen Strömen drang und glomm. Das Ganze
War angefüllt mit einem tiefen Schwellen
Schwermütiger Musik. Und dieses wußt ich,
Obgleich ichs nicht begreife, doch ich wußt es:
Das ist der Tod. Der ist Musik geworden,
Gewaltig sehnend, süß und dunkelglühend,
Verwandt der tiefsten Schwermut.
Aber seltsam!
Ein namenloses Heimweh weinte lautlos
In meiner Seele nach dem Leben, weinte
Wie einer weint, wenn er auf großem Seeschiff
Mit gelben Riesensegeln gegen Abend
Auf dunkelblauem Wasser an der Stadt,
Der Vaterstadt, vorüberfährt. Da sieht er
Die Gassen, hört die Brunnen rauschen, riecht
Den Duft der Fliederbüsche, sieht sich selber,
Ein Kind, am Ufer stehn, mit Kindesaugen,
Die ängstlich sind und weinen wollen, sieht
Durchs offne Fenster Licht in seinem Zimmer –
Das große Seeschiff aber trägt ihn weiter
Auf dunkelblauem Wasser lautlos gleitend
Mit gelben fremdgeformten Riesensegeln.

WELTGEHEIMNIS

Der tiefe Brunnen weiß es wohl,
Einst waren alle tief und stumm
Und alle wußten drum.

Wie Zauberworte, nachgelallt
Und nicht begriffen in den Grund,
So geht es jetzt von Mund zu Mund.

Der tiefe Brunnen weiß es wohl,
In den gebückt, begriffs ein Mann,
Begriff es und verlor es dann.

Und redet' irr und sang ein Lied –
Auf dessen dunklen Spiegel bückt
Sich einst ein Kind und wird entrückt.

Und wächst und weiß nichts von sich selbst
Und wird ein Weib, das einer liebt
Und – wunderbar wie Liebe gibt!

Wie Liebe tiefe Kunde gibt! –
Der wird an Dinge dumpf geahnt
In ihren Küssen tief gemahnt…

In unseren Worten liegt es drin,
So tritt des Bettlers Fuß den Kies,
Der eines Edelsteins Verließ.

Der tiefe Brunnen weiß es wohl,
Einst aber wußten alle drum,
Nun zuckt im Kreis ein Traum herum.

BALLADE DES ÄUSSEREN LEBENS

Und Kinder wachsen auf mit tiefen Augen,
Die von nichts wissen, wachsen auf und sterben,
Und alle Menschen gehen ihre Wege.

Und süße Früchte werden aus den herben
Und fallen nachts wie tote Vögel nieder
Und liegen wenig Tage und verderben.

Und immer weht der Wind, und immer wieder
Vernehmen wir und reden viele Worte
Und spüren Lust und Müdigkeit der Glieder.

Und Straßen laufen durch das Gras, und Orte
Sind da und dort, voll Fackeln, Bäumen, Teichen,
Und drohende, und totenhaft verdorrte...

Wozu sind diese aufgebaut und gleichen
Einander nie? und sind unzählig viele?
Was wechselt Lachen, Weinen und Erbleichen?

Was frommt das alles uns und diese Spiele,
Die wir doch groß und ewig einsam sind
Und wandernd nimmer suchen irgend Ziele?

Was frommts, dergleichen viel gesehen haben?
Und dennoch sagt der viel, der »Abend« sagt,
Ein Wort, daraus Tiefsinn und Trauer rinnt

Wie schwerer Honig aus den hohlen Waben.

TERZINEN

I
ÜBER VERGÄNGLICHKEIT

Noch spür ich ihren Atem auf den Wangen:
Wie kann das sein, daß diese nahen Tage
Fort sind, für immer fort, und ganz vergangen?

Dies ist ein Ding, das keiner voll aussinnt,
Und viel zu grauenvoll, als daß man klage:
Daß alles gleitet und vorüberrinnt.

Und daß mein eignes Ich, durch nichts gehemmt,
Herüberglitt aus einem kleinen Kind,
Mir wie ein Hund unheimlich stumm und fremd.

Dann: daß ich auch vor hundert Jahren war
Und meine Ahnen, die im Totenhemd,
Mit mir verwandt sind wie mein eignes Haar,

So eins mit mir als wie mein eignes Haar.

II

Die Stunden! wo wir auf das helle Blauen
Des Meeres starren und den Tod verstehn,
So leicht und feierlich und ohne Grauen,

Wie kleine Mädchen, die sehr blaß aussehn,
Mit großen Augen, und die immer frieren,
An einem Abend stumm vor sich hinsehn

Und wissen, daß das Leben jetzt aus ihren
Schlaftrunk'nen Gliedern still hinüberfließt
In Bäum' und Gras, und sich matt lächelnd zieren,

Wie eine Heilige, die ihr Blut vergießt.

III

Wir sind aus solchem Zeug wie das zu Träumen,
Und Träume schlagen so die Augen auf,
Wie kleine Kinder unter Kirschenbäumen,

Aus deren Krone den blaßgoldnen Lauf
Der Vollmond anhebt durch die große Nacht.
...Nicht anders tauchen unsre Träume auf.

Sind da und leben, wie ein Kind, das lacht,
Nicht minder groß im Auf- und Niederschweben
Als Vollmond, aus Baumkronen aufgewacht.

Das Innerste ist offen ihrem Weben:
Wie Geisterhände im versperrten Raum
Sind sie in uns und haben immer Leben.

Und drei sind eins: ein Mensch, ein Ding, ein Traum.

DIE BEIDEN

Sie trug den Becher in der Hand
– Ihr Kinn und Mund glich seinem Rand –
So leicht und sicher war ihr Gang,
Kein Tropfen aus dem Becher sprang.

So leicht und fest war seine Hand:
Er ritt auf einem jungen Pferde
Und mit nachlässiger Gebärde
Erzwang er, daß es zitternd stand.

Jedoch, wenn er aus ihrer Hand
Den leichten Becher nehmen sollte,
So war es Beiden allzuschwer:
Denn Beide bebten sie so sehr,
Daß keine Hand die and're fand,
Und dunkler Wein am Boden rollte.

EIN TRAUM VON GROSSER MAGIE

Viel königlicher als ein Perlenband
Und kühn wie junges Meer im Morgenduft,
So war ein großer Traum, wie ich ihn fand.

Durch offene Glastüren ging die Luft.
Ich schlief im Pavillon zu ebner Erde
Und durch vier offne Türen ging die Luft

Und früher liefen schon geschirrte Pferde
Hindurch und Hunde eine ganze Schar
An meinem Bett vorbei. Doch die Gebärde

Des Magiers, des ersten, großen, war
Auf einmal zwischen mir und einer Wand
Sein stolzes Nicken, königliches Haar.

Und hinter ihm nicht Mauer: es entstand
Ein weiter Prunk von Abgrund, dunklem Meer
Und grünen Matten hinter seiner Hand.

Er bückte sich und zog das Tiefe her.
Er bückte sich, und seine Finger gingen
Im Boden so, als ob es Wasser wär.

Vom dünnen Quellenwasser aber fingen
Sich riesige Opale in den Händen
Und fielen tönend wieder ab in Ringen.

Dann warf er sich mit leichtem Schwung der Lenden,
Wie nur aus Stolz, der nächsten Klippe zu,
– An ihm sah ich die Macht der Schwere enden.

In seinen Augen aber war die Ruh
Von schlafend- doch lebendgen Edelsteinen.
Er setzte sich und sprach ein solches Du

Zu Tagen, die uns ganz vergangen scheinen,
Daß sie herkamen trauervoll und groß:
Das freute ihn zu Lachen und zu Weinen.

Er fühlte traumhaft aller Menschen Los
So wie er seine eignen Glieder fühlte.
Ihm war nichts nah und fern, nichts klein und groß.

Und wie tief unten sich die Erde kühlte
Das Dunkel aus den Tiefen aufwärts drang,
Die Nacht das Laue aus den Wipfeln wühlte

Genoß er allen Lebens großen Gang
So sehr, daß er in großer Trunkenheit
So wie ein Löwe über Klippen sprang.
. . . .

Cherub und hoher Herr ist unser Geist,
Wohnt nicht in uns, und in die obern Sterne
Setzt er den Stuhl und läßt uns viel verwaist:

Doch Er ist Feuer uns im tiefsten Kerne
– So ahnte mir, da ich den Traum da fand –
Und redet mit den Feuern jener Ferne

Und lebt in mir, wie ich in meiner Hand.

MANCHE FREILICH …

Manche freilich müssen drunten sterben,
Wo die schweren Ruder der Schiffe streifen,
Andre wohnen bei dem Steuer droben,
Kennen Vogelflug und die Länder der Sterne.

Manche liegen immer mit schweren Gliedern
Bei den Wurzeln des verworrenen Lebens,
Andern sind die Stühle gerichtet
Bei den Sibyllen, den Königinnen,
Und da sitzen sie wie zu Hause,
Leichten Hauptes und leichter Hände.

Doch ein Schatten fällt von jenen Leben
In die anderen Leben hinüber,
Und die leichten sind an die schweren
Wie an Luft und Erde gebunden:

Ganz vergessener Völker Müdigkeiten
Kann ich nicht abtun von meinen Lidern,
Noch weghalten von der erschrockenen Seele
Stummes Niederfallen ferner Sterne.

Viele Geschicke weben neben dem meinen,
Durcheinander spielt sie alle das Dasein,
Und mein Teil ist mehr als dieses Lebens
Schlanke Flamme oder schmale Leier.

LEBENSLIED

Den Erben laß verschwenden
An Adler, Lamm und Pfau
Das Salböl aus den Händen
Der toten alten Frau!
Die Toten, die entgleiten,
Die Wipfel in dem Weiten,
Ihm sind sie wie das Schreiten
Der Tänzerinnen wert!

Er geht, wie den kein Walten
Vom Rücken her bedroht.
Er lächelt, wenn die Falten
Des Lebens flüstern: Tod!
Ihm bietet jede Stelle
Geheimnisvoll die Schwelle,
Es gibt sich jeder Welle
Der Heimatlose hin!

Der Schwarm von wilden Bienen
Nimmt seine Seele mit,
Das Singen von Delphinen
Beflügelt seinen Schritt:
Ihn tragen alle Erden
Mit mächtigen Gebärden,
Der Flüsse Dunkelwerden
Begrenzt den Hirtentag!

Das Salböl aus den Händen
Der toten alten Frau
Laß lächelnd ihn verschwenden
An Adler, Lamm und Pfau:
Er lächelt der Gefährten, –
Die schwebend unbeschwerten
Abgründe und die Gärten
Des Lebens tragen ihn!

BOTSCHAFT

Ich habe mich bedacht, daß schönste Tage
Nur jene heißen dürfen, da wir redend
Die Landschaft uns vor Augen in ein Reich
Der Seele wandelten: da hügelan
Dem Schatten zu wir stiegen in den Hain,
Der uns umfing wie schon einmal Erlebtes
Da wir auf abgetrennten Wiesen still
Den Traum vom Leben nie geahnter Wesen,
Ja ihres Gehns und Trinkens Spuren fanden
Und überm Teich ein gleitendes Gespräch,
Noch tiefere Wölbung spiegelnd als der Himmel:
Ich habe mich bedacht auf solche Tage,
Und daß nächst diesen drei: gesund zu sein,
Am eignen Leib und Leben sich zu freuen,
Und an Gedanken, Flügeln junger Adler,
Nur eines frommt: gesellig sein mit Freunden.
So will ich, daß Du kommst und mit mir trinkst
Aus jenen Krügen, die mein Erbe sind,
Geschmückt mit Laubwerk und beschwingten Kindern,
Und mit mir sitzest in dem Gartenturm:
Zwei Jünglinge bewachen seine Tür,
In deren Köpfen mit gedämpftem Blick
Halbabgewandt ein ungeheueres
Geschick Dich steinern anschaut, daß Du schweigst
Und meine Landschaft hingebreitet siehst:
Daß dann vielleicht ein Vers von Dir sie mir
Veredelt künftig in der Einsamkeit
Und da und dort Erinnerung an Dich
Im Schatten nistet und zur Dämmerung
Die Straße zwischen dunklen Wipfeln rollt
Und schattenlose Wege in der Luft
Dahinrollt wie ein ferner goldner Donner.

REISELIED

Wasser stürzt, uns zu verschlingen,
Rollt der Fels, uns zu erschlagen,
Kommen schon auf starken Schwingen
Vögel her, uns fortzutragen.

Aber unten liegt ein Land,
Früchte spiegelnd ohne Ende
In den alterslosen Seen.

Marmorstirn und Brunnenrand
Steigt aus blumigem Gelände,
Und die leichten Winde wehn.

VOM SCHIFF AUS

Ihr Morgen, da an meines Bettes Rand
Das Licht aus hellen Muschelwolken flog
Und leuchtend, den ich später niemals fand,
Der Felsenpfad schön in die Weite bog,

Ihr Mittagsstunden! großer dunkler Baum,
Wo seichtes Wachen und ein seichter Schlaf
Mich von mir selber stahl, daß an mein Ohr
Nie der versteckten Götter Anhauch traf!

Ihr Abende, wo ich geneigt vom Strand
Gespräche suchte, und sich Schultern nicht
Aus Feuchten triefend hoben, und mein Hauch
Verklang im Streit der Schatten mit dem Licht:

Der geht jetzt fort, der aus des Lebens Hand
Hier keinen Schmerz empfangen und kein Glück:
Und läßt auch hier, weil er nicht anders kann,
Von seiner Seele einen Teil zurück.

DAS WORT

Ich weiß ein Wort
Und hör es fort:
Beschertes Glück
Nimm nie zurück!

Hör, was ich sag,
Denk jeden Tag:
Beschertes Glück
Nimm nie zurück!

Und ist die Zeit
Dir einmal weit:
Beschertes Glück
Nimm nie zurück.

VOR TAG

Nun liegt und zuckt am fahlen Himmelsrand
In sich zusamm'gesunken das Gewitter.
Nun denkt der Kranke: »Tag! jetzt werd ich schlafen!«
Und drückt die heißen Lider zu. Nun streckt
Die junge Kuh im Stall die starken Nüstern
Nach kühlem Frühduft. Nun im stummen Wald
Hebt der Landstreicher ungewaschen sich
Aus weichem Bett vorjährigen Laubes auf
Und wirft mit frecher Hand den nächsten Stein
Nach einer Taube, die schlaftrunken fliegt,
Und graust sich selber, wie der Stein so dumpf
Und schwer zur Erde fällt. Nun rennt das Wasser,
Als wollte es der Nacht, der fortgeschlichnen, nach
Ins Dunkel stürzen, unteilnehmend, wild
Und kalten Hauches hin, indessen droben
Der Heiland und die Mutter leise leise
Sich unterreden auf dem Brücklein: leise,
Und doch ist ihre kleine Rede ewig
Und unzerstörbar wie die Sterne droben.
Er trägt sein Kreuz und sagt nur: »Meine Mutter!«
Und sieht sie an, und: »Ach, mein lieber Sohn!«
Sagt sie. – Nun hat der Himmel mit der Erde
Ein stumm beklemmend Zwiegespräch. Dann geht
Ein Schauer durch den schweren, alten Leib:
Sie rüstet sich, den neuen Tag zu leben.
Nun steigt das geisterhafte Frühlicht. Nun
Schleicht einer ohne Schuh von einem Frauenbett,
Läuft wie ein Schatten, klettert wie ein Dieb
Durchs Fenster in sein eigenes Zimmer, sieht
Sich im Wandspiegel und hat plötzlich Angst
Vor diesem blassen, übernächtigen Fremden,
Als hätte dieser selbe heute nacht
Den guten Knaben, der er war, ermordet

Und käme jetzt, die Hände sich zu waschen
Im Krüglein seines Opfers wie zum Hohn,
Und darum sei der Himmel so beklommen
Und alles in der Luft so sonderbar.
Nun geht die Stalltür. Und nun ist auch Tag.

DRAMEN

DER TOD DES TIZIAN

EIN DRAMATISCHES FRAGMENT

Geschrieben 1892

Aufgeführt als Totenfeier für Arnold Böcklin
im Künstlerhause zu München den 14. Februar 1901

DRAMATIS PERSONAE

DER PROLOG

Filippo Pomponio Vecellio, genannt TIZIANELLO, des Meisters Sohn

GIOCONDO

DESIDERIO

GIANINO, er ist 16 Jahre und sehr schön

BATISTA

ANTONIO

PARIS

LAVINIA, eine Tochter des Meisters

CASSANDRA

LISA

Spielt im Jahre 1576, da Tizian neunundneunzigjährig starb.

Der Vorhang, ein Gobelin, ist herabgelassen. Im Proscenium steht die Büste Böcklins auf einer Säule; zu deren Fuß ein Korb mit Blumen und blühenden Zweigen.
In die letzten Takte der Symphonie tritt der Prolog auf, seine Fackelträger hinter ihm.
Der Prolog ist ein Jüngling; er ist venezianisch gekleidet, ganz in schwarz, als ein Trauernder.

DER PROLOG
Nun schweig, Musik! nun ist die Szene mein,
Und ich will klagen, denn mir steht es zu!
Von dieser Zeiten Jugend fließt der Saft
In mir; und er, des Standbild auf mich blickt,
War meiner Seele so geliebter Freund!
Und dieses Guten hab ich sehr bedurft,
Denn Finsternis ist viel in dieser Zeit,
Und wie der Schwan, ein selig schwimmend Tier,
Aus der Najade triefend weißen Händen
Sich seine Nahrung küßt, so bog ich mich
In dunklen Stunden über seine Hände
Um meiner Seele Nahrung: tiefen Traum.
Schmück ich dein Bild mit Zweig und Blüten nur?
Und du hast mir das Bild der Welt geschmückt,
Und aller Blütenzweige Lieblichkeit
Mit einem solchen Glanze überhöht,
Daß ich mich trunken an den Boden warf
Und jauchzend fühlte, wie sie ihr Gewand
Mir sinken ließ, die leuchtende Natur!

Hör mich, mein Freund! ich will nicht Herolde
Aussenden, daß sie deinen Namen schrein

In die vier Winde, wie wenn Könige sterben:
Ein König läßt dem Erben seinen Ruf
Und einem Grabstein seines Namens Schall. –
Doch du warst solch ein großer Zauberer,
Dein Sichtbares ging fort, doch weiß ich nicht
Was da und dort nicht alles von dir bleibt,
Mit heimlicher fortlebender Gewalt
Sich dunklen Auges aus der nächtigen Flut
Zum Ufer hebt – oder sein haarig Ohr
Hinter dem Efeu horchend reckt, drum will ich
Nie glauben, daß ich irgendwo allein bin,
Wo Bäume oder Blumen sind, ja selbst
Nur schweigendes Gestein und kleine Wölkchen
Unter dem Himmel sind: leicht daß ein Etwas,
Durchsichtiger wie Ariel, mir im Rücken
Hingaukelt, denn ich weiß: geheimnisvoll
War zwischen dir und mancher Kreatur
Ein Bund geknüpft, ja! und des Frühlings Au
Siehe, sie lachte dir so wie ein Weib
Den anlacht, dem sie in der Nacht sich gab!

Ich meint' um dich zu klagen; und mein Mund
Schwillt an von trunkenem und freudigem Wort:
Drum ziemt mir nun nicht länger hier zu stehen.
Ich will den Stab dreimal zu Boden stoßen
Und dies Gezelt mit Traumgestalten füllen.
Die will ich mit der Last der Traurigkeit
So überbürden, daß sie schwankend gehn,
Damit ein jeder weinen mag und fühlen:
Wie große Schwermut allem unsren Tun
Ist beigemengt.
Es weise euch ein Spiel
Das Spiegelbild der bangen, dunklen Stunde
Und großen Meisters trauervollen Preis
Vernehmet nun aus schattenhaftem Munde!
Er geht ab, die Fackelträger hinter ihm. Das Proscenium liegt in Dunkel. Die Symphonie fällt wieder ein. Das Standbild verschwindet.

Darauf ertönt das dreimalige Niederstoßen eines Stabes. Der Gobelin teilt sich und enthüllt die Szene.
Die Szene ist auf der Terrasse von Tizians Villa, nahe bei Venedig. Die Terrasse ist nach rückwärts durch eine steinerne, durchbrochene Rampe abgeschlossen, über die in der Ferne die Wipfel von Pinien und Pappeln schauen. Links rückwärts läuft eine (unsichtbare) Treppe in den Garten; ihr Ausgang vor der Rampe ist durch zwei Marmorvasen markiert. Die linke Seite der Terrasse fällt steil gegen den Garten ab. Hier überklettern Efeu- und Rosenranken die Rampe und bilden mit hohem Gebüsch des Gartens und hereinhangenden Zweigen ein undurchdringliches Dickicht.
Rechts füllen Stufen fächerförmig die rückwärtige Ecke aus und führen zu einem offenen Altan. Von diesem tritt man durch eine Tür, die ein Vorhang schließt, ins Haus. Die Wand des Hauses, von Reben und Rosen umsponnen, mit Büsten geziert, Vasen an den Fenstersimsen, aus denen Schlingpflanzen quellen, schließt die Bühne nach rechts ab.
Spätsommermittag. Auf Polstern und Teppichen lagern auf den Stufen, die rings zur Rampe führen, Desiderio, Antonio, Batista und Paris. Alle schweigen. Der Wind bewegt leise den Vorhang der Tür. Tizianello und Gianino kommen nach einer Weile aus der Tür rechts. Desiderio, Antonio, Batista und Paris treten ihnen besorgt und fragend entgegen und drängen sich an sie. – Nach einer kleinen Pause:

PARIS
Nicht gut?

GIANINO *mit erstickter Stimme*
Sehr schlecht.
Zu Tizianello; der in Tränen ausbricht
Mein armer, lieber Pippo!

BATISTA
Er schläft?

GIANINO Nein. Er ist wach und phantasiert
Und hat die Staffelei begehrt.

ANTONIO Allein
Man darf sie ihm nicht geben, nicht wahr, nein?

GIANINO
Ja, sagt der Arzt. Wir wollen ihn nicht quälen
Und geben, was er will, in seine Hände.

TIZIANELLO *ausbrechend*

Heut oder morgen ist's ja doch zu Ende!

GIANINO

Er darf uns länger, sagt er, nicht verhehlen…

PARIS

Nein, sterben, sterben kann der Meister nicht!
Da lügt der Arzt, er weiß nicht, was er spricht.

DESIDERIO

Der Tizian sterben, der das Leben schafft!
Wer hätte dann zum Leben Recht und Kraft?

BATISTA

Doch weiß er selbst nicht, wie es um ihn steht?

TIZIANELLO

Im Fieber malt er an dem neuen Bild,
In atemloser Hast, unheimlich wild:
Die Mädchen sind bei ihm und müssen stehn,
Uns aber hieß er aus dem Zimmer gehn.

ANTONIO

Kann er denn malen, hat er denn die Kraft?

TIZIANELLO

Mit einer rätselhaften Leidenschaft,
Die ich beim Malen nie an ihm gekannt,
Von einem martervollen Zwang gebannt…

Ein Page kommt aus der Tür rechts, hinter ihm Diener. Alle erschrecken

TIZIANELLO, GIANINO, PARIS

Was ist?

PAGE Nichts, nichts. Der Meister hat befohlen,
Daß wir vom Gartensaal die Bilder holen.

TIZIANELLO

Was will er denn?

PAGE Er sagt, er muß sie sehen…
»Die alten, die erbärmlichen, die bleichen,
Mit seinem neuen, das er malt, vergleichen…
Sehr schwere Dinge seien ihm jetzt klar,
Es komme ihm ein unerhört Verstehen,
Daß er bis jetzt ein matter Stümper war…«
Soll man ihm folgen?

TIZIANELLO Gehet, gehet, eilt!
Ihn martert jeder Pulsschlag, den ihr weilt.
Die Diener sind indessen über die Bühne gegangen. An der Treppe holt sie der Page ein. Tizianello geht auf den Fußspitzen, leise den Vorhang aufhebend, hinein. Die andern gehen unruhig auf und nieder.

ANTONIO *halblaut*
Wie fürchterlich, das Letzte, wie unsäglich…
Der Göttliche, der Meister, lallend, kläglich…

TIZIANELLO *zurückkommend*
Jetzt ist er wieder ruhig. Und es strahlt
Aus seiner Blässe, und er malt und malt.
In seinen Augen ist ein guter Schimmer,
Und mit den Mädchen plaudert er wie immer.

ANTONIO
So legen wir uns auf die Stufen nieder
Und hoffen bis zum nächsten Schlimmern wieder.
Sie lagern sich auf den Stufen. Tizianello spielt mit Gianinos Haar, die Augen halb geschlossen.

BATISTA *halb für sich*
Das Schlimmre… dann das Schlimmste endlich… nein.
Das Schlimmste kommt, wenn gar nichts Schlimmres mehr.
Das tote, taube, dürre Weitersein…
Heut ist es noch, als ob's undenkbar wär…
Und wird doch morgen sein.
Pause.

GIANINO Ich bin so müd.

PARIS
Das macht die Luft, die schwüle und der Süd.

TIZIANELLO *lächelnd*
Der Arme hat die ganze Nacht gewacht!

GIANINO *auf den Arm gestützt*
Ja, du… die erste, die ich ganz durchwacht.
Doch woher weißt denn du's?

TIZIANELLO Ich fühlt es ja,
Erst war dein stilles Atmen meinem nah,
Dann standst du auf und saßest auf den Stufen…

GIANINO

Mir war, als ginge durch die blaue Nacht,
Die atmende, ein rätselhaftes Rufen.
Und nirgends war ein Schlaf in der Natur.
Mit Atemholen tief und feuchten Lippen,
So lag sie, horchend in das große Dunkel,
Und lauschte auf geheimer Dinge Spur.
Und sickernd, rieselnd kam das Sterngefunkel
Hernieder auf die weiche, wache Flur.
Und alle Früchte schweren Blutes schwollen
Im gelben Mond und seinem Glanz, dem vollen,
Und alle Brunnen glänzten seinem Ziehn,
Und es erwachten schwere Harmonien.
Und wo die Wolkenschatten hastig glitten,
War wie ein Laut von weichen, nackten Tritten...
Leis stand ich auf – ich war an dich geschmiegt –
Er steht erzählend auf, zu Tizianello geneigt
Da schwebte durch die Nacht ein süßes Tönen,
Als hörte man die Flöte leise stöhnen,
Die in der Hand aus Marmor sinnend wiegt
Der Faun, der da im schwarzen Lorbeer steht
Gleich nebenan, beim Nachtviolenbeet.
Ich sah ihn stehen still und marmorn leuchten;
Und um ihn her im silbrig Blauen, Feuchten,
Wo sich die offenen Granaten wiegen,
Da sah ich deutlich viele Bienen fliegen,
Und viele saugen, auf das Rot gesunken,
Von nächtgem Duft und reifem Safte trunken.
Und wie des Dunkels leiser Atemzug
Den Duft des Gartens um die Stirn mir trug,
Da schien es mir, wie das Vorüberschweifen
Von einem weichen, wogenden Gewand
Und die Berührung einer warmen Hand.
In weißen, seidig weißen Mondesstreifen
War liebestoller Mücken dichter Tanz,
Und auf dem Teiche lag ein weicher Glanz

Und plätscherte und blinkte auf und nieder.
Ich weiß es heut nicht, ob's die Schwäne waren,
Ob badender Najaden weiße Glieder,
Und wie ein süßer Duft von Frauenhaaren
Vermischte sich dem Duft der Aloë...
Und was da war, ist mir in eins verflossen:
In eine überstarke, schwere Pracht,
Die Sinne stumm und Worte sinnlos macht.

ANTONIO
Beneidenswerter, der das noch erlebt
Und solche Dinge in das Dunkel webt!

GIANINO
Ich war in halbem Traum bis dort gegangen,
Wo man die Stadt sieht, wie sie drunten ruht,
Sich flüsternd schmieget in das Kleid von Prangen,
Das Mond um ihren Schlaf gemacht und Flut.
Ihr Lispeln weht manchmal der Nachtwind her,
So geisterhaft, verlöschend leisen Klang.
Beklemmend seltsam und verlockend bang.
Ich hört es oft, doch niemals dacht ich mehr...
Da aber hab ich plötzlich viel gefühlt:
Ich ahnt' in ihrem steinern stillen Schweigen,
Vom blauen Strom der Nacht emporgespült,
Des roten Bluts bacchantisch wilden Reigen,
Um ihre Dächer sah ich Phosphor glimmen,
Den Widerschein geheimer Dinge schwimmen.
Und schwindelnd überkam's mich auf einmal:
Wohl schlief die Stadt: es wacht der Rausch, die Qual,
Der Haß, der Geist, das Blut: das Leben wacht.
Das Leben, das lebendige, allmächtige –
Man kann es haben und doch sein' vergessen!...
Er hält einen Augenblick inne.
Und alles das hat mich so müd gemacht:
Es war so viel in dieser einen Nacht.

DESIDERIO *an der Rampe, zu Gianino*
Siehst du die Stadt, wie jetzt sie drunten ruht?

Gehüllt in Duft und goldne Abendglut
Und rosig helles Gelb und helles Grau,
Zu ihren Füßen schwarzer Schatten Blau,
In Schönheit lockend, feuchtverklärter Reinheit.
Allein in diesem Duft, dem ahnungsvollen,
Da wohnt die Häßlichkeit und die Gemeinheit,
Und bei den Tieren wohnen dort die Tollen;
Und was die Ferne weise dir verhüllt,
Ist ekelhaft und trüb und schal erfüllt
Von Wesen, die die Schönheit nicht erkennen
Und ihre Welt mit unsren Worten nennen...
Denn unsre Wonne oder unsre Pein
Hat mit der ihren nur das Wort gemein...
Und liegen wir in tiefem Schlaf befangen,
So gleicht der unsre ihrem Schlafe nicht:
Da schlafen Purpurblüten, goldne Schlangen,
Da schläft ein Berg, in dem Titanen hämmern – –
Sie aber schlafen, wie die Austern dämmern.

ANTONIO *halb aufgerichtet*

Darum umgeben Gitter, hohe schlanke,
Den Garten, den der Meister ließ erbauen,
Darum durch üppig blumendes Geranke
Soll man das Außen ahnen mehr als schauen.

PARIS *ebenso*

Das ist die Lehre der verschlungnen Gänge.

BATISTA *ebenso*

Das ist die große Kunst des Hintergrundes
Und das Geheimnis zweifelhafter Lichter.

TIZIANELLO *mit geschlossenen Augen*

Das macht so schön die halbverwehten Klänge,
So schön die dunklen Worte toter Dichter
Und alle Dinge, denen wir entsagen.

PARIS

Das ist der Zauber auf versunknen Tagen
Und ist der Quell des grenzenlosen Schönen,
Denn wir ersticken, wo wir uns gewöhnen.
Alle verstummen. Pause. Tizianello weint leise vor sich hin.

GIANINO *schmeichelnd*

Du darfst dich nicht so trostlos drein versenken,
Nicht unaufhörlich an das Eine denken.

TITZIANELLO *traurig lächelnd*

Als ob der Schmerz denn etwas andres wär
Als dieses ewige Dran-denken-müssen,
Bis es am Ende farblos wird und leer...
So laß mich nur in den Gedanken wühlen,
Denn von den Leiden und von den Genüssen
Hab längst ich abgestreift das bunte Kleid,
Das um sie webt die Unbefangenheit,
Und einfach hab ich schon verlernt zu fühlen.

Pause. Gianino ist seitwärts auf den Stufen, den Kopf auf den Arm geschmiegt, eingeschlummert.

PARIS

Wo nur Giocondo bleibt?

TIZIANELLO

Lang vor dem Morgen
– Ihr schlieft noch – schlich er leise durch die Pforte,
Auf blasser Stirn den Kuß der Liebessorgen
Und auf den Lippen eifersüchtge Worte...

Pagen tragen zwei Bilder über die Bühne (die Venus mit den Blumen und das Große Bacchanal). Die Schüler erheben sich und stehen, solange die Bilder vorübergetragen werden, mit gesenktem Kopf, das Barett in der Hand. Nach einer Pause (alle stehen):

DESIDERIO

Wer lebt nach ihm, ein Künstler und Lebendiger,
Im Geiste herrlich und der Dinge Bändiger
Und in der Einfalt weise wie das Kind?

ANTONIO

Wer ist, der seiner Weihe freudig traut?

BATISTA

Wer ist, dem nicht vor seinem Wissen graut?

PARIS

Wer will uns sagen, ob wir Künstler sind?

TIZIANELLO

Er hat den regungslosen Wald belebt:

Und wo die braunen Weiher murmelnd liegen
Und Efeuranken sich an Buchen schmiegen,
Da hat er Götter in das Nichts gewebt:
Den Satyr, der die Syrinx tönend hebt,
Bis alle Dinge in Verlangen schwellen
Und Hirten sich den Hirtinnen gesellen...

BATISTA

Er hat den Wolken, die vorüberschweben,
Den wesenlosen, einen Sinn gegeben:
Der blassen weißen schleierhaftes Dehnen
Gedeutet in ein blasses, süßes Sehnen;
Der mächt'gen goldumrandet schwarzes Wallen
Und runde, graue, die sich lachend ballen,
Und rosig silberne, die abends ziehn:
Sie haben Seele, haben Sinn durch ihn.
Er hat aus Klippen, nackten, fahlen, bleichen,
Aus grüner Wogen brandend weißem Schäumen,
Aus schwarzer Haine regungslosen Träumen
Und aus der Trauer blitzgetroffner Eichen
Ein Menschliches gemacht, das wir verstehen,
Und uns gelehrt, den Geist der Nacht zu sehen.

PARIS

Er hat uns aufgeweckt aus halber Nacht
Und unsre Seelen licht und reich gemacht:
Und uns gewiesen, jedes Tages Fließen
Und Fluten als ein Schauspiel zu genießen,
Die Schönheit aller Formen zu verstehen
Und unsrem eignen Leben zuzusehen.
Die Frauen und die Blumen und die Wellen
Und Seide, Gold und bunter Steine Strahl
Und hohe Brücken und das Frühlingstal
Mit blonden Nymphen an kristallnen Quellen,
Und was ein jeder nur zu träumen liebt,
Und was uns wachend Herrliches umgibt:
Hat seine große Schönheit erst empfangen,
Seit es durch seine Seele durchgegangen.

ANTONIO

Was für die schlanke Schönheit Reigentanz,
Was Fackelschein für bunten Maskenkranz,
Was für die Seele, die im Schlafe liegt,
Musik, die wogend sie in Rhythmen wiegt,
Und was der Spiegel für die junge Frau
Und für die Blüten Sonne licht und lau.
Ein Auge, ein harmonisch Element,
In dem die Schönheit erst sich selbst erkennt –
Das fand Natur in seines Wesens Strahl.
»Erweck uns, mach aus uns ein Bacchanal!«
Rief alles Lebende, das ihn ersehnte
Und seinem Blick sich stumm entgegendehnte.

Während Antonio spricht, sind die drei Mädchen leise aus der Tür getreten und zuhörend stehen geblieben. Nur Tizianello, der zerstreut und teilnahmslos etwas abseits rechts steht, scheint sie zu bemerken. Lavinia trägt das blonde Haar im Goldnetz und das reiche Kleid einer venezianischen Patrizierin. Cassandra und Lisa, etwa 19- und 17jährig, tragen beide ein einfaches Gewand aus weißem, anschmiegendem, flutendem Stoff; nackte Arme mit goldenen Schlangenreifen am Oberarm; Sandalen, Gürtel aus Goldstoff. Cassandra ist aschblond, Lisa hat eine gelbe Rosenknospe im schwarzen Haar. Irgend etwas an ihr erinnert ans Knabenhafte, wie irgend etwas an Gianino ans Mädchenhafte erinnert. Hinter ihnen tritt ein Page aus der Tür, der einen getriebenen, silbernen Weinkrug und Becher trägt.

ANTONIO

Daß uns die fernen Bäume lieblich sind,
Die träumerischen, dort im Abendwind...

PARIS

Und daß wir Schönheit sehen in der Flucht
Der weißen Segel in der blauen Bucht...

TIZIANELLO *zu den Mädchen, die er mit einem leichten Nicken begrüßt hat. – Alle andern drehen sich um.*

Und daß wir eures Haares Duft und Schein
Und eurer Formen mattes Elfenbein
Und goldne Gürtel, die euch weich umwinden,
So wie Musik und wie ein Glück empfinden –

Das macht: Er lehrte uns die Dinge sehen...
Bitter
Und das wird man da drunten nie verstehen!

DESIDERIO *zu den Mädchen*
Ist er allein? Soll Niemand zu ihm gehen?

LAVINIA
Bleibt alle hier. Er will jetzt niemand sehen.

TIZIANELLO
O, käm ihm jetzt der Tod, mit sanftem Neigen,
In dieser schönen Trunkenheit, im Schweigen!

Alle schweigen.

Gianino ist erwacht und hat sich während der letzten Worte aufgerichtet. Er ist nun sehr blaß. Er blickt angstvoll von einem zum andern.

Alle schweigen.

Gianino tut einen Schritt auf Tizianello zu. Dann hält er inne, zusammenschaudernd; plötzlich wirft er sich vor Lavinia hin, die vorne allein steht und drückt den Kopf an ihre Knie.

GIANINO
Der Tod! Lavinia, mich faßt ein Grausen!
Ich war ihm nie so nah! Ich werde nie,
Nie mehr vergessen können, daß wir sterben!
Ich werde immer stumm daneben stehn
Wo Menschen lachen, und mit starrem Blick
Dies denken: daß wir alle sterben müssen!
Ich sah einmal: sie brachten mit Gesang
Einen geführt, dem war bestimmt zu sterben.
Er schwankte hin und sah die Menschen alle
Und sah die Bäume, die im leisen Wind
Die süßen Schattenzweige schaukelten.
Lavinia, wir gehen solchen Weg!

Lavinia, ich schlief nur eine Weile
Dort auf den Stufen, und das erste Wort,
Da ich die Augen aufschlug, war der Tod!
Schaudernd
Ein solches Dunkel senkt sich aus der Luft!

Lavinia steht hochaufgerichtet, den Blick auf den völlig hellen Himmel geheftet. Sie streift mit der Hand über Gianinos Haar.

LAVINIA

Ich seh kein Dunkel. Ich seh einen Falter
Dort schwirren, dort entzündet sich ein Stern,
Und drinnen geht ein alter Mann zur Ruh.
Der letzte Schritt schafft nicht die Müdigkeit,
Er läßt sie fühlen.

Indem sie spricht, und der Tür des Hauses den Rücken wendet, hat dort eine unsichtbare Hand den Vorhang lautlos aber heftig zur Seite gezogen. Und alle, Tizianello voran, drängen lautlos und atemlos die Stufen empor, hinein.

LAVINIA *ruhig weitersprechend, immer gehobener*

Grüße du das Leben!
Wohl dem der von des Daseins Netz gefangen
Tief atmend und nicht grübelnd, wie ihm sei,
Hingibt dem schönen Strom die freien Glieder,
Und schönen Ufern trägt es ihn –

Sie hält plötzlich inne und sieht sich um. Sie begreift, was geschehen ist, und folgt den andern.

GIANINO *noch auf den Knien, schaudernd vor sich hin*

Vorbei!

Er richtet sich auf und folgt den andern.
Der Vorhang fällt.

JEDERMANN

Die deutschen Hausmärchen, pflegt man zu sagen, haben keinen Verfasser. Sie wurden von Mund zu Mund weitergetragen, bis am Ende langer Zeiten, als Gefahr war, sie könnten vergessen werden oder durch Abänderungen und Zutaten ihr wahres Gesicht verlieren, zwei Männer sie endgültig aufschrieben. Als ein solches Märchen mag man auch die Geschichte von Jedermanns Ladung vor Gottes Richterstuhl ansehen. Man hat sie das Mittelalter hindurch an vielen Orten in vielen Fassungen erzählt; dann erzählte sie ein Engländer des fünfzehnten Jahrhunderts in der Weise, daß er die einzelnen Gestalten lebendig auf eine Bühne treten ließ, jeder die ihr gemäßen Reden in den Mund legte und so die ganze Erzählung unter die Gestalten aufteilte. Diesem folgte ein Niederländer, dann gelehrte Deutsche, die sich der lateinischen oder der griechischen Sprache zu dem gleichen Werk bedienten. Ihrer einem schrieb Hans Sachs seine Komödie vom sterbenden reichen Mann nach. Alle diese Aufschreibungen stehen nicht in jenem Besitz, den man als den lebendigen des deutschen Volkes bezeichnen kann, sondern sie treiben im toten Wasser des gelehrten Besitzstandes. Darum wurde hier versucht, dieses allen Zeiten gehörige und allgemeingültige Märchen abermals in Bescheidenheit aufzuzeichnen. Vielleicht geschieht es zum letztenmal, vielleicht muß es später durch den Zugehörigen einer künftigen Zeit noch einmal geschehen.

Hugo von Hofmannsthal.

DRAMATIS PERSONAE

DER SPIELANSAGER

GOTT DER HERR
ERZENGEL MICHAEL
TOD
TEUFEL

JEDERMANN
JEDERMANNS MUTTER
JEDERMANNS GUTER GESELL
DER HAUSVOGT
DER KOCH
EIN ARMER NACHBAR
EIN SCHULDKNECHT
DES SCHULDKNECHTS WEIB

BUHLSCHAFT
DICKER VETTER
DÜNNER VETTER
ETLICHE JUNGE FRÄULEIN
ETLICHE VON JEDERMANNS TISCHGESELLEN
BÜTTEL
KNECHTE
SPIELLEUTE
BUBEN

MAMMON
WERKE
GLAUBE
MÖNCH
ENGEL

SPIELANSAGER *tritt vor und sagt das Spiel an*

Jetzt habet allesamt Achtung Leut
Und hört was wir vorstellen heut!
Ist als ein geistlich Spiel bewandt
Vorladung Jedermanns ist es zubenannt.
Darin euch wird gewiesen werden,
Wie unsere Tag und Werk auf Erden
Vergänglich sind und hinfällig gar.
Der Hergang ist recht schön und klar,
Der Stoff ist kostbar von dem Spiel
Dahinter aber liegt noch viel
Das müßt ihr zu Gemüt euch führen
Und aus dem Inhalt die Lehr ausspüren.

GOTT DER HERR *wird sichtbar auf seinem Thron (vor ihm der Tod, neben ihm der Erzengel Michael) und spricht*

Fürwahr mag länger das nit ertragen,
Daß alle Kreatur gegen mich
Ihr Herz verhärtet böslich,
Daß sie ohn einige Furcht vor mir
Schmählicher hinleben als das Getier.
Des geistlichen Auges sind sie erblindt
In Sünd ersoffen, das ist was sie sind,
Und kennen mich nit für ihren Gott,
Ihr Trachten geht auf irdisch Gut allein
Und was darüber, das ist ihr Spott,
Und wie ich sie mir auch anschau zur Stund
So han sie rein vergessen den Bund
Den ich mit ihnen aufgericht hab
Da ich am Holz mein Blut hingab.
Auf daß sie sollten das Leben erlangen
Bin ich am Marterholz gehangen.

Hab ihnen die Dörn aus dem Fuß getan
Und auf meinem Haupt sie getragen als Kron.
So viel ich vermocht, hab ich vollbracht
Und nun wird meiner schlecht geacht.
Darum will ich in rechter Eil
Gerichtstag halten über sie
Und Jedermann richten nach seinem Teil.
Wo bist du, Tod, mein starker Bot? Tritt vor mich hin.

TOD

Allmächtiger Gott, hier sieh mich stehn,
Nach deinem Befehl werd ich botengehn.

GOTT

Geh du zu Jedermann
Und zeig in meinem Namen ihm an
Er muß eine Pilgerschaft antreten
Mit dieser Stund und heurigem Tag
Der er sich nit entziehen mag.
Und heiß ihn mitbringen sein Rechenbuch
Und daß er nit Aufschub, noch Zögerung such.

TOD

Herr, ich will die ganze Welt abrennen
Und sie heimsuchen Groß und Klein,
Die Gotts Gesetze nit erkennen
Und unter das Vieh gefallen sein.
Der sein Herz hat auf irdisch Gut geworfen,
Den will ich mit einem Streich treffen,
Daß seine Augen brechen
Und er nit findt die Himmelspforten
Es sei denn, daß Almosen und Mildtätigkeit
Befreundt ihm wären und hilfsbereit.

Erscheinung des Herrn (und des Erzengels Michael) verschwindet. Tod steigt hinab, wird gleichfalls unsichtbar. Die Beleuchtung wechselt.

JEDERMANN *tritt aus seinem Haus hervor, ein Knecht hinter ihm*

Spring du um meinen Hausvogt schnell,
Muß ihm aufgeben einen Befehl.

Der Knecht geht hinein.

Mein Haus hat ein gut Ansehn, das ist wahr,
Steht stattlich da, vornehm und reich,
Kommt in der Stadt kein andres gleich.
Hab drin köstlichen Hausrat die Meng,
Viele Truhen, viele Spind,
Dazu ein großes Hausgesind,
Einen schönen Schatz von gutem Geld
Und vor den Toren manch Stück Feld,
Auch Landsitz, Meierhöf voll Vieh,
Von denen ich Zins und Renten zieh,
Daß ich mir wahrlich machen mag
So heut wie morgen fröhliche Tag.
Hausvogt tritt auf.
Vogt, bring einen Säckel Geldes straff,
Den hab ich vergessen in Gürtel zu tun,
Und merk, was ich dir noch anschaff:
Für morgen wird ein Frühmahl gericht,
Das muß bereit't sein aufs allerbest
Kommen Verwandte und fremde Gäst.
Der Tisch muß prächtig sein bestellt,
Schick her den Koch, du geh ums Geld.
Vogt geht hinein, Koch tritt sogleich auf.
Ein köstlich Frühmahl befehl ich an
Für morgen.

KOCH Ja, und soll ich dann
Einen jeden Gang bereiten frisch?

JEDERMANN *zornig*
Daß dich das Fieber rüttel, frisch!
Kein Überbleibsel auf meinen Tisch.

KOCH
Es wär von gestern geblieben die Meng
Zumindest für zwei kalte Gäng.

JEDERMANN
Du Esels-Koch bist so vermessen,
Soll ich eine Bettlermahlzeit essen?
Der Koch geht ab. Der Vogt ist herausgekommen mit einem Beutel.

JEDERMANN *nimmt den Beutel*

Acht du auf meine Mägd und Knecht,
Gefallen mir allermaßen nit recht.

Der arme Nachbar wird in der Ferne sichtbar, nähert sich ängstlich. Jedermanns Geselle kommt zugleich raschen Schrittes die Straße hergegangen.

JEDERMANN *zum Hausvogt*

Dafür stehst du an der obersten Stell,
Daß du auf sie – da kommt mein Gesell.

Hausvogt geht ins Haus.

Hätt beinah müssen auf dich warten,
Wir wollen jetzt vors Stadttor gehen
Und uns dort das Grundstück ansehen,
Obs tauglich ist für einen Lustgarten.

GESELL

Hast Fortunati Säckel in der Hand
Dann ist die Sach schon recht bewandt.
Ja, bei dir gilts: gewünscht ist schon getan,
Du hasts danach, drum steht dirs an.

ARMER NACHBAR

Das ist des reichen Jedermann Haus.
Oh, Herr, dich bitt ich überaus
Wollest dich hilfreich meiner erbarmen,
Mildtätig beistehen einem Armen.

GESELL *zu Jedermann*

Ja, wie gesprochen, wir müssen eilen,
Dürfen uns gar nit länger verweilen.

ARMER NACHBAR *hebt bittend die Hände*

Oh, Jedermann, erbarm dich mein.

GESELL

Kennst du leicht das Gesicht?

JEDERMANN Ich? Wer solls sein?

ARMER NACHBAR

Oh, Jedermann, zu dir heb ich die Hand,
Hab auch einst bessre Tag gekannt.
War einst dein Nachbar, Haus bei Haus,
Dann hab ich müssen weichen draus.

JEDERMANN *gibt ihm eine Münze aus dem Gürtel*
Schon gut!
ARMER NACHBAR *nimmts nicht*
Das ist eine Gabe gering.
JEDERMANN
Meinst du? Gottsblut! So reut mich doch das Ding.
ARMER NACHBAR *weist auf den Beutel*
Davon mein nachbarlich Bruderteil,
So wär ich wieder gesund und heil.
JEDERMANN
Davon?
ARMER NACHBAR
Es ist an dem, ich knie vor dir,
Nur diesen Beutel teil mit mir.
JEDERMANN *lacht*
Nur?
GESELL
Selbig ist besessen alls!
Hättst tausend Bettler auf dem Hals.
Was tausend, hunderttausend gleich!
ARMER NACHBAR
Bist allermaßen mächtig reich.
Teilst du den Beutel auf gleich und gleich,
Dir bleiben die Truhen voll im Haus,
Dir fließen Zins und Renten zu.
JEDERMANN
Mann, wer heißt dich, mein Schrank und Truh,
Mein Zins und Rent in Mund nehmen?
GESELL *Zu armem Nachbar*
Ich tät mich allerwegen schämen.
JEDERMANN *gütig zuredend*
Laß! –
Er wendet sich zu Nachbar
Mann, da bist du in der Irr,
Wenn du meinst, ich könnt ohnweilen
Den Beutel Geld da mit dir teilen.

Das Geld ist gar nit länger mein,
Muß heut noch abgeliefert sein
Als Kaufschilling für einen Lustgarten.
Ich steh dem Verkäufer dafür im Wort.
Er will aufs Geld nit länger warten.

ARMER NACHBAR

Wenn dieses Geld für den Garten ist,
So brauchts für dich nur einen Wink,
Für einen Beutel hast du zehn,
Heiß einen andern bringen flink,
Den teil mit mir, bist du ein Christ.

JEDERMANN

Der nächste, brächt man ihn herbei,
Der Beutel, der wär auch nit frei.
Mein Geld muß für mich werken und laufen
Mit Tod und Teufel hart sich raufen,
Weit reisen und auf Zins ausliegen,
Damit ich soll, was mir zusteht, kriegen.
Auch kosten mich meine Häuser gar viel,
Pferd halten, Hund und Hausgesind
Und was die andern Dinge sind,
Die alleweil zu der Sach gehören,
Lustgärten, Fischteich, Jagdgeheg,
Das braucht mehr Pfleg als ein klein Kind,
Muß stets daran gebessert sein,
Kost' alls viel Geld, muß noch viel Geld hinein.
»Ein reicher Mann« ist schnell gesagt,
Doch unsereins ist hart geplagt
Und allerwegen hergenommen,
Das ist dir nicht zu Sinn gekommen!
Da läufts einher von weit und breit
Mit Anspruch und Bedürftigkeit
Tät unsereins nit der Schritte drei
Von hier bis an die nächste Wand
Ohn eine allzeit offne Hand.
Ist alls schon recht, muß nur dafür

Ein Fug und ein Gesetz auch walten
Und jeglich Teil daran sich halten.
Und achten gnau was ihm gebühr:
Dawider hast du dich verfehlt,
Wär all mein Geld und Gut gezählt
Und ausgeteilt auf jeglichen Christ,
Der Almosens bedürftig ist,
Es käm mein Seel nit mehr auf dich
Als dieser Schilling sicherlich,
Drum empfang ihn unverweil,
Ist dein gebührend richtig Teil.
Nachbar nimmt den Schilling und geht.

GESELL
Dem hast dus gegeben recht mit Fug,
Ja, das weiß Gott, viel Geld macht klug.

JEDERMANN
Nun wollen wir gehen, es dustert schon.
Schuldknecht kommt, von zwei Bütteln geführt, hinter ihm sein Weib und seine Kinder in Lumpen.

GESELL
Was ist das für einer Mutter Sohn,
Den sie da bringen hergeführt,
Die Arme kreuzweis aufgeschnürt?
Mich dünkt, das geht an ein Schuldturmwerfen,
Hätt sich auch mehr in acht nehmen derfen.
Jetzt muß er's bei Wasser und Brot bedenken
Oder sich an einen Nagel henken.
Ja, Mann, du hast halt ein Reimspiel trieben
Und Schulden auf Gulden, die reimen gar gut.

SCHULDKNECHT *sieht Jedermann an*
Hat mancher sein Schuldbuch nit in der Hut
Und ist drin vieles in Übel geschrieben.

JEDERMANN
Auf wen geht das?

SCHULDKNECHT Auf den, der fragt allweil.

JEDERMANN
Bins nit bewußt für meinen Teil
Weiß nit, für wen du mich willst nehmen.
SCHULDKNECHT
In deiner Haut wollt ich mich schämen.
JEDERMANN
Gibst harte Wort mir ohn Gebühr,
Dir gehts nit wohl, was kann ich dafür?
SCHULDKNECHT
Für harte Stöß sind sanft meine Wort.
JEDERMANN
Wer stößt dich?
SCHULDKNECHT Du, an einen harten Ort.
JEDERMANN
Ich kenn dich auch vom Ansehen nit.
SCHULDKNECHT
Ist doch dein Fuß, der auf mich tritt.
JEDERMANN
Das wär mir seltsam, daß ich so tät
Und nichts davon in Wissen hätt.
SCHULDKNECHT
Dein Nam steht auf einem Schuldschein,
Der bringt mich in diesen Kerker hinein.
JEDERMANN
Bei meinem Patron, was geht's mich an?
SCHULDKNECHT
Bist doch der selbige Jedermann,
In dessen Namen und Antrag
Beschehn ist wider mich die Klag!
Daß ich in einen Turm werd bracht
Geschieht allein durch deine Vollmacht.
JEDERMANN *tritt hinter sich*
Ich wasch in Unschuld meine Händ
Als einer, der diese Sach nit kennt.
SCHULDKNECHT
Deine Helfers-Helfer und Werkzeug halt,

Die tun mir Leibes- und Lebensgewalt.
Der Hintermann bist du von der Sach,
Das bring dir zeitlich und ewig Schmach.
In Grund und Boden sollst dich schämen.

JEDERMANN *eckige Gebärde*

Wer hieß dich Geld auf Zinsen nehmen?
Nun hast du den gerechten Lohn.
Mein Geld weiß nit von dir noch mir
Und kennt kein Ansehen der Person.
Verstrichne Zeit, verfallner Tag,
Gegen die bring deine Klag.

SCHULDKNECHT *wendet sich gegen sein Weib und seine Kinder*

Er höhnt und spottet meiner Not!
Da seht ihr einen reichen Mann.
Sein Herz weiß nichts von Gotts Gebot,
Hat tausend Schuldbrief in seinem Schrein
Und läßt uns Arme in Not und Pein.

SCHULDKNECHTS WEIB

Kannst du dich nit erbarmen hier,
Zerreißen ein verflucht Papier,
Anstatt daß meinen Kindern da
Der Vater wird in Turm geschmissen,
Von dem dir nie kein Leid geschah!
Hast du kein Ehr und kein Gewissen,
Trägst du mit Ruh der Waisen Fluch
Und denkst nit an dein eigen Schuldbuch,
Das du mußt vor den Richter bringen,
Wenns kommt zu den vier letzten Dingen?

JEDERMANN

Weib, du sprichst was du schlecht verstehst,
Es ist aus Bosheit nit gewest
Man hat sich voll und recht bedacht,
Eh man die scharfe Klag einbracht.
Geld ist wie eine andere War
Das sind Verträg und Rechte klar.

GESELL

Wär schimpflich um die Welt bestellt
Wenns anders herging in der Welt.

SCHULDKNECHTS WEIB

Geld ist ein Pfennig, den eins leiht
Dem Nächsten um Gottes Barmherzigkeit.

SCHULDKNECHT

Geld ist nicht so wie andre War
Ist ein verflucht und zaubrisch Wesen,
Wer seine Hand ausreckt darnach
Nimmt an der Seele Schaden und Schmach,
Davon er nimmer wird genesen.
Des Satans Fangnetz in der Welt
Hat keinen andern Nam als Geld.

JEDERMANN

Du lästerst als ein rechter Narr,
Weiß nicht wozu ich hier verharr,
Gibst vor, du achtest das Geld gering
Und war dir schier ein göttlich Ding!
Nun möchtest ihm sein Ansehen rauben,
Bist wie der Fuchs mit sauern Trauben.
Doch wer so hinterm Rücken schmäht,
Der findt keinen Glauben für seine Red.

SCHULDKNECHT

Aus meinen Leiden hab ich Gewinn
Daß ich vermag in meinem Sinn
Des Teufels Fallstrick zu erkennen
Und meine Seel vom Geld abtrennen.

GESELL

Geld ist längst abgetrennt von dir
Drum hast dort im Turm Quartier.

JEDERMANN

Nimm die Belehrung von mir an
Das war ein weiser und hoher Mann
Der uns das Geld ersonnen hat,
An niederen Tauschens und Kramens statt

Dadurch ist unsere ganze Welt
In ein höher Ansehen gestellt
Und jeder Mensch in seinem Bereich
Schier einer kleinen Gottheit gleich.
Daß er in seinem Machtbezirk
Gar viel hervorbring und bewirk.
Gar vieles zieht er sich herbei
Und ohn viel Aufsehen und Geschrei
Beherrscht er abertausend Händ,
Ist allerwegen ein Regent.
Da ist kein Ding zu hoch noch fest,
Das sich um Geld nicht kaufen läßt.
Du kaufst das Land mitsamt dem Knecht
Ja, von des Kaisers verbrieftem Recht
Das alle Zeit unschätzbar ist
Und eingesetzt von Jesu Christ
Davon ist ein gerechtsam Teil
Für Geld halt allerwegen feil,
Darüber weiß ich keine Gewalt,
Vor der muß jeglicher sich neigen
Und muß die Reverenz bezeigen
Dem, was ich da in Händen halt.

SCHULDKNECHTS WEIB

Du bist in Teufels Lob nit faul,
Wie zu der Predigt geht dein Maul.
Gibst da dem Mammonsbeutel Ehr,
Als obs das Tabernakel wär.

JEDERMANN

Ich gebe Ehr, wem Ehr gebühr,
Und läster nicht wo ich die Macht verspür.

SCHULDKNECHT *indem ihn die Büttel fortschleppen*

Was hilft dein Weinen, liebe Frau,
Der Mammon hat mich in der Klau.
Warum hab ich mich ihm ergeben,
Nun ists vorbei mit diesem Leben.
Sie führen ihn ab.

SCHULDKNECHTS WEIB
Kannst du das sehn und stehst wie Stein?
Wo bett ich heut die Kinder mein?
Geht ihm nach.
JEDERMANN *zum Gesellen*
Tu mirs zulieb, geh da hint nach
Und sieh im stillen zu der Sach.
Der Mann kommt in Turm, da mag nichts frommen,
Dem Weib gewähr ich ein Unterkommen
Und was sie nötig hat zum Leben
Zusamt den Kindern, das will ich ihr geben.
Mein Hausvogt soll mir darnach sehn
Und ihr freimachen eine Kammer
Doch will ich Plärrens ledig gehn
Ihre Not nicht wissen, noch Gejammer.
Das ist ein erzverdrießlich Sach
Man lebt geruhig vor sich hin
Hat wahrlich Böses nit im Sinn
Und wird am allerschönsten Tag
Hineingezogen und weiß nit wie
In Hader, Bitternis und Klag
Und aufgescheucht aus seiner Ruh.
Ich frag dich, wie komm ich dazu:
Was geht mich an dem Kerl sein Taglauf?
Er hats halt angelegt darauf,
Nun steckt er drin, schreit ach und weh
Das folgt halt wie aufs A das B.
Ein Häusel baun mit fremdem Geld,
Wer also haust, um den ists so bestellt.
Das ist seit Adams Zeit der Lauf,
Ist nit erst kürzlich kommen auf.
Zum Schluß aber rät ers in d' Schuh schieben
Dem, so er Haufen Gelds schuldig blieben.
Dess Langmut und Geduld arg viel
Hat müssen herhalten zu dem Spiel
Der selbig erbarmungsvolle Mann

Der wär ihm gar ein Teufel dann.
Jetzt aber, daß ich es ehrlich sag,
Steht mir der Sinn nit mehr darnach,
Daß ich einen Lustgarten anschau,
Auch wird es duster schon und grau.
Tu mir die Lieb, mein guter Gesell,
Wenn du das andre besorgt hast schnell,
Trag den Kaufschilling da zurecht,
Weil die Versäumnis mir Ärgernis brächt.
Der Garten zusamt dem Lusthaus drein
Soll alls für meine Freundin sein
Auf einen Jahrtag ein Angebind.

GESELL
Bei der ich dich doch heut Abend find?
Ich bring dir den Kaufbrief gleich dahin
Ausgefertigt nach deinem Sinn.

JEDERMANN
Hab vielen Dank, du guter Gesell,
Mich drängts, daß ich dort hinkomm schnell
Ist doch der einzige Ort in der Welt,
Wo nichts mir meine Lust vergällt.
Ist recht ein paradiesisch Gut
Was ihre Lieb mir bereiten tut.
Darum hab ich im Willen dieses Ding
Daß ich ein Angebind ihr bring,
Darin ich wie in einem Gleichnis und Spiegel
Ihr meine Dankbarkeit besiegel.

GESELL
Wie willst das tun, in welcher Weis?

JEDERMANN
Dazu richt ich den Garten mit Fleiß
Und stell inmitten ein Lusthaus hin,
Das bau ich recht nach meinem Sinn
Als einen offenen Altan
Mit schönen steinernen Säulen daran
Auch springende Wasser und erzene Bild

Die sollen nicht fehlen zur vollen Zier
Und dann ich die Anlag also führ,
Daß unter dem Morgen- und Abendwind
Ein Ruch von Blumen mancher Art
Daherstreich allezeit gelind
Von Lilien, Rosen und Nelken zart.
Auch führ ich jederseits Gäng und Bogen
Von Buschwerk alls so dicht gezogen,
Daß eines noch zu hellem Mittag
Sich Kühl und Frieden finden mag
Und einen ungequälten Ort,
Der von der Sonne niemals dorrt.
Desgleichen an einer verborgenen Stätte
Recht wie der Nymphe quillend Bette
Laß ich aus kühlem glatten Stein
Eine fließende Badstub errichtet sein.

GESELL

Das wird ein köstlich Gärtlein, fürwahr,
Und seinesgleichen nit leicht zu finden.

JEDERMANN

Das will ich meiner Liebsten einbinden
Und nehm sie dann an beide Händ
Und führ sie hinein, damit sie erkennt
In diesem Gärtlein köstlich und mild
Ihr eigen abgespiegelt Bild.
Die allzeit liebreich mich ergetzt
Mit Hitz und Schattenkühl mich letzt
Und einem verschlossenen Gärtlein gleich
Den Gärtner selig macht und reich.

GESELL

Da seh ich deine Frau Mutter kommen,
Wird dir jetzt die Begegnung frommen?

JEDERMANN

Drück mich nit gern vor ihr beiseit,
Hab aber wahrlich nit viel Zeit.
Geh du, bring mir zurecht die Ding,
Indessen ich meinen Gruß darbring.

JEDERMANNS MUTTER

Bin froh, mein Sohn, daß ich dich seh
Geschieht mir so im Herzen weh
Daß über weltlich Geschäftigkeit
Dir bleibt für mich geringe Zeit.

JEDERMANN

Die Abendluft ist übler Art
Und deine Gesundheit gebrechlich und zart,
Kann dich mit Sorgen nur hier sehn
Möchtest nit ins Haus eingehn?

JEDERMANNS MUTTER

Gehst du dann mit und bleibst daheim?

JEDERMANN

Für diesen Abend kanns nit wohl sein.

JEDERMANNS MUTTER

So darfst dich nit verdrießen lassen,
Daß ich dich halt hier auf der Gassen.

JEDERMANN

Ist mir gar sehr um deine Gesund
Vielleicht wir könnten zu anderer Stund –

JEDERMANNS MUTTER

Um meine Gesundheit kein Sorg nit hab,
Ich steh mit einem Fuß im Grab.
Mir gehts nit um mein zeitlich Teil,
Doch dester mehr ums ewig Heil.
Einen Schritt näher
Verziehst du dein Gesicht, mein Sohn,
Wenn ich die Red anheb davon?
Und wird die Frag dich recht beschwern,
Wenn ich dich mahn, ob deine Seel zu Gott gekehrt ist, ihrem Herrn?
Jedermann einen Schritt zurück. Mutter ihm nach:
Trittst hinter dich vor Ungeduld
Und mehrest lieber Sündenschuld,
Als in dich gehen ohne Spott
Und recht betrachten deinen Gott?

Da doch von heut auf morgen leicht
Eine Botschaft dich von ihm erreicht
Du sollest vor seinen Gerichtsstuhl gehen
Und von deinem ganzen Erdenleben
Eine klare Rechnung vor ihm geben.

JEDERMANN

Frau Mutter, spotten ist mir fern
Doch weiß ich, die Pfaffen drohen halt gern.
Das ist nun einmal ihr Sach in der Welt,
Ist abgesehen auf unser Geld,
Damit sies bringen auf ihre Seit,
Sie wissens zu fädeln gar gescheit.
Doch kränkts mich wie sie Alten und Kranken
In Kopf nichts bringen als finstre Gedanken.

JEDERMANNS MUTTER

Die Finsternis ist wo anders dicht,
Doch solche Gedanken sind hell und licht.
Wer recht in seinem Leben tut,
Den überkommt ein starker Mut
Und ihn erfreut des Todes Stund
Darin ihm Seligkeit wird kund.
Oh, wem die Stunde des Tods allweg
Recht wohl betracht am Herzen läg
Um den braucht einer Mutter Herz
Nit Sorgen tragen und üblen Schmerz.

JEDERMANN

Wir sind gute Christen und hören Predig
Geben Almosen und sind ledig.

JEDERMANNS MUTTER

Wie aber, wenn beim Posaunenschall
Du von deinen Reichtümern all
Ihm sollst eine klare Rechnung geben
Um ewigen Tod oder ewiges Leben?
Mein Sohn, es ist ein arg Ding zu sterben,
Doch ärger noch auf ewig verderben.

JEDERMANN

Auf vierzig Jahre bin ich kaum alt,
Mich wird eins halt nit mit Gewalt
Von meinen irdischen Freuden schrecken.

JEDERMANNS MUTTER

Willst du den Kopf in den Sand stecken
Und siehst den Tod nit, Jedermann,
Der mag allstund dich treten an?

JEDERMANN

Bin jung im Herzen und wohl gesund
Und will mich freuen meine Stund,
Es wird die andre Zeit schon kommen,
Wo Buß und Einkehr mir wird frommen.

JEDERMANNS MUTTER

Das Leben flieht wie Sand dahin,
Doch schwer umkehret sich der Sinn.

JEDERMANN

Frau Mutter, mir ist das Reden leid,
Hab schon gesagt, hab heut nit Zeit.
Wendet sich ab.

JEDERMANNS MUTTER *sanft*

Mein lieber Sohn!

JEDERMANN *gereut das Abwenden*

Bin sonst allzeit
Gehorsam gern und dienstbereit.
Will gehen.

JEDERMANNS MUTTER

Mein Red ist dir verdrießlich sehr,
Das macht mich doppelt kummerschwer,
Einen Schritt näher
Mein guter Sohn, ich hab ein Ahnen,
Ich werd dich nimmer lang ermahnen.
Fall dir zur Last noch kurze Zeit,
Weil ich von hier mich bald abscheid.
Doch du bleibst dann allein dahint
Und bist mein unberaten Kind.

So sag ich dir halt nur ein Wort,
Das dich mit langer Red nit kränk,
Sei deines Herrn Gotts eingedenk.
Und auch seiner großen Gnadenspend,
Der sieben heiligen Sakrament.
Davon ein jegliches uns frommt
Und unserer Schwäch zu Hilfe kommt
Ein jegliches in besondrer Weis
Uns stärket auf dieser Lebensreis.

JEDERMANN

Was soll –

JEDERMANNS MUTTER *hebt die Hand*

Du bist ein stattlicher Mann
Und Fraulieb steht dir wohl an.
Und hat denn unsrer Erlöser nicht,
Der weiß, woran es uns gebricht,
Und alles auf dieser Erden kennt
Und alles zu unsrem Segen wendt,
Ein Sakrament nit eingesetzt
Wodurch was also dich ergetzt
Verwandelt wird und kehrt sich um
Aus Wollust in ein Heiligtum!
Willst stets in arger Zucht umtreiben
Und fremd die heilige Eh dir bleiben?

JEDERMANN

Frau Mutter, die Red ist mir bekannt.

JEDERMANNS MUTTER

Hat doch dein Herz nit umgewandt.

JEDERMANN

Ist halt noch allweil die Zeit nit da.

JEDERMANNS MUTTER

Und doch der Tod schon gar so nah.

JEDERMANN

Ich sag nit ja, sag auch nit nein.

JEDERMANNS MUTTER

So muß ich allweg in Ängsten sein.

JEDERMANN

Auch morgen ist halt noch ein Tag.

JEDERMANNS MUTTER

Wer weiß, wer den noch sehen mag.

JEDERMANN

Macht Euch nit unnütze Beschwerden,
Ihr seht mich sicher noch ehlich werden.

JEDERMANNS MUTTER

Mein guter Sohn, für dieses Wort
Will ich dich segnen immerfort,
Sei viel bedankt, daß mir dein Mund
So schönen Vorsatz machet kund.

JEDERMANN

Hab nit von heut noch morgen geredt.

JEDERMANNS MUTTER

Wenn nur dein Wille dagegen nit steht.
Einer Mutter Herz ist wohl gestellt
Wo nur ein gutes Wörtlein hinfällt.
Dein Vorsatz ist noch klein und schwach,
Zielt doch auf eine heilige Sach
Und daß du so geantwort hast,
Nimmt von der Brust mir schwere Last.

JEDERMANN

Viel gute Nacht, Frau Mutter nun,
Ich wünsch, du mögest sänftlich ruhn.

JEDERMANNS MUTTER

So will ich, mein lieber guter Sohn,
Und ist mir doch als ob ein Ton
Gar schön wie Flöten und Schalmein
In deine Worte tön herein!
An solchen Zeichen und Gesicht
Mirs dieser Tage nit gebricht.
Ich nehm sie als eine Vermahnung hin,
Daß bald ich eine Sterbende bin.

Geht.

JEDERMANN

Nun hör ich auch ein solch Getön,
Sollt also seltsam dies zugehn?
O, nein, das geschieht natürlicher Weis
Wie wohl ichs noch nit zu deuten weiß.
Nun aber gehts nit bloß ins Ohr,
Tritt auch den Augen was hervor. –

Buhlschaft kommt heran, von Spielleuten und Buben, die Windlichter tragen, begleitet.

Das ist ja meine Buhle wert,
Nach der mein Herz schon hart begehrt.
Hat Spielleut mit eine ganze Schar
Und kommt mich abzuholen gar.

BUHLSCHAFT *die andern bleiben zurück*

Wer alls lang auf sich warten läßt
Und ist der wertest aller Gäst,
Den muß man mit Zimbeln und Windlicht
Abholen und führen zu seiner Pflicht.

JEDERMANN

Er nimmt sie bei der Hand, und sie reden im Gehen.

Du schlägst die Lichter mit eigenem Schein,
Deine Red ist süßer als Schalmein,
Ist alls für mich zu dieser Stund
Wie Balsam für die offne Wund.

BUHLSCHAFT

War mir doch, eh ich zu dir trat,
Als ob dir jemand nahe tat
Und wär dein helle Stirn und Wangen
Von einer Trübnis überhangen.

JEDERMANN

Wie, gelt ich also viel vor dir,
Daß du solch Ding erspähst an mir?
So bin ich dir wahrhaftig dann
Kein ältlich, unbequemer Mann?

BUHLSCHAFT

Mit dieser Red geschieht mir weh,
Dess' ich zu dir mich nit verseh.

Steh nit auf grüne Buben an,
Du bist mein Buhl und lieber Mann.

JEDERMANN

Fühl mich wahrhaftig herzensjung
Und selber bubenhaft genung,
Und wenn ich alls kein Bub mehr bin,
So zärtlicher ist drum mein Sinn.

BUHLSCHAFT

Ein Bub liebt frech und ohne Art,
Ein Mann ist großmütig und zart.
Hat milde Händ und steten Sinn,
Das zieht zu ihm die Frauen hin.

JEDERMANN

Wenn eins gemahnt wär an den Tod
Und hätt Melancholie und Not
Und säh auf deine Lieblichkeit,
Dem tät sein trübes Denken leid.

BUHLSCHAFT

Das Wort allein macht mir schon bang,
Der Tod ist wie die böse Schlang,
Die unter Blumen liegt verdeckt,
Darf niemals werden aufgeweckt.

JEDERMANN

Du Süße, schaff ich dir noch Sorgen?
Wir lassen sie unter Blumen verborgen
Und wissen nirgend nichts von Schlangen,
Als zweien, die gar hold umfangen.

BUHLSCHAFT

Wie, wären die mir auch bekannt,
Wie werden diese denn genannt?

JEDERMANN

Das sind die lieben Arme dein,
In diese sehn ich mich hinein.

Sie küßt ihn und setzt ihm einen bunten Blumenkranz auf, den ein Bub darreicht.

Ein Teil der Buben läuft hinauf, sie streuen Blumen und wohlriechende

Kräuter. Ein Tisch kommt aus dem Boden empor, reich gedeckt und mit Lichtern. Jedermann und Buhlschaft treten jedes an eine Seite der Treppe, die zum obern Gerüst emporführt. Die Gäste, zehn Junggesellen und zehn Fräulein, kommen hinein von beiden Seiten tanzend und singend.

VORSÄNGER

Ein Freund hat uns beschieden,
Er heißet Jedermann,
Der Mann ist guter Art,
Hat eine Freundin zart,
Drum blieb er ungemieden
Und hat er uns beschieden,
So treten wir heran.

ALLE

Wohlauf antreten
In fröhlichem Tanz,
einander gegenüber
Schalmeien, Drommeten
Wir sein hier gebeten
Zu Fackeln und Glanz
Und kommen mit Tanz.
Wir waren mit Blicken
Nit zaghaft und bang,
ineinander verschränkt
Nun gehts an ein Drücken
Recht nah und gedrang,
Wir wollen uns verstricken
Und schlingen den Kranz,
So wollen wir vorrücken,
Das ehret den Tanz.
Ein jeder erwähle
Mit liebendem Sinn
gemeinsam dicht verschlungen vorrückend
Und keiner verhehle
Seiner Freuden Gewinn.
Wir wollen uns umstricken,
Das wärmet das Blut,

So wollen wir vorrücken
Mit fröhlichem Mut.

JEDERMANN
Seid allesamt willkommen sehr,
Erweist mir heut die letzte Ehr.

EIN FRÄULEIN
Das ist ein sonderlicher Gruß.

DICKER VETTER
Potz Maus, mein Vetter Jedermann,
Wie grüßt Ihr uns, was ficht Euch an?

BUHLSCHAFT
Was ist dir, was schafft dir Verdruß?

JEDERMANN
Ist unversehens zu Mund so kommen,
Ich heiß euch alle recht schön willkommen!

BUHLSCHAFT
Nehmt, wie der Sinn euch steht, die Plätz!
Ihr Buben, reicht Handwasser jetzt!
Was stehst du da und siehst so fremd?
Sie setzen sich.

JEDERMANN
Sie sitzen ja alle im Totenhemd!

BUHLSCHAFT
Was ficht dich an, bist du mir krank?

JEDERMANN *stehend*
Haha! ein ungereimter Gedank!
muß lachen
Ich trink jetzt einen Becher Wein,
Der macht das Hirn von Dämpfen rein.

BUHLSCHAFT
Sitz! red zu ihnen ein freundlich Wort!

JEDERMANN *läßt einen Blick umherschweifen, setzt sich*
Ihr Leute, seid ihr auch recht am Ort?
Ihr sehet mächtig fremd mir aus.
Ein Schweigen.

DÜNNER VETTER

Potz Velten, Vetter Jedermann,
Wollt Ihr uns wiedrum treiben fort?

DICKER VETTER

Das schafft Ihr nicht so leicht, Potz Maus,
Dazu ist Euer Koch zu gut,
Auch geht der Wein recht warm ins Blut,
Freu mich, daß ich hier seßhaft bin.

JEDERMANN

Jawohl... nur bloß... mir steht zu Sinn,
Wie ihr da seid hereingelaufen,
So könnte ich euch alle kaufen
Und wiederum verkaufen auch,
Daß es mir nit so nahe ging
Als eines Fingernagels Bruch.

EIN GAST

Was soll uns dieser grobe Spruch?

EIN FRÄULEIN

Was meint er nur mit diesem Ding?

DICKER VETTER

Die Reden sind sonst nit sein Brauch.

BUHLSCHAFT *die Hand auf seiner Schulter*

Geht die Red gleicherweis auf mich?

Jedermann sieht sie an.

EIN GAST *halblaut*

Ist recht eines reichen Mannes Red,
Gar überfrech und aufgebläht.

BUHLSCHAFT

Dein Blick ist starr und fürchterlich,
Für was willst du mich strafen, sprich.

JEDERMANN

Dich strafen, Süße, ist mir fern,
Lieb dich gleich meinem Augenstern,
Hab müssen denken von ungefähr
Wie deine Miene beschaffen wär,
Wenn dir auf eins zukäm die Kund,
Daß ich müßt sterben zu dieser Stund.

BUHLSCHAFT

Um Christi Willen, was ficht dich an,
Mein Buhle traut, mein lieber Mann,
Ich bin bei dir, sieh doch auf mich,
Dein bin ich heut und ewiglich.

JEDERMANN

Wenn ich dann spräch: Bleibst du bei mir?
Willst dort bei mir sein so wie hier?
Er faßt sie an.
Willst mich geleiten nach der Stätte
Und teilen mein eiskaltes Bette?
Fielest ohnmächtig mir zu Füßen,
So hätte ich meine Frag zu büßen!
Wollt ich trotzdem des Wegs dich locken
Tät dir das Blut in Adern stocken,
Wäre mir gedoppelt Marterqual
Und Gall und Essig allzumal,
Wenn ich müßt sehen mit eigenen Augen
Wie deine süßen Schwür nit taugen
Und wie du lösest deine Händ
Aus meinen Händen gar am End
Läßt sie aus.
Und deinen Mund von meinem Mund
Abtrennest in der letzten Stund.
O weh.
Er seufzt.

BUHLSCHAFT *steht*

Ihr lieben Vettern und Leut,
Mein Liebster ist besonders heut,
Weiß nit, wes ich mich soll versehn,
Könnt ihr mit Rat mir nit beistehn?
Jedermann starrt vor sich und tut sich den Kranz aus dem Haar.

BUHLSCHAFT

Er sitzt nit fröhlich und gepaart
Und redt von Dingen aus der Art,
Hab nie zuvor ihn so gesehn,
Weiß nit was ihm mag sein beschehn!

DÜNNER VETTER

Potz Velten, Vetter Jedermann,
Habt Ihr leicht die Melancholie?
Wenn nit, was sonsten ficht Euch an?

DICKER VETTER

Kenn das, sitzt hinterwärts der Stirn
Ist eine Trockenheit im Hirn
Ist mir von meinem Herrn Vater bekannt
Mit ihm wars öfter so bewandt.
Mußt brav eines trinken, mit Vergunst
Daß dir der Wein das Hirn aufdunst.

EIN FRÄULEIN

Gehört ein Absud in den Wein
Von Nießwurz, Veilchen oder Hanf.

DICKER VETTER

Hier Buben machet heiß den Wein
Daß er fast glühender aufdampf
Und tut ein Zimmet und Ingwer ein.
Sie machen hinten den Wein glühend auf einer Pfanne.

EIN ANDERES FRÄULEIN

Hab sagen hören es gibt einen Stein
Den trägt die Schwalbe in ihrem Bauch
Den haben die großen Ärzt im Brauch
Heißt Chelidonius.

DÜNNER VETTER Nein Calcedon!
Hab öfter reden hören davon.
Ist mächtig gegen die Melancholie.

EIN DRITTES FRÄULEIN

Ich mein, er müßt mit der Sympathie
Kuriert sein. Ist giftiger Hauch
Im Spiel hier oder böser Blick.
Wär mir mein Liebster also krank
Ich täts probieren ohne Wank.

DIE ZWEITE

Was tätst probieren?

DIE DRITTE Ist geheim!
Darf in gemeinem Mund nit sein
Verliert sonst seine verborgne Kraft.

DIE ZWEITE
Von wo hast du die Wissenschaft?

DIE DRITTE
Habs halt einmal und gebs nit preis.
Sags aber ihr ins Ohren leis.
Steht auf, flüstert Buhlschaft ins Ohr. Gleichzeitig reden mehrere unten am Tisch das Folgende.

EIN GAST
Wenn eins halt allzeit lebt zu gut
Das schafft ihm ein verdicktes Blut,
Einen armen und beschwerten Mann
Käm die Melancholie nit an.
Lachen.

EIN FRÄULEIN
Was heißen sie denn die Spielleut nit
Anheben mit Blasen und Geigenstreichen
Davor muß immer der Trübsinn weichen.

EIN ANDERES FRÄULEIN
Wir wollen anheben zu singen was
Davon schon öfter einer genas.

EIN GAST
Darf aber ein züchtig Lied nur sein.

EIN ANDERER
Sie singt nit anders als zart und fein.

DER EINE GAST *am untern Tisch*
Kennt ihr das Lied, das anhebt so?
»In süßen Freuden geht die Zeit«
Davon so dünkt mich müßt einer zur Stund
Wenn er es anhört, werden gesund.

DAS EINE FRÄULEIN
Nein lasset doch, sind wir denn Pfaffen?
Was soll ein geistlich Lied uns schaffen?

GAST

Ist nie und nimmer kein Pfaffenlied
Der Türmer singts wenn die Sonn aufzieht.

DAS EINE FRÄULEIN

Ich weiß ein anderes singen wir das.

DAS ANDERE FRÄULEIN

Ei was?

DER EINE GAST *indem er sie küßt*

Ei was, wenns regnet ist's naß.

DAS EINE FRÄULEIN

»Floret silva undique«
»Um meinen Gesellen ist mir weh.«

DER EINE GAST *spottet ihr nach*

»Floret silva undique«
»Um ihren Gesellen ist ihr weh.«

DAS GLEICHE FRÄULEIN *flattert auf*

»Er ist geritten von hinnen«
»O weh, wer soll mich minnen!«
Einige wollen sie dämpfen, sehen alle auf Jedermann.

EIN ANDERER GAST *fällt ein*

»Steht auch der Wald voll grünen Schoß«
»Wohin doch ist mein Trautgenoß«.

JEDERMANN *hat indes den Becher Glühwein ausgetrunken und sieht mit fröhlicher Miene umher*

Seid fröhlich, Vettern und liebe Gäst,
Mir ist nit just recht wohl gewest
Ein Trunk hat mich gemacht gesund
Nun grüß ich erst meine Tafelrund.
War mir als läg was auf der Brust,
Nun hab ich doppelt Lebenslust
Bin froh daß wir beisammen sein
Ist mir ein rechter Freudenwein.
Schwillt mir das Herz so übervoll
Weiß gar nit wie ichs sagen soll
Greift in seiner Liebsten Haar.
Sind köstlich Ding doch auf der Welt

Ist herrlich gar um uns bestellt.
Ja Lieb und Freundschaft, die zwei sind viel wert
Wer die hat, des Herz nit mehr begehrt.
Kommt Wein dazu und Saitenspiel
So ist's schon über Maßen viel.
Ich hab euch recht lieb, ihr lieben Gäst
Ich bitt euch nützt die Stund aufs Best.
Laßt eure Kehl nit untätig sein
Ein Lied geh aus, wo eingeht der Wein.
Verschränket eure Stimmen aufs Best
Und haltet sänftlich die Liebste fest.
Genützt sei eine schöne Stund
Mit Hand und Aug und Herz und Mund!
Ja laßt Euch nit lang gebeten sein
Und singt uns eins, lieber Vetter mein.

DER DICKE VETTER

Mein dünner Vetter, o weh o weh
Nun kommt sein Lied vom kalten Schnee.
Sie singen lachend.

DER DÜNNE VETTER *singt*

O weh o weh Frau Minne mir ist weh
Frau Minne!
Greift her wie sehr ich brinne.
Gekreisch.
O weh!
Ein kalter kalter Schnee
Er müßt vor Glut zerrinnen
Darin das Herz erstickt!
Wollt helfen mir Frau Minnen,
Des wär ich hoch beglückt.
Alle singen mit. Man hört darein ein dumpfes Glockenläuten.

JEDERMANN *stößt sein Glas von sich*

Was ist das für ein Glockenläuten!
Mich dünkt es kann nichts guts bedeuten
Der Schall ist laut und todesbang
Schafft mir im Herzen Qual und Drang.

Steht auf.
Was läuten Glocken zu dieser Zeit?
EIN GAST
Ist nichts zu hören weit und breit.
EIN ANDERER
Hat einer läuten hören Glocken?
EIN FRÄULEIN
Was Glocken, was wird von Glocken geredt?
EIN ANDERER
Wär eins zu früh zur Morgenmett!
BUHLSCHAFT
Ich bitt euch laßt das Singen nit stocken.
EIN GAST
Hat einer von euch was läuten hören?
EIN ANDERER *lachend*
Nit läuten meiner Seel noch schlagen.
BUHLSCHAFT
Laßt euch im Singen doch nit stören.
JEDERMANN
Ich bitt euch hat alls nichts zu sagen
Jetzt hör ichs nimmer ist alls schon gut.
DICKER VETTER
Kommt alls von einem trägen Blut.
Ich laß Euch wärmen ein Becherlein.
JEDERMANN
Viel Dank, guter Vetter, laßt nur sein.
Er setzt sich wieder. Buhlschaft schmiegt sich an ihn.
Die am untern Ende des Tisches singen
»Floret silva undique«
und so fort als Kanon.
Indes sie singen kommt Jedermanns guter Gesell und nimmt den leeren Platz am Tische ein. Indem der Gesang leiser wird, hört man viele Stimmen rufen.
STIMMEN
Jedermann! Jedermann! Jedermann!
JEDERMANN *springt angstvoll auf*
Mein Gott wer ruft da so nach mir?

Von wo werd ich gerufen so?
Des werd ich im Leben nimmer froh.

GESELL

Ei, Jedermann, ich bin zur Stell.

BUHLSCHAFT

Sieh, Jedermann, doch, dein lieber Gesell.

JEDERMANN

Ihr liebe Freundschaft, sagt mir an
Wer ruft so gräßlich »Jedermann«?

DÜNNER VETTER

Hat müssen grad ins Ohr dir dringen
Ein Widerhall von ihrem Singen.

JEDERMANN

Nein, nein! in fürchterlicher Weis
Und laut und mächtiglich, nit leis
So: Jedermann! und Jedermann!
Doch anderster als ich's schaffen kann.
Gar fremd und doch bekannt zugleich
Aus welchem höllischen Bereich
Hats müssen also nach mir schrein
Des kann ich mich nimmer getrösten, nein!
Jetzt, jetzt! aufs neu, so hört doch an
Wie streng sie rufen »Jedermann«!
Man hört das gleiche Rufen wie vordem.

BUHLSCHAFT

Ich hör keinen Laut.

DER DICKE VETTER Ich hör keinen Schall.

DER DÜNNE VETTER

Auch nit einen leisen Widerhall.

GESELL *tritt zu Jedermann*

Ist Ohrentrug, siehst nit wohl aus,
Soll ich geleiten dich nach Haus?

JEDERMANN

Wie ich auf euch die Augen heft
So kommen mir zurück die Kräft
Ich mein, es könnt ein solches Schrein

Kein zweitesmal sich hier anheben.
Tut mir recht wohl der Lichterschein.
Sitz nieder mein Gesell hierneben
Und mögen alle lieben Gäst
Zulangen und sich ergetzen aufs Best.
Will morgen zu gelegner Zeit
Mit einem Arzten Beratung pflegen
Daß solche Zufäll aller wegen
Er wohlbedacht mir hält hintan.

BUHLSCHAFT

Mußt mirs versprechen, lieber Mann!
Müßt ja vor Angst und Sorg vergehn
Sollt ich dich öftern also sehn.
Sie essen alle weiter und sind zärtlich miteinander.

JEDERMANN *hebt sich angstvoll*

Nun aber sag um Gott, mein Lieb,
Was brennen die Lichter also trüb?
Und wer kommt hinter mir heran?
Auf Erden schreitet so kein Mann.
Der Tod steht da in einiger Entfernung. Alle Gäste auf.

TOD

Ei Jedermann! ist so fröhlich dein Mut?
Hast deinen Schöpfer ganz vergessen?

JEDERMANN

Was fragst um das zu dieser Stund?
Bekümmerts dich? wer bist? was solls?

TOD

Von deines Schöpfers Majestät
Bin ich nach dir ausgesandt
Und das in Eil: drum steh ich da.
Buhlschaft ist von Jedermann weggeglitten.

JEDERMANN

Wie, ausgesandt nach mir?
Greift nach seinem Herzen. Alle stehen ohne Atem.
Dem möchte wohl so sein. Ei ja.

TOD

Denn ob du ihm gibst wenig Ehr
In der himmlischen Sphär
Denkt er dein,
In welcher Weis, das soll dir gleich gemeldet sein.

JEDERMANN *die Augen gesenkt tritt hinter sich*

Was will mein Gott von mir?

TOD

Das will ich dich weisen.
Abrechnung will er halten mit dir. Unverweilt!

JEDERMANN *mit einem jähen Trotz*

Ganz und gar bin ich unbereit
Für solch ein Rechnung legen.
Müßt ich das tun, da käm ich in Not
Auch kenn ich dich nit, was bist du für ein Bot?
Lautloses Flüchten: Die Spielleut.
Buhlschaft ihre Kleider hebend.

TOD

Ich bin der Tod, ich scheu keinen Mann
Tret jeglichen an und verschone keinen.
Es flüchten viele.

JEDERMANN

Bist du derselbig, hör mich an.
Ich bin ein mächtig reicher Mann.
Die Sach soll aufgeschoben sein.
Nur dies tu! Willst's nit? Tust's nit?

TOD Nein.

Mein Brauch ist gradaus umgekehrt.
Wird dir kein Aufschub nit gewährt.
Du kommst mit mir und zögerst nit.

JEDERMANN

Was? keine Frist willst du mir geben
Und überfällst eins ungewarnt
Gar mitten drin im besten Leben
Gotts Blut! das ist kein ehrlich Spiel
Damit erwirbst dir Ruhm nit viel

Denn daß ichs nur sag, bin nit bereit,
Mein Schuldbuch auch ist nit so weit
Hätt ich für mich so zehn, zwölf Jahre Zeit,
Ich wollt es in der Ordnung han
Daß keine Furcht mich gienget an
Das wollt ich so steh Gott mir bei.
Drum aus Gotts Gnaden laß mich hier
Daß ich das Ding in Ordnung führ.

TOD

Hie hilft kein Weinen und kein Beten
Die Reis mußt alsbald antreten.

JEDERMANN

O Gott der Gnaden auf himmlischem Thron
Erbarm dich meiner schweren Not!
Wird mir zum Gefährten für diesen Weg
Kein anderer als du bestellt?
Soll ich aus dieser Erdenwelt
Hinaus und kein Geleite haben?
Und war doch hier niemals allein,
Mußt allerwegen gesellig sein.

TOD *sieht sich um*

Nun ist Geselligkeit am End
Ring nit vergebner Weis die Händ
Schleun dich, jetzt gehts vor Gottes Thron
Dort empfängest deinen Lohn.
Tut einen Schritt auf ihn Zu. Stärkeres Flüchten.
Wie, hat dich Narren wollen bedünken
Das Erdengut und dies dein Leben
Wäre dir alles zu Eigen gegeben?

JEDERMANN

So war ich vermeinend, wahrhaftig und ja.

TOD

Nichts da, war alls dir nur geliehen.
Bist du dahin erbts einen andern
Und über eine Weil schlägt dem sein Stund
Und er muß alles hier lassen und wandern.
Ich komm halt schnell.

JEDERMANN Nur einen Tag!
Nur diese Nacht bis Sonnaufgehn
Daß ich mit Reu mög in mich gehn
Und hören auf des Priesters Lehr
Und bessern mich nach deinem Begehr.

TOD
Dergleichen wird von mir nit erbeten,
Wo ich einen Mann tu antreten
Den schlag ich auf sein Herz mit Macht
Wird vorher kein Anzeig beigebracht.

JEDERMANN
O weh! Nun ist wohl Weinens Zeit!
Nun steh ich da hab kein Geleit.

TOD
Mit Weinen wird nur Zeit vertan.

JEDERMANN
Weh über mich was heb ich an!
Hätt ich ein ledig Stündlein Zeit
Mir zu gewinnen ein Geleit.
Daß ich nicht mutterkindallein
Vor meinem Richter müßte sein.

TOD
Meinst du, daß solches dir gewinnst?
Ich sag sie weigern dir den Dienst.

JEDERMANN
Nur nit allein vor das Gericht!
Nur Redens und Ratens ein Stündlein Zeit
Um Christi Gotts Barmherzigkeit!

TOD
Meinshalb, ich tret dir aus dem Gesicht,
Nur merk vertu nit diese Frist
Und nütz sie klüglich als ein Christ.
Geht hinauf, wird unsichtbar.

JEDERMANN *tritt zu seinem Gesellen*
Mein guter Gesell, du weißts –

GESELL Ich weiß.
War nit fünf Schritt weit, Jedermann

Wie dich der Tod hat treten an!
Die andern treten weg. Noch mehrere gehn.
Und hab euch reden hören alls
Schlägt mir das Herz bis an den Hals!
Ein froher Mann und kerngesund
Das warst du bis zu dieser Stund
Nun kommt mich schier das Weinen an
Wenn ich dich anschau, Jedermann.

JEDERMANN
Hab vielen Dank, mein guter Gesell.

GESELL
Was dir noch Not tut, sag du schnell.

JEDERMANN
Du bist mir wahrhaft ein guter Freund
Dich hab ich allzeit treu befunden.

GESELL
Und sollst mich finden zu allen Stunden.
Denn glaub du mir, ging deine Reis
Geradewegs hinab zur Höll
Hie fändest du den Gefährten zur Stell.

JEDERMANN
Gott steht mir bei du lieber Mann
Daß ichs um dich verdienen kann.

GESELL
Ist von Verdienen nit die Sprach,
Wär mir die allergrößte Schmach
Wollt ichs mit dem Mund mich unterwinden
Und sollt man in Taten mich lässig finden.

JEDERMANN
Mein Freund!

GESELL Sprich frei, tu auf den Mund
Muß alls mir werden offenbart
Ich steh bei dir bis zur letzten Stund
Recht nach guter Gesellen Art.
Jedermann will den Mund auftun.

GESELL
Dein Jammer geht mir mächtig nah

Soll alles was aufs Herz dir druckt
Von diesem ganzen Erdenwesen
Von mir getreulich sein verwesen.
Sag, ist dir von etlichen Leids getan?
Sie sollen ihre Strafen han,
Von meiner Hand mit scharfem Eisen
Und müßt ich darüber ins Gras beißen!

JEDERMANN
Ist nit um dies mir, bei Gotts Blut!

GESELL
Es geht dir um dein Geld und Gut
Das schafft dir große Sorgenlast,
Daß keine Leibeserben hast.

JEDERMANN
Nein, Lieber, nein!

GESELL Braucht nit viel Wort
Bei mir ist dein Vertraun am Ort
Der Kaufbrief da ist wohl verwahrt
Dir ist um deine Freundin zart
Daß deines Reichtums auf sie komm
Soviel als ihr auf immer fromm.

JEDERMANN
Nein, Lieber Guter hör mich an.

GESELL
Spar dir die Reden Jedermann
Bist ohne viel von mir verstanden.

JEDERMANN
Ach! ganz was anders schafft mir Qual
Viel näheres, mein guter Gesell!

GESELL
Heraus damit, laß hören schnell
Merk Freundes Mund tröst allemal.

JEDERMANN
Ja du mein Freund!

GESELL Willst mich nit weisen?
Könnt sein dir blieb sonst nit die Zeit.

JEDERMANN
O weh, das wär mir bitter leid.
GESELL
Sag deine Sach! Frisch Jedermann.
Wo bliebe unsre Freundschaft dann?
JEDERMANN
Wenn ich dir tät mein Herz aufschließen
Und du, du kehrtest den Rücken mir
Und ließest dich meine Red verdrießen
Des hätte ich wohl zehnfach Gram und Weh!
GESELL
Herr, wie ich zu Euch gesprochen eh
So will ich tun.
JEDERMANN So dank dir Gott.
Mir ist befohlen mich fortzuheben
Der Weg ist weit und voll Beschwer
Und was dann kommt, noch weit mehr,
Denn ich soll eine Rechnung geben
Von meinem Reichtum und all meinem Leben
Vor meinem Schöpfer und höchsten Richter!
hastig
Drum also komm mit mein guter Gesell
zieht ihn am Mantel
Wie dus versprochen hast zur Stell.
GESELL
Ei ja, das ist schon eine Sach
Versprechen und brechen, das wär mir Schmach
Daran nur denken macht mir heiß.
JEDERMANN
O du!
GESELL Doch sollt ich antreten die Reis
Da heißt es sich beraten und gut.
JEDERMANN
Was? sprachest doch auf jeglicher Straßen
Wolltest nicht lebend noch tot mich verlassen,
Und wär es geraden Wegs zur Höll.

GESELL

Richtig, so war meine Red, Hand aufs Herz!
Aber die Wahrheit zu vermelden
Ist jetzo nicht Zeit für dergleichen Scherz.
Ist fast bereits ernsthaft die Sachlag.
Und dann, wenn wir die Reis wollten antreten
Wann kämen wir wiederum hierher?
Ei, gib doch Antwort.

JEDERMANN Nimmermehr.
Nimmermehr bis an den Jüngsten Tag.

GESELL

Dann bei Gotts Tod bleib ich hintan
Wenn in dem Sinn die Meldung beschah,
Dann stehts, daß ich die Reis nit tu.

JEDERMANN

Nit tust?

GESELL Nein, alsdann bleib ich am Ort.
Ich sag dir, wie mir ist zu Sinn
Du weißt, daß ich freimütig bin.
Itzt stehts, daß ich die Reis nit tu
Um keiner lebenden Seel fürwahr
Auch nit um meines Herrn Vaters Lieb
Gott schenk ihm ansonsten die ewige Ruh.

JEDERMANN

Um Gott! Hast mir was anders versprochen!

GESELL

Weiß wohl. Und ist recht in Treuen beschehn
Und so du wolltest was anders begehn
Mit Frauen was Gutes in Kumpanei
Oder was es sonsten sei
Solltest an deiner Seiten mich sehn
So lange Gott läßt einen hellen Tag sein
Und auch des Nachts bei Fackelschein.
Das sag ich in Treuen!
Schickt sich an zu gehen.

JEDERMANN

O deiner bedarf ich jetzt gar sehr
Jetzt heißt es: Gesell gedenke mein.
Hält ihn.

GESELL

Ob wir Genossen waren, ob nit
Hinfort tu ich mit dir keinen Schritt.

JEDERMANN

So bitt ich dich, nimm soviel auf dich
Um Christi Gotts Barmherzigkeit
Und gib mir tröstliches Geleit
Bis vor die Stadt.

GESELL *reißt sich los*

Ich tu dirs nit,
Setz einen Fuß nit vor den andern
Nit um ein neues Feierkleid
Ließest du dir ein wenig Zeit,
So wollt ich dich nit allein lassen stehn
Nun aber kann ich nit harren bei dir.
Über die Schulter zurück.
So geb dir Gott eine schleunige Fahrt
Dahin recht sänftlich in guter Art
Muß eilends jetzt meines Weges gehn.

JEDERMANN *einen Schritt ihm nach*

Wohin Gesell? Willst mich verlassen ganz und gar?

GESELL

Wohl, wohl. Gott nehm deiner Seelen wahr.

JEDERMANN

Leb wohl, mein Freund, um dich wird mir mein Herz arg schwer,
Leb immer wohl, dich seh ich nun auch nimmermehr.

GESELL

Leb wohl auch Jedermann, leb wohl am End, gib mir die Hand,
Ja, Scheiden tut recht weh, das hab ich jetzt erkannt.
Er geht.

JEDERMANN

O weh, wohin soll ich nun um Hilf in der Welt.
War mein Gesell, solang ich fröhlich war

Nun trägt er wenig Leid um mich ganz unverstellt.
Streicht sich die Stirn.
Hab eh und immer was reden hören
Das ging mir aber gar nit nah
Bis heute, da mir das geschah.
Es hieß: So lang einer im Glück ist
Der hat Freunde die Menge,
Doch wenn ihm das Glück den Rücken kehrt,
Dann verläuft sich das Gedränge.
Flüchten.
O weh, so siehet das nun aus
Schnürt mir die Kehl vor Angst und Graus.
Er wird die Vettern gewahr, die noch beiseite stehen, und sein Gesicht hellt sich auf.
Da stehen meine Blutsfreunde ja,
Vielliebe Vettern bleibt mir nah.
Leichtes Zurückgehen.
Ihr seid wahrhaftig recht am Ort,
Weiß auf der Welt kein schöner Wort
Als dieses: Art läßt nicht von Art,
Das wird von euch heut recht gewahrt,
Da ihr in dieser schweren Stund
Mein Beiständ seid mit Hand und Mund.
Heftig ihn anfassend.

DICKER VETTER
Geruhig Blut, mein Vetter Jedermann,
Nur ruhig Blut, das ist alls, was ich sagen kann.

JEDERMANN
Ihr lasset mich auch nit –

DICKER VETTER Nur ruhig Blut
Ist gar von Lassen nit die Sprach,
In Stich Euch lassen, das wär uns Schmach.
Etwas abseits.

DÜNNER VETTER
Euch widerfahr so Liebes wie Leides,
Mit Euch zu teilen begehren wir beides.

DICKER VETTER

Ja, wie gesagt – – ei freilich ja!
Ihr seht wir stehn Euch treulich nah.

JEDERMANN

O vielen Dank, ihr Blutsfreunde mein.

DICKER VETTER

Da wir doch Anverwandte sein!

JEDERMANN

Ihr habt gesehn, es kam ein Bot,
Der kam auf hohen Königs Gebot.

DICKER VETTER

Ja, – – ich weiß, Vetter Jedermann – –
Die Sach ist eben so bewandt,
Daß ich in der nichts machen kann.

JEDERMANN

Er hieß einer Fahrt mich unterwinden.

DICKER VETTER

Ja, wie gesagt –

JEDERMANN Von dieser Fahrt – –

DICKER VETTER

Nun, wie gesprochen, Art läßt nicht von Art!

JEDERMANN

Von dieser Fahrt, das weiß ich wohl,
Werd ich nimmer zurücke finden.

DICKER VETTER

Ei nimmer! Ja, wo halt nichts ist,
Da hat der Kaiser 's Recht verloren!

JEDERMANN

Mein Vetter, hörtet Ihr, was ich sprach?

DICKER VETTER

Ihr redet nit zu tauben Ohren.

DÜNNER VETTER

Ei, nein, wahrhaftig nit, Gotts Not.

JEDERMANN

Ich werd da nimmer zurücke finden.

DICKER VETTER

Habt Ihr auch richtig verstanden den Bot?

JEDERMANN

Ich ihn?

DICKER VETTER

Die Red und den Verstand
Habt Ihr das richtig wohl gefaßt?

JEDERMANN

Ob ich? –

DICKER VETTER

Das war schon, daß ich sag –
Ein recht ein ungebetner Gast.
Hm, Vetter.

DÜNNER VETTER

Ja, ich mein, Gott seis geklagt –

DICKER VETTER

So meint Ihr auch wie ich? Ja, wie gesagt
entschlossen
Ja Gott befohlen, Vetter Jedermann,
Da habt Ihr alles, was ich sagen kann.
Wendet sich zu gehn.

JEDERMANN

Ihr Vettern, bleibet, hört mich an!

DÜNNER VETTER

Hast du vielleicht noch ein Begehr?
Sprich kühnlich, Vetter Jedermann.

JEDERMANN *angstvoll*

Ich muß dort eine Rechnung legen
Und hab einen Feind, der allerwegen
Mir will in meinen Weg treten
O hört mich an! mit großer Stärken.

DICKER VETTER

Was denn für Rechnung, sagt doch an.

JEDERMANN

Von all meinen irdischen Werken:
Wie ich meine Tage hab hingebracht
Und was ich Arges hab getan
Die Jahr all bei Tag und Nacht

Drum seid um Christi willen gebeten
Und helft mir meine Sach vertreten.

DÜNNER VETTER

Was, dorthin? Geht es Euch auf das!
Nein, Jedermann, da geh ich nit
Kannst mich nit zum Geleiter kriegen!
Wollt lieber in einm finstern Gelaß
Bei Wasser und Brot zehn Jahre liegen.

JEDERMANN

Oh, daß ich nit geboren wär
Nun werd ich fröhlich nimmermehr,
Wenn ihr mich da verlasset dann.

DICKER VETTER

Ei Mann! Was denn! Sei du fröhlich Mann!
Nimm dich und fang nit Jammerns an!
Nur eins mußt dir gesagt sein lassen
Mich bringst einmal nit in die Gassen.
Er geht.

JEDERMANN *zum dünnen Vetter*

Mein Vetter willst nit mit mir gehen?

DÜNNER VETTER

Hab jetzt, Gotts Tod, Krampf in den Zehen
Ist ein arg Übel, Jedermann
Das fällt mich unversehens an.

DICKER VETTER *bleibt nochmal stehen und spricht über die Schulter zurück*

Uns wirst nit verführen, das laß nur sein
Doch hab ich ein schön bös Weib daheim
Die mächtig gern auf Reisen geht
Die geb ich dir in guter Art,
Wenn die dir zu Gesichte steht,
Leicht, daß sie mit dir geht auf deine Fahrt.
Geht.

JEDERMANN

Nein, zeig mir an, weß Sinns du bist
Ob ich in meiner ärgsten Pein
Von dir soll dran gegeben sein,

Ob du willst mit mir gehn oder dahinten bleiben.
Das ist alles, was ich wissen muß.

DICKER VETTER

Dahinten bleiben und ein'n schönen Gruß
Auf Wiedersehn ein andermal.
Sie gehen.

JEDERMANN

Ach Jesus, ist das aller Dinge End,
Versprochen haben sie mir gar viel,
Vom Halten lassen sie ihre Händ.

DÜNNER VETTER *wendet sich und tritt nochmals an Jedermann heran*

Es ist nit üblich in solcher Weis
Die Leut zu beschicken zu einer Reis
Dergleichen Anmutung ist nit zart
Und hat mir keine rechte Art.
Hast deiner leibeignen Knecht genug
Die magst dazu aufbieten mit Fug.
Aber die lieben Verwandten dein
Sollten da zu wert dir sein.
Geht.

JEDERMANN

Leibeigne Knecht, was sollen mir die,
Wenn ich die mitnähm, das wär ein Ding,
Davon ich Hilfe hält gering.
Er sieht sich um.
Ist alls zu End das Freudenmahl
Und alle fort aus meinem Saal?
Er geht hinauf zu dem Tisch. Etliche, die dort noch saßen und tranken, werden ihn gewahr, springen auf und flüchten. Der Tisch versinkt.
Bleibt mir keine andere Hilfe dann,
Bin ich denn ein verlorner Mann?
Und ganz alleinig auf der Welt,
Ist es schon so um mich bestellt,
Hat mich Der schon dazu gemacht,
Ganz nackend und ohn alle Macht,
Als läg ich schon in meinem Grab,

Wo ich doch mein warm Blut noch hab
Und Knecht mir noch gehorsam sein
Und Häuser viel und Schätze mein,
Auf! schlagt die Feuerglocken drein!
Ihr Knecht nit lungert in dem Haus
Kommt allesamt zu mir heraus.
Hausvogt mit etlichen Knechten kommen eilig.

JEDERMANN
Ich muß schnell eine Reise tun
Und das zu Fuß und nit zu Wagen,
Gesamte Knecht, die sollen mit
Und meine große Geldtruhen,
Die sollen sie herbeitragen.
Die Reis wird wie ein Kriegszug scharf
Daß ich der Schätze sehr bedarf.

HAUSVOGT
Die schwere Truhn, die drinnen steht?

JEDERMANN
Ja, eilig, ohne viel Gered.
Mehrere Knechte sammeln sich, ihrer acht bringen die schwere Truhe getragen.
Hab euch berufen für eine Reis,
Daß jeder mir Gehorsam erweis.
Die Reis ist seltsam und recht weit
Und fordert zuverlässige Leut,
Daß sie in aller Still gescheh
Des ich zu euch mich wohl verseh.

KNECHT
Die Truhen, die ist marterschwer.

HAUSVOGT
Ihr tut, was anbefiehlt der Herr.
Zug setzt sich in Bewegung.

JEDERMANN
Nun, wollen wir die Reis angehen,
Ganz in der Still, heimlicher Weis.
Tod tritt in etlicher Entfernung hervor.

ERSTER KNECHT
Dort steht ein Teufel und winkt uns Halt.

HAUSVOGT

Nein, ist der Tod grausamer Gstalt,
Er kommt auf uns zu mit Gewalt.
Knechte lassen die Truhen stehen und fliehen, Hausvogt desgleichen.

TOD

Du Narr, bald ist die Stund vertan
Nimmst immer noch Vernunft nit an.
Weißt nit ein recht Geleit zu suchen,
Bald wirst verzweifeln und dir fluchen.
Verschwindet.

JEDERMANN

Ach Gott, wie graust mir vor dem Tod,
Der Angstschweiß bricht mir aus vor Not
Kann der die Seel im Leib uns morden
Was ist denn jählings aus mir worden?
Hab immer doch in bösen Stunden
Mir irgendeinen Trost ausfunden.
War nie verlassen ganz und gar,
Nie kein erbärmlich armer Narr.
War immer wo doch noch ein Halt
Und habs gewendet mit Gewalt.
Sind all denn meine Kräft dahin,
Und alls verworren schon mein Sinn,
Daß mich kaum mehr besinnen kann,
Wer bin ich denn: der Jedermann,
Der reiche Jedermann allzeit.
Das ist mein Hand, das ist mein Kleid
Und was da steht auf diesem Platz,
Das ist mein Geld, das ist mein Schatz,
Durch den ich jederzeit mit Macht
Hab alles spielend vor mich bracht.
Nun wird mir wohl, daß ich den seh
Recht bei der Hand in meiner Näh.
Wenn ich bei dem verharren kann
Geht mich kein Graus und Ängsten an.
Weh aber, ich muß ja dorthin,

Das kommt mir jählings in den Sinn.
Der Bot war da, die Ladung ist beschehn
Nun heißt es auf und dorthin gehn.
Wirft sich auf die Truhe.
Nit ohne dich, du mußt mit mir,
Laß dich um alls nit hinter mir.
Du mußt jetzt in ein andres Haus
Drum auf mit dir und schnell heraus.
Die Truhe springt auf, Mammon richtet sich auf. Groß.

MAMMON
Ei Jedermann, was ist mit dir?
Du bist ja grausamlich in Eil
Und bleich wie Kreiden all die Weil.

JEDERMANN
Wer bist denn du?

MAMMON Kennst vom Gesicht mich nit
Und willst mich dorthin zerren mit?
Dein Reichtum bin ich halt, dein Geld,
Dein eins und alles auf der Welt.
Mammons Hand bedeckt mit Ringen; lange Krallen.

JEDERMANN *sieht ihn an*
Dein Antlitz dünkt mir nit so gut
Gibt mir nit rechten Freudenmut
Das ist gleichviel, du mußt mitgehen.

MAMMON
Was solls, kann alls von hier geschehen,
Weißt wohl, was ich in Mächten hab,
Sag was dich drückt, dem helf ich ab.

JEDERMANN
Die Sach ist anderster bewandt
Es ist von wo um mich gesandt.

MAMMON *ein langer Blick*
Von –

JEDERMANN *schlägt die Augen nieder*
Ja, es war ein Bot bei mir.

MAMMON
Ist es an dem, du mußt von hier?!
Ei was, na ja, gehab dich wohl
Ein Bot war da, daß er ihn hol
Dorthin, das ist ja schleunig kommen
Hab vordem nichts derart vernommen.

JEDERMANN
Und du gehst mit, es ist an dem.

MAMMON
Nit einen Schritt, bin hier bequem.

JEDERMANN
Bist mein, mein Eigentum, mein Sach.

MAMMON
Dein Eigen, ha, daß ich nit lach.

JEDERMANN
Willst aufrebellen, du Verflucht! du Ding!
Will ihn nehmen.

MAMMON *stößt ihn weg*
Du, trau mir nit, dein Wut acht ich gering,
Wird umkehrt wohl beschaffen sein.
Ich steh gar groß, du zwergisch klein.
Du Kleiner wirst wohl sein der Knecht
Und dünkts dich, anders wärs gewesen,
Das war ein Trug und Narrenwesen.

JEDERMANN
Hab dich gehabt zu meim Befehl.

MAMMON
Und ich regiert in deiner Seel.

JEDERMANN
Warst mir zu Diensten in Haus und Gassen.

MAMMON
Ja, dich am Schnürl tanzen lassen.

JEDERMANN
Warst mein leibeigner Knecht und Sklav.

MAMMON
Nein, du mein Hampelmann recht brav.

JEDERMANN

Hab dich allein gedurft anrühren.

MAMMON

Und ich alleinig dich nasführen.
Du Laff, du ungebrannter Narr,
Erznarr du, Jedermann sieh zu
Ich bleib dahier und wo bleibst du?
Was ich in dich hab eingelegt
Darnach hast du dich halt geregt.
Das war ein Pracht und ein Ansehen
Ein Hoffart und ein Aufblähen
Und ein verflucht wollüstig Rasen,
War alls durch mich ihm eingeblasen,
Und was ihn itzt noch aufrecht hält
Daß er nit platt an' Boden fällt
Und alle Viere von sich reckt
Und hält ihn noch emporgestreckt
Das ist allein sein Geld und Gut
Da hier springt all dein Lebensmut.
Hebt eine Handvoll Geld aus der Truhe und läßt es wieder fallen.
Fällt aber in die Truhen zurück
Und damit ist zu End dein Glück.
Bald werden dir die Sinn vergehen
Und mich wirst nimmer wiedersehen.
War dir geliehen für irdische Täg
Und geh nit mit auf deinen Weg,
Geh nit, bleib hier, laß dich allein
Ganz bloß und nackt in Not und Pein.
Jedermann leichenblaß.
Ist alls um nichts dein Handausrecken
Und hilft kein Knirschen und Zähneblecken,
Fährst in die Gruben nackt und bloß,
So wie du kamst aus Mutter Schoß.
Bückt sich, die Truhe springt zu.
Jedermann ohne Sprache, eine lange Stille.

WERKE *wird sichtbar, einer Kranken gleich, auf einem elenden Lager gebettet, richtet sich halb auf und ruft mit schwacher Stimme*

Jedermann!
Jedermann hört nicht.

WERKE Jedermann, hörst mich nit?

JEDERMANN *vor sich*
Ist als wenn eins gerufen hätt,
Die Stimme war schwach und doch recht klar,
Hilf Gott, daß es nit meine Mutter war.
Ist gar ein alt, gebrechlich Weib,
Möcht, daß der Anblick erspart ihr bleib.
O nur so viel erbarm dich mein,
Laß das nit meine Mutter sein!

WERKE
Jedermann!

JEDERMANN
Seis wer da will, hab itzt nit Muß
Für irdisch Händel und Verdruß.

WERKE
Hörst mich nit, Jedermann?

JEDERMANN Ist ein krank Weib,
Was kümmerts mich, soll sehn wo sie bleib.

WERKE
Mein Jedermann, ich gehör zu dir,
Um deinetwillen lieg ich hier.

JEDERMANN
Wie soll denn das bewendet sein?

WERKE *richtet sich halb auf*
Sieh, ich bin all die Werke dein.

JEDERMANN
Ich will kein Spott, ich sterb allweg.

WERKE
Komm doch zu mir den kleinen Weg.
Sinkt zurück.

JEDERMANN
Das wird mit Willen nit geschehn,
Meine Werke will ich jetzt nit sehn.
Ist nit der Anblick, nach dem mich verlangt.
Sieht nach der andern Seite.

WERKE *ist zu Boden gesunken*

Bin schmählich schwach, muß liegen hier,
Wär ichs imstand, ich lief zu dir.

JEDERMANN

Brauch nit ein fremd Gebrest dahier,
Liegt Angst und Marter gnug auf mir.

WERKE *hebt sich ein geringes*

Mich brauchst, der Weg ist schreckbar weit,
Bist annoch ohne ein Geleit.

JEDERMANN

Des Weges muß ich itzt allein –

WERKE *versucht sich aufzuraffen*

Nein, ich will mit, denn ich bin dein.

Jedermann sieht hin.

WERKE

Auf mir liegt viel Gebrest und Last
Indem du mein gedacht nit hast.
Ohn dich könnt ich mich flink bewegen
Lief dir zu Seit auf allen Wegen.

JEDERMANN *geht zu ihr*

O Werke mein, mit mir stehts schlecht.
Ist mir gar sehr um guten Rat
Und daß mir eines Hilfe brächt!

WERKE *richtet sich mühselig an ihren Krücken auf*

Jedermann, ich hab wohl vernommen
Du bist entboten zu deinem Erlöser,
Vor ein höchst Gericht zu kommen!
Willst du nit gehn verloren, Mann,
Tritt nit allein die Wandrung an,
Das sag ich dir!

JEDERMANN Willst du mit mir?

WERKE

Ob ich mit dir den Weg will gehn?
Fragst du mich das, mein Jedermann?

JEDERMANN *sieht ihr in die Augen*

Wie du mich sehnlich siehest an
Ist mir, als hätt in meinem Leben

Nit Freund, noch Liebste, nit Weib noch Mann
Mir keinen solchen Blick gegeben!

WERKE

O Jedermann, daß du so später Stund
Dich kehrest zu meinem Aug' und Mund!

JEDERMANN

Hast ein Gesicht verhärmt und bleich
Und dünkt mich doch an Schönheit reich.
Mir ist, je mehr ich dich anseh
So mehr wird mir im Herzen weh,
Und sänftlich auch, vermischter Weis,
Daß ich mich nit zu nehmen weiß.
Mir ist, könnt deiner Augen Schein
Durch meine Augen dringen ein,
Ein großes Heil und Segen dann
Geschäh an einem armen Mann.
Doch weiß ich, dies ist nun versäumt
Und jetzt ist alls nur wie geträumt!

WERKE

Hättest erkannt in deinem Sinn,
Daß ich nit völlig häßlich bin,
Wärest bei mir verblieben viel
Und fern der Welt und bösem Spiel!
Komm näher, meine Stimm ist leis –:
Bei Armen wärest eingegangen
Recht als ihr Bruder, heiliger Weis,
Und göttlich Leid und irdischen Schmerz
Die hättest zu lieben angefangen
Und aufgegangen wäre dein Herz.
Und ich, wie ich gebrechlich bin,
Ich wär, verklärt vor deinem Sinn,
Dir worden ein göttliches Gefäß,
Ein Kelch der überströmenden Gnaden
Dazu deine Lippen waren geladen.

JEDERMANN

Und dich hab ich mögen erkennen nicht!

War so verblendet mein Gesicht!
O weh, was sind wir für Wesen dann
Wenn solches uns geschehen kann!

WERKE
Ich war ein Kelch der vor dir stand,
Gefüllt vom Himmel bis an den Rand,
Von Irdischem war darin kein Ding,
Drum schien ich deinen Augen gering.

JEDERMANN
O könnt ich sie ausreißen beid
Mir wär im Dunklen nit so bang
Als da sie mich zu bittrem Leid
Falsch han geführt mein Leben lang!

WERKE
O weh, nun müssen die Lippen dein
Auf ewig ungetränket sein!
Hast wolln dich tränken an der Welt,
Da ward der Kelch dir weggestellt!

JEDERMANN *stärker*
Des fühl ich ein wütendes Dürsten schon
Durch alle meine Adern rinnen
Und Raserei in allen Sinnen!
Da hab ich meines Lebens Lohn!

WERKE
Das ist die bitter brennend Reu
Das sind deine ungelittenen Leiden!
O könnten dein Herz sie schaffen neu,
Wie selig wäre das uns Beiden!

JEDERMANN *wirft sich auf den Boden*
So wollt ich ganz zernichtet sein,
Wie an dem ganzen Wesen mein
Nit eine Fiber jetzt nit schreit
Vor tiefer Reu und wildem Leid!
Zurück! und kann nit! Noch einmal!
Und kommt nit wieder! Graus und Qual!
Ach! Ob der Sturm vor Angst verbebt:

Hie wird kein zweites Mal gelebt!
Nun weiß die aufgerissne Brust,
Als sie es nie zuvor gewußt,
Was dieses Wort bedeuten mag:
Lieg hin und stirb, hie ist dein Tag!

WERKE *auf ihren Knien*

Mag diese Reu, so brennend groß,
Mich nit vom Boden winden los,
Weh, mag ich nit auf Füßen stehn
Und ihm die Stund zur Seiten gehn!
Sie sinkt an den Boden.
Bin ich so elend schwach und krank!

JEDERMANN

Für jedes Ding kommt halt der Dank!
Wendet sich wieder.
Werke, um alls! laß mich nit im Stich!
Bin sonst verloren sicherlich!
Hilf du mir, Rechenschaft zu geben
Vor dem, der ist Herr über Tod und Leben
Und König in der Ewigkeit,
Sonst bin ich verloren für alle Zeit!

WERKE

O Jedermann!

JEDERMANN Laß mich nit ohne Rat!

WERKE

Ich habe eine Schwester, Glaube genannt,
Wenn die wollt sich erbitten lassen,
Daß sie mit dir zög deine Straßen
Und trät mit dir vor Gottes Gericht!

JEDERMANN

Ruf die um alls! die Zeit entfliecht!

WERKE

Mag sein, sie kehrt von dir sich ab,
Dann mußt du ungetröst ins Grab.
Wirst du recht mit ihr reden können
Wird sie dir ihre Hilf vergönnen.

JEDERMANN

Wenn einer keine Zungen hätt,
Die Angst und Not macht ihn beredt!
Glaube kommt gegangen.

WERKE

War nit von Nöten laut Geschrei,
Ich fühl, die Schwester kommt herbei!
Lieb Schwester, der Mann ist schwer in Not.
Willst ihm beistehn bei seinem Tod?
Mir fehlt die Kraft, bin allzuschwach,
Kann nit vertreten seine Sach.
Sinkt hin.

GLAUBE *zu Jedermann*

Hast mich dein Leben lang verlacht
Und Gottes Wort für nichts geacht,
Geht nun in deiner Todesstund
Ein ander Red' aus deinem Mund?

JEDERMANN

Ich glaub – ich glaub –

GLAUBE *streng* Die Red' ist arm!

JEDERMANN

O, daß sich meiner Gott erbarm!
Ich glaub die zwölf Artikel mit Fleiß
Die ich von Kindschulzeiten weiß:
Was sie vorstellen ganz und gar,
Nehm ich für heilig hin und wahr.

GLAUBE

Das ist des Glaubens ein ärmlich Teil.
Baut dir hinüber keine Brück.
Weißt du nit bessers unverweil?

JEDERMANN

Ich glaub – an Gottes Langmut
Wenn einer bei Zeiten Buß tut.
Aber ich bin in Sünden zu weit
Dahin reicht keine Barmherzigkeit.
Stiert vor sich.

GLAUBE *tut einen Schritt auf ihn zu*
Bist ganz in Wollust denn ertrunken
In Lastern völlig gar versunken,
Daß dir nit auf die Lippen kommt
Was ewig deiner Seelen frommt?
Neigt sich zu ihm.

JEDERMANN
Ich glaub –

GLAUBE Glaubst du an Jesu Christ
Der von dem Vater kommen ist,
Ein Mensch und unsersgleichen worden
Von einem irdischen Weibe geboren,
Und hat in Marterqual sein Leben
Um deinetwillen hingegeben
Und ist erstanden von dem Tod,
Daß du versöhnet seist mit Gott?

JEDERMANN
Ja! Ich glaub: Solches hat er vollbracht,
Des Vaters Zorn zunicht gemacht
Der Menschheit ewig Heil erworben
Und ist dafür am Kreuz verstorben.
Doch weiß ich, solches kommt zugut,
Nur dem der heilig ist und gut:
Durch gute Werk und Frommheit eben
Erkauft er sich ein ewig Leben.
Da sieh, so stehts um meine Werk:
Von Sünden hab ich einen Berg
So überschwer auf mich geladen,
Daß mich Gott gar nit kann begnaden,
Als er der Höchstgerechte ist.

GLAUBE
Bist du ein solcher Zweifelchrist
Und weißt nit Gotts Barmherzigkeit?

JEDERMANN
Gott straft erschrecklich!

GLAUBE Gott verzeiht!
Ohn Maßen!

JEDERMANN Schlug den Pharao,
Schlug Sodom und Gomorra, schlug,
Schlug!

GLAUBE Nein, gab hin den eignen Sohn
In Erdenqual vom Strahlenthron,
Daß als ein Mensch er werd geboren
Und keiner ginge mehr verloren,
Nit einer, nit der letzte, nein,
Er finde denn das ewige Leben.
»Um der Sünder willen bin ich kommen,
Der Gsund bedarf keines Arztes dann«
Die Red ist aus dem Munde kommen,
Der keine Lügen reden kann.
Glaubst du daran in diesem Leben,
So ist dir deine Sünd vergeben
Und ist gestillet Gottes Zorn.

JEDERMANN
O, deine Worte sind gelind,
Mir ist, als wär ich neugeborn.
Ich glaube: So lang ich atme auf Erden,
Mag ich durch Christum gerettet werden.

GLAUBE
Es ist an dem, nun geh hinein,
Von deinen Sünden wasch dich rein.

JEDERMANN
Wo wär ein solcher heiliger Quell,
Daß ich zu ihm mich hintrüg schnell?
Mönch wird oben sichtbar.

GLAUBE
Ein guter Helfer wartet dein,
Bei ihm wird deine Seele rein.
Kehr wieder in einem weißen Gewand,
Dann ziehest hin an meiner Hand
Und mitzugehen deine Werk
Gewinnen mächtig Kraft und Stärk.

JEDERMANN *auf den Knien*
O ewiger Gott! O göttliches Gesicht!

O rechter Weg! O himmlisches Licht!
Hier schrei ich zu dir in letzter Stund,
Ein Klagruf geht aus meinem Mund.
O mein Erlöser, den Schöpfer erbitt,
Daß er beim Ende mir gnädig sei,
Wenn der höllische Feind sich drängt herbei,
Und der Tod mir grausam die Kehle zuschnürt,
Daß er meine Seel dann hinaufführt.
Und, Heiland, mach durch dein Fürbitt,
Daß ich zu seiner Rechten hintritt,
In seine Glorie mit ihm zu gehn.
Laß dir dies mein Gebet anstehn,
Um willen, daß du am Kreuz bist gestorben
Und hast all unsre Seelen erworben.

Er liegt im tiefen Gebet auf seinem Angesicht. Die Orgel tönt stärker. Indessen geht unten, im Dunklen, Jedermanns Mutter querüber, als wie auf dem Weg zur Frühmette, vor ihr ein Knecht der die Leuchte trägt.

KNECHT

Was bleibt Ihr stehen, Frau, zur Stund?
Wie ist Euch? seid Ihr nit gesund?
Wollt Ihr leicht heim in Euer Bett
Statt nächtlings zu der Morgenmett?

JEDERMANNS MUTTER

Sind wir denn so verspät't alsdann
Und hebt sich schon die Frühmett an?
Ich hör ein also herrlich Klingen
Als täten alle Engel singen!

KNECHT

Verspätet sind wir keinerweis,
Auch hör ich nichts, nit laut noch leis.

JEDERMANNS MUTTER

Ich hörs und weiß im Herzen mein
Das sind die himmlischen Schalmein.
So singen sie vor Gottes Thron:
Das geht auf meinen lieben Sohn.
Ich spür zu dieser nächtigen Stund

Ist seine Seele worden gesund.
Er ist versöhnet Gott dem Herrn
Des sterb ich freudiglich und gern.
Erhört ist meine große Bitt,
Und weiß daß ich einmal hintritt
Vor Gottes meines Schöpfers Thron
Und find dort meinen lieben Sohn.
Bald lässest deine Dienerin
In deinen Frieden fahren hin.
Amen.

KNECHT Wollt Ihr nit kommen, Frau?
Die Zeit vergeht, es wird schon grau.
Sie gehen vorbei.

GLAUBE
Jedermann, so sei Gott mit dir,
Also, wie ich dich nun und hier
In deines Erlösers Hand befehl,
So sei deine Rechenschaft ohn Fehl.
Werke hat ihre Krücken von sich geworfen und tritt zu ihnen.

GLAUBE
Nun faß dir einen fröhlichen Mut
Nun kommen deine Werke gut
Sind ledig all ihrer Beschwer
Und treten starken Schrittes einher.

WERKE
Jedermann, ich bins, deine Freundin,
Ich segne dich in meinem Sinn,
Du hast mich geschaffen von Schmerzen frei,
Nun geh ich mit dir, wohin es auch sei.

JEDERMANN
O, meine Werke, wie ich Eure Stimme hör,
Muß ich vor Freuden weinen sehr.

GLAUBE
Nun sollst du weinen und trauern nimmermehr,
Nein, freuen dich und fassen einen frohen Mut,
Gott sieht dich von seinem Thron recht gut!

JEDERMANN
Dann ich nit Zögerung noch Aufschub such.
Ihr Freunde ich mein wir gehn selbdritt,
Von euch will ich mich scheiden nit.
Er geht hinauf und folgt dem Mönche nach.
Werke und Glaube verharren betend.

TEUFEL *kommt (von der Seite, wo Buhlschaft stand) angesprungen, schreit und winkt von weitem*
Halt Jedermann! Aufhalten Jedermann!
Aufhalten! He! Hieher Gesell!
Ich komm dich holen, bin zur Stell!
He Jedermann, er ist hinein!
Muß taub auf beiden Ohren sein!
Was geht er denn in dieses Haus?
Da hol ihn dieser und jener heraus!
Ich wart derweilen an der Tür,
Faß ihn, und meines Wegs ihn führ.
Mit gesenktem Kopf
Kann sein, er läßt mich warten lang,
Mag er, ist mir um ihn nit bang.
Ist mir verfallen mit Haut und Haar
Und sicher wie lang schon keiner war.

GLAUBE
Halt da!

TEUFEL *hat nichts gehört*
Muß hier vorbei.

GLAUBE
Hie nit!

TEUFEL
Ganz unbedingt, hab dort zu tun.

GLAUBE
Hie ist kein Weg für deinesgleichen.

TEUFEL
Ein zänkisch Weib. Ich kann ausweichen.
Will links herum.

GLAUBE *tritt ihm aufs neu in seinen Weg und sagt*
Hie ist kein Weg!

TEUFEL *sanft* Laß sie gesagt sich sein
Ich hab zu warten dort an der Tür
In Amtsgeschäften, damit ich ein'n
Der dort herauskommt dann mit mir
Eines gewissen Weges führ.

GLAUBE
Ich führe Zwiesprach nit mit dir.

TEUFEL
Ich auch nit, geh halt da vorbei.
Will an Werke vorüber.

WERKE
Hie ist kein Weg für dich.

TEUFEL *hält sich die Ohren zu*
Geschrei!
Gespiel! Belästigung!

WERKE *tritt ihm aufs neue in den Weg*
Kein Weg!

TEUFEL
Kein Weg! Kein Weg! Ist hier kein Weg?
Kein Boden? Nichts worauf mein Fuß
Mag stehen, hüpfen, springen! Nein?
Hier wird sogleich ein Weg mir sein!
Will durch mit Gewalt.

GLAUBE *hinzutretend*
Willst dus mit deinen Fäusten richten
Und stören unser fromm Gebet?
Sieh, wer zu unsrer Hilf dasteht!
Engel treten oben hervor.

TEUFEL *sieht hinauf, beschirmt sich mit der Hand die Augen*
Sind die Gesellen auch im Spiel
Und wissen bessres nit zu schaffen
Als hier zu lümmeln und zu gaffen
So abends spät, wie morgens früh,
Wenn andre Leut mit saurer Müh
Nachgehen ihren Amtsgeschäften
Mit schuldigem Eifer und besten Kräften!
Werke und Glaube achten seiner nicht und beten mit gefalteten Händen.

TEUFEL *setzt sich auf den Boden*
Ich frage, sind hier Zweifel im Spiel,
Ist hier ein Handel in der Schweb,
Nichts davon, nichts, so wahr ich leb.
Sitzt einer hier unter euch allen,
Der ins Gesicht mir tät bestreiten,
Daß dieser Mensch mir ist verfallen!
Ein prächtig Schwelger und Weinzecher,
Ein Buhl, Verführer und Ehebrecher,
Ungläubig als ein finstrer Heide,
In Wort und Taten frech vermessen
Und seines Gottes so vergessen
Wie nicht das Tier auf seiner Weide,
Witwen und Waisen Gutsverprasser,
Ein Unterdrücker, Neider, Hasser!
An Herz und Nieren ausgedorrt –
Er springt auf.
Mir fehlen, ihn zu malen, die Wort!
Und diesen will man mir verwehren,
Daß ich ihm auf die Kappen geh
Ihm jählings das Genick umdreh,
Ihm zuschrei: Duck dich, Fleisch, und stirb!
Und seine Seel für uns erwirb.
Verharrt ihr drauf mit kaltem Blut
Und bangt euch nit vor meiner Wut
Und Zähn gefletscht und Fäust geballt?
Und, daß Recht und Gerechtigkeit
Gewappnet stehn auf meiner Seit?

GLAUBE
Auf deiner Seiten steht nit viel
Hast schon verloren in dem Spiel
Gott hat geworfen in die Schal
Sein Opfertod und Marterqual
Und Jedermannes Schuldigkeit
Vorausbezahlt in Ewigkeit.

TEUFEL

Seit wann? seit wo? wie geht das zu?
Geschiehet das in einem Nu?
Wenn eins sein Leben brav sich regt
Und nur auf uns sein Tun anlegt,
Recht weislich, fest und wohlbedacht
Recht Stein auf Stein und Tag auf Nacht
Wird solch ein wohlbeständig Ding
In einem Augenzwinkern neu?
Schmeißt ihr das um mit einem Wink?

GLAUBE

Ja solches wirkt die tiefe Reu,
Die hat eine lohende Feuerskraft,
Daß sie von Grund die Seel umschafft.

TEUFEL

Ha! Weiberred und Gaukelei!
Wasch mir den Pelz und mach ihn nit naß!
Ein Wischiwasch! Salbaderei!
Zum Speien ich dergleichen haß!
Beweis! Gib eine einzige Red,
Die vor Gericht zu Recht besteht!

GLAUBE

Vor dem Gericht, vor das er tritt,
Bestehen deine Rechte nit,
Die sind auf Schein und Trug gestellt
Auf Hie und Nun und diese Welt,
Die ist gefangen in der Zeit
Und bleibt in solchen Schranken stocken,
Wo aber tönet diese Glocken,

Man hört von innen das Sterbeglöcklein, Glaube und Werke fallen auf die Knie.

Hat angehoben Ewigkeit.

TEUFEL *hält sich die Ohren zu*

Ha! Dies Geklingel silberfein
Geht einem mehr durch Mark und Bein
Als selbst der großen dumpf Gebrumm.

Ich geb es auf, ich kehr mich um,
Ich laß ihn, füttert ihn euch aus,
Mich ekelts hie, ich geh nach Haus.
Glaube und Werke haben sich erhoben.

TEUFEL

Ein schöner Fall, ganz sonnenklar
Und in der Suppe doch ein Haar!
Tret arglos her, vergnügt im Sinn
Und mein, zu melden mich als Erben.
Ja Vetter, ja, da liegen die Scherben!
»Hie ist kein Weg, hie ist kein Weg!«
Ah! Weiber! Fastensupp und Schläg,
Das ist wie ich sie halten tät!
Ein Anspruch der zurecht besteht
Vor Türken, Mohren und Chinesen,
Ff! Da ist Anspruch und Recht gewesen!
Bläst mir ihn weg! »Hie führt kein Weg!«
Ich wollt, daß er im Feuer läg.
Und kommt in einem weißen Hemd
Erzheuchlerisch und ganz verschämt.
Die Welt ist dumm, gemein und schlecht
Und geht Gewalt allzeit vor Recht,
Ist einer redlich treu und klug,
Ihn meistern Arglist und Betrug.
Geht ab.
Jedermann tritt oben hervor in einem weißen langen Hemde, einen Pilgerstab in der Hand, sein Angesicht ist totenbleich aber verklärt, er geht auf die Beiden zu.

WERKE *wendet sich*

Fühl ich nit kommen Jedermann?
Er ist es, ja, und tritt herbei,
Mir ahnte wohl, daß er es sei.
Er hat seinem Herrn getan genug
Des fühl ich an meinen Gliedern all
Die Kraft zu einem hohen Flug!

JEDERMANN

Nun gebet mir treulich eure Händ,
Ich hab empfangen das Sakrament.
Gesegnet sei, der mich das hieß tun
Und also guten Rat mir sprach,
Nun seid bedankt, daß ihr auf mich
Geharret habet sorglich
Mit andächtigem Beten.
Und nun laßt uns die Reis antreten.
Leg jeder die Hand an diesen Stab
Und folge mir zu meinem Grab.

WERKE

Ich heb vom Stab nit meine Händ,
Zuvor die Reis kam an ihr End.

GLAUBE

Ich steh bei dir, so wie ich eh
Stand hielt bei Judas Makkabee!

Sie gehen hinauf.

Der Tod ist hervorgetreten und geht hinter ihnen einher. Sie stehen beim Grab.

JEDERMANN *schließt die Augen*

Nun muß ich ins Grab, das ist schwarz wie die Nacht,
Erbarm dich meiner in deiner Allmacht.

GLAUBE

Ich steh dir nah und seh dich an.

WERKE

Und ich geh mit, mein Jedermann.

JEDERMANN *zögert noch*

O Herr und Heiland steh mir bei
Zu dir ich um Erbarmen schrei.

WERKE *hilft ihm ins Grab, steigt dann zu ihm hinein*

Herr laß das Ende sanft uns sein,
Wir gehn in deine Freuden ein.

JEDERMANN *im Grab, nur Haupt und Schultern sind noch sichtbar*

Wie du mich hast zurückgekauft,
So wahre jetzt der Seele mein,

Daß sie nit mög verloren sein
Und daß sie am jüngsten Tag auffahr
Zu dir mit der geretteten Schar.
Er sinkt.

GLAUBE

Nun hat er vollendet das Menschenlos,
Tritt vor den Richter nackt und bloß
Und seine Werke allein,
Die werden ihm Beistand und Fürsprech sein.
Heil ihm, mich dünkt es ist an dem,
Daß ich der Engel Stimmen vernehm,
Wie sie in ihren himmlischen Reihn
Die arme Seele lassen ein.
Engel singen.

Ende.

ERZÄHLUNGEN

GERECHTIGKEIT

26. Mai 1893

Ich sass mitten im Garten. Vor mir lief der Kiesweg zwischen zwei blassgrünen Wiesen aufwärts, bis wo der Hügel abbrach und sich der dunkelgrüngestrichene Lattenzaun scharf in den hellen Frühlingshimmel hineinzeichnete. Wo der Weg aufhörte hatte der Zaun eine kleine Thür. In der dünnen durchsichtigen Luft schwebten Bienen zwischen den rosenrothen über und über blühenden Pfirsichbäumen hin und her. Da knarrte oben das Lattenthürchen und zuerst sprang ein Hund in den Garten ein grosses, hochbeiniges zierliches Windspiel. Hinter dem Hund trat, das Thürchen hinter sich zudrückend ein Engel ein, ein junger blonder schlanker Engel, einer von den schlanken Pagen Gottes. Er trug Schnabelschuhe, an der Seite hieng ihm ein langer Stossdegen und im Gürtel ein Dolch. Brust und Schultern deckte ein feiner stahlblauer Panzer, auf dem spielte die Sonne, und weisse Blüthen fielen auf sein dichtes langes goldblondes Haar. So gieng er den Kiesweg herunter, die feine schmächtige Gestalt im enganschliessenden smaragdgrünen Wams, die Ärmel von der Schulter bis zum Ellbogen gepufft, von da an eng bis über die Knöchel der hübschen Hände. Er gieng langsam, zierlich, die linke Hand spielte mit dem Griff des Dolches; der Hund sprang neben des Herren Weg im Grase her, von Zeit zu Zeit mit Liebe zu ihm aufschauend. Jetzt war er kaum mehr so weit, wie ein fünfjähriges Kind den Ball wirft.

»Wird er mich ansprechen, wenn er herkommt?«

In der Wiese spielte das kleine Kind des Gärtners mit abgefallenen Blüthen. Es wackelte jetzt auf den Engel zu und schaute ihm auf die Füsse. »Schöne Schuh hast Du, sehr schöne!« sagte es. »Ja,« sagte der Engel, »freilich, die sind vom Mantel der Mutter Gottes.«

Jetzt sah ich: die Schuhe waren aus Goldstoff und irgendwelche rothe Blumen oder Früchte eingewebt. »Der heilige Apostel Petrus lief einmal der Mutter Gottes nach,« sagte der Engel zu dem Kind, »weil er ihr etwas zu sagen hatte und sie hörte ihn nicht rufen und blieb nicht stehen. Und da lief er ihr nach und trat ihr in seiner Hast ein Stück vom nachschleppenden Mantel ab. Da wurde der Mantel weggelegt und für uns auf Schuh verschnitten.« »Sehr schön sind die Schuh!« sagte das Kind noch einmal. Dann gieng der Engel weiter, den Kiesweg weiter, der ihn an meiner Bank vorbeiführen musste. Eine unsägliche Gehobenheit kam über mich bei dem Gedanken, dass er auch zu mir reden würde. Denn auf den einfachen Worten, die über seine Lippen sprangen, lag ein Glanz, als dächte er dabei an ganz etwas anderes, dächte verschwiegen mit unterdrücktem Jubel an paradiesische Glückseligkeiten. Da stand er vor mir. Ich nahm grüssend den Hut ab und erhob mich. Als ich aufsah, erschrak ich über den Ausdruck seines Gesichts. Es war von wundervoller Feinheit und Schönheit der Züge, aber die dunkelblauen Augen blickten finster, fast drohend, und das goldene Haar hatte nichts lebendiges, sondern gab ein unheimliches metallisches Blinken. Neben ihm stand der Hund, ein Vorderbein zierlich gehoben und schaute mich auch mit aufmerksamen Augen an.

»Bist Du ein Gerechter?« fragte der Engel streng. Der Ton war hochmüthig, fast verächtlich. Ich versuchte zu lächeln: »Ich bin nicht schlimm. Ich habe viele Menschen gern. Es giebt so viel hübsche Dinge.« »Bist Du gerecht?« fragte der Engel wieder. Es war, als hätte er meine Rede vollkommen überhört; in seinen Worten war ein Schatten von der herrischen Ungeduld, wie wenn man einem Diener einen Befehl wiederholt, weil er nicht gleich verstanden hat. Mit der rechten Hand zog er den Dolch ein klein wenig aus der Scheide. Ich wurde ängstlich; ich versuchte ihn zu begreifen, aber es gelang mir nicht; mein Denken erlosch, unfähig den lebendigen Sinn des Wortes zu erfassen; vor meinem inneren Aug stand eine leere Wand; qualvoll vergeblich suchte ich mich zu besinnen. »Ich habe so wenig vom Leben ergriffen;« brachte ich endlich hervor, »aber manchmal durchweht mich eine starke Liebe und da ist mir nichts fremd. Und sicherlich bin ich dann gerecht: denn mir ist dann, als könnte ich alles begreifen, wie die Erde rauschende Bäume heraufttreibt und wie die Sterne im Raum hängen und kreisen, von allem das tiefste Wesen, und alle Regungen der Menschen...«

Ich stockte unter seinem verächtlichen Blick; ein vernichtendes

Bewusstsein meiner Unzulänglichkeit überkam mich, dass ich fühlte, wie ich vor Scham erröthete. Der Blick sagte deutlich: »Was für ein widerwärtiger hohler Schwätzer!« Nicht eine Spur von Entgegenkommen oder Mitleid lag darin.

Ein hochmüthiges Lächeln verzog seine schmalen Lippen. Er wandte sich zum Gehen. »Gerechtigkeit ist alles,« sagte er; »Gerechtigkeit ist das Erste, Gerechtigkeit das Letzte. Wer das nicht begreift, wird sterben.« Damit kehrte er mir den Rücken und gieng mit elastischen Schritten den Weg nach abwärts; wurde unsichtbar hinter der Geissblattlaube, tauchte dann wieder auf und stieg endlich die Steintreppe hinunter, ruckweise verschwindend, erst die schlanken Beine bis zum Knie, dann die Hüften, endlich die dunkelgepanzerten Schultern, das goldene Haar und das smaragdgrüne Barett. Hinter ihm lief der Hund, zeichnete sich am obersten Stiegenabsatz in zierlich-scharfen Contouren ab und sprang dann mit einem Satz in's Unsichtbare.

DAS GLÜCK AM WEG

Ich saß auf einem verlassenen Fleck des Hinterdecks auf einem dicken, zwischen zwei Pflöcken hin- und hergewundenen Tau und schaute zurück. Rückwärts war in milchigem, opalinem Duft die Riviera versunken, die gelblichen Böschungen, über die der gezerrte Schatten der schwarzen Palmen fällt und die weißen, flachen Häuser, die in unsäglichem Dickicht rankender Rosen einsinken. Das alles sah ich jetzt scharf und springend, weil es verschwunden war, und glaubte, den feinen Duft zu spüren, den doppelten Duft der süßen Rosen und des sandigen, salzigen Strandes. Aber der Wind ging ja landwärts, schwärzlich rieselnd lief er über die glatte, weinfarbene Fläche landwärts. So war es wohl nur Täuschung, daß ich den Duft zu spüren glaubte. Dann sprangen dort, wo golden der breite Sonnenstreifen auf dem Wasser lag, drei Delphine auf und sprudelten sprühendes Gold und spielten gravitätisch und haschten sich heftig rauschend und tauchten plötzlich wieder unter. Leer lag der Fleck und wurde wieder glatt und blinkte.

Jetzt hätte es dort aufrauschen müssen, und wie der wühlende Maulwurf weiche Erdwellen aufwerfend den Kopf aus den Schollen hebt, so hätten sich die triefenden Mähnen und rosigen Nüstern der scheckigen Pferde herausheben müssen, und die weißen Hände, Arme und Schultern der Nereiden, ihr flutendes Haar und die zackigen, dröhnenden Hörner der Tritonen. Und in der Hand die rotseidenen Zügel, an denen grüner Seetang hängt und tropfende Algen, müßte er im Muschelwagen stehen, Neptun, kein langweiliger, schwarzbärtiger Gott, wie sie ihn zu Meißen aus Porzellan machen, sondern unheimlich und reizend, wie das Meer selbst, mit weicher Anmut, frauenhaften Zügen und Lippen rot, wie eine giftig rote Blume...

Über das leere, glänzende Meer lief schwärzlich rieselnd der leise Wind. Am Horizont, nicht ganz dort, wo in der kommenden Nacht wie ein schwarzblauer Streif der bergige Wall von Corsica auftauchen sollte, stand ein winziger schwarzer Fleck.

Nach einer Stunde war das Schiff recht nahe gegen unseres gekommen. Es war eine Yacht, die offenbar nach Toulon fuhr. Wir mußten sie fast streifen. Mit guten Augen unterschied man schon recht deutlich die Maste und Raaen, ja sogar die Vergoldung, dort, wo der Name des Schiffes stand. Ich wechselte meinen Platz, trug meinen englischen Roman ins Lesezimmer zurück und holte mein Fernglas. Es war ein sehr gutes Glas. Es brachte mir einen bestimmten runden Fleck des fremden Schiffes ganz nahe, fast unheimlich nahe. Es war, wie wenn man durchs Fenster in ein ebenerdiges Zimmer schaut, worin sich Menschen bewegen, die man nie gesehen hat und wahrscheinlich nie kennen wird; aber einen Augenblick belauscht man sie ganz in der engen dumpfen Stube, und es ist, als ob man ihnen da unsäglich nahe käme.

Den runden Fleck in meinem Glas begrenzte schwarzes Tauwerk, messingeingefaßte Planken, dahinter der tiefblaue Himmel. In der Mitte stand eine Art Feldsessel, auf dem lag, mit geschlossenen Augen, eine blonde junge Dame. Ich sah alles ganz deutlich: den dunklen Polster, in den sich die Absätze der kleinen, lichten Halbschuhe einbohrten, den moosgrünen breiten Gürtel, in dem ein paar halboffene Rosen steckten, rosa Rosen, la France-Rosen...

Ob sie schlief?

Schlafende Menschen haben einen eigentümlichen, naiven, schuldlosen, traumhaften Reiz. Sie sehen nie banal und nie unnatürlich aus.

Sie schlief nicht. Sie schlug die Augen auf und bückte sich um ein heruntergefallenes Buch. Ihr Blick lief über mich, und ich wurde verlegen, daß ich sie so anstarrte, aus solcher Nähe; ich senkte das Glas, und dann erst fiel mir ein, daß sie ja weit war, dem freien Auge nichts als ein lichter Punkt zwischen braunen Planken, und mich unmöglich bemerken könne. Ich richtete also wieder das Glas auf sie, und sie sah jetzt wie verträumt gerade vor sich hin. In dem Augenblick wußte ich zwei Dinge: daß sie sehr schön war, und daß ich sie kannte. Aber woher? Es quoll in mir auf, wie etwas Unbestimmtes, Süßes, Liebes und Vergangenes. Ich versuchte es, schärfer zu denken: ein gewisser kleiner Garten, wo ich als Kind gespielt hatte, mit weißen Kieswegen und Pegonienbeeten... aber nein, das war es nicht... damals mußte sie ja auch ein kleines Kind gewesen sein... ein Theater, eine Loge mit einer alten Frau und zwei Mädchenköpfe, wie biegsame lichte Blumenköpfe hinter dem Zaun... ein Wagen, im Prater, an einem Frühlingsmorgen... oder Reiter?... Und der starke Geruch der taufeuchten Lohe und Kastanienblütenduft und ein gewisses helles Lachen... aber das war ja jemand Anderes Lachen... ein gewisses Boudoir mit einem kleinen Kamin und einem gewissen hohen Louis-Quinze-Feuerschirm... alles das tauchte auf und zerging augenblicklich, und in jedem dieser Bilder erschien schattenhaft diese Gestalt da drüben, die ich kannte und nicht kannte, diese schmächtige lichte Gestalt und die blumenhafte müde Lieblichkeit des kleinen Kopfes und darin die faszinierenden, dunkeln, mystischen Augen... Aber in keinem der Bilder blieb sie stehen, sie zerrann immer wieder, und das vergebliche Suchen wurde unerträglich. Ich kannte sie also nicht. Der Gedanke verursachte mir ein unerklärliches Gefühl von Enttäuschung und innerer Leere; es war mir, als hätte ich das Beste an meinem Leben versäumt. Dann fiel mir ein: Ja, ich kannte sie, das heißt, nicht wie man gewöhnlich Menschen kennt, aber gleichviel, ich hatte hundertmal an sie gedacht, Hunderte von Malen, Jahre und Jahre hindurch.

Gewisse Musik hatte mir von ihr geredet, ganz deutlich von ihr, am stärksten Schumannsche; gewisse Abendstunden auf grünen Veilchenwiesen, an einem rauschenden kleinen Fluß, darüber der feuchte, rosige Abend lag; gewisse Blumen, Anemonen mit müden Köpfchen... gewisse seltsame Stellen in den Werken der Dichter, wo man aufsieht und den Kopf in die Hand stützt und auf einmal vor dem inneren Aug' die goldenen Tore des Lebens aufgerissen scheinen... Alles das hatte von ihr geredet, in all dem war das Phantasma ihres Wesens gelegen, wie in gläubigen Kindergebeten das Phantasma des Himmels liegt. Und alle meine heimlichen Wünsche hatten sie zum heimlichen Ziel gehabt: in ihrer Gegenwart lag etwas, das allem einen Sinn gab, etwas unsäglich Beruhigendes, Befriedigendes, Krönendes. Solche Dinge begreift man nicht: man weiß sie plötzlich.

Ja, ich wußte noch viel mehr; ich wußte, daß ich mit ihr eine besondere Sprache reden würde, besonders im Ton und besonders im Stil: meine Rede wäre leichtsinniger, beflügelter, freier, sie liefe gleichsam nachtwandelnd auf einer schmalen Rampe dahin; aber sie wäre auch eindringlicher, feierlicher, und gewisse seltsame Saitensysteme würden verstärkend mittönen.

Alle diese Dinge dachte ich nicht deutlich, ich schaute sie in einer fliegenden, vagen Bildersprache.

In dem Augenblick war uns das fremde Schiff recht nah, näher würde es wohl kaum kommen.

Ich wußte noch mehr von ihr: ich wußte ihre Bewegungen, die Haltung ihres Kopfes, das Lächeln, das sie haben würde, wenn ich ihr gewisse Dinge sagte. Wenn sie auf der Terrasse säße, in einer kleinen Strandvilla in Antibes (ganz ohne Grund dachte ich gerade Antibes) und ich käme aus dem Garten und bliebe unter ihr stehen, drei Stufen unter ihr (und mir war, als wüßte ich ganz genau, das würde hundertmal geschehen, ja beinahe, als wäre es schon geschehen...), dann würde sie mit einer undefinierbaren reizenden kleinen Pose die Schultern wie frierend in die Höhe ziehen und mich mit ihren mystischen Augen ernst und leise spöttisch von oben herab ansehen...

Es liegt unendlich viel in Bewegungen: sie sind die komplizierte und feinabgetönte Sprache des Körpers für die komplizierte und feine Gefallsucht der Seele, die eine Art Liebesbedürfnis und eine Art Kunsttrieb ist: Koketterie ist ein sehr plumpes Wort dafür. In dieser kleinen Pose lag für mich eine Unendlichkeit von Dingen ausgedrückt: eine ganz bestimmte Art, ernsthaft, zufrieden und in Schönheit glücklich zu sein; ganz bestimmte graziöse, freie, wohltuende Lebensverhältnisse und vor allem mein Glück lag darin ausgedrückt, die Bürgschaft meines tiefen, stillen, fraglosen Glückes. Alle diese Gedanken waren ohne Sentimentalität, mit einer sicheren, ruhigen Anmut erfüllt. Dabei sah ich ununterbrochen hinüber. Sie war aufgestanden und sah gerade zu uns her. Und da war mir, als ob sie leise, mit unmerklichem Lächeln den Kopf schüttelte. Gleich darauf bemerkte ich mit einer Art stumpfer Betäubung, daß die Schiffe schon wieder anfingen, sich leise voneinander zu entfernen. Ich empfand das nicht als etwas Selbstverständliches, auch nicht als eine schmerzliche Überraschung, es war einfach, als glitte dort mein Leben selbst weg, alles Sein und alle Erinnerung, und zöge langsam, lautlos gleitend seine tiefen, langen Wurzeln aus meiner schwindelnden Seele, nichts zurücklassend als unendliche, blöde Leere. Mir war, als fühlte ich fröstelnd, wie durch diese Leere ein Lufthauch lief. Stumpf, gedankenlos aufmerksam sah ich zu, wie sich zwischen sie und mich ein leerer, reinlicher, emailblauer, glänzender Wasserstreifen legte, der immer breiter wurde. In hilfloser Angst sah ich ihr nach, wie sie mit langsamen Schritten schlank und biegsam eine kleine Treppe hinabstieg, wie Ruck auf Ruck in der Luke der grüne Gürtel verschwand, dann die feinen Schultern und dann das dunkelgoldene Haar. Dann war nichts mehr von ihr da, nichts. Für mich war es, als hätte man sie in einen schmalen kleinen Schacht gelegt und darüber einen schweren Stein und darauf Rasen. Als hätte man sie zu den Toten gelegt, ja, gar nichts konnte sie mehr für mich sein. Wie ich so hinstarrte auf das schwindende Schiff, das sich ein wenig gedreht hatte, kehrte sich mir unter Bord etwas Blinkendes zu. Es waren vergoldete Genien, goldene, an das Schiff geschmiedete Geister, die trugen auf einem Schild in blinkenden Buchstaben den Namen des Schiffes: »La Fortune«…

DAS MÄRCHEN DER 672. NACHT

I.

Ein junger Kaufmannssohn, der sehr schön war und weder Vater noch Mutter hatte, wurde bald nach seinem fünfundzwanzigsten Jahre der Geselligkeit und des gastlichen Lebens überdrüssig. Er versperrte die meisten Zimmer seines Hauses und entließ alle seine Diener und Dienerinnen, bis auf vier, deren Anhänglichkeit und ganzes Wesen ihm lieb war. Da ihm an seinen Freunden nichts gelegen war und auch die Schönheit keiner einzigen Frau ihn so gefangen nahm, daß er es sich als wünschenswert oder nur als erträglich vorgestellt hätte, sie immer um sich zu haben, lebte er sich immer mehr in ein ziemlich einsames Leben hinein, welches anscheinend seiner Gemütsart am meisten entsprach. Er war aber keineswegs menschenscheu, vielmehr ging er gerne in den Straßen oder öffentlichen Gärten spazieren und betrachtete die Gesichter der Menschen. Auch vernachlässigte er weder die Pflege seines Körpers und seiner schönen Hände noch den Schmuck seiner Wohnung. Ja, die Schönheit der Teppiche und Gewebe und Seiden, der geschnitzten und getäfelten Wände, der Leuchter und Becken aus Metall, der gläsernen und irdenen Gefäße wurde ihm so bedeutungsvoll, wie er es nie geahnt hatte. Allmählich wurde er sehend dafür, wie alle Formen und Farben der Welt in seinen Geräten lebten. Er erkannte in den Ornamenten, die sich verschlingen, ein verzaubertes Bild der verschlungenen Wunder der Welt. Er fand die Formen der Tiere und die Formen der Blumen und das Übergehen der Blumen in die Tiere; die Delphine, die Löwen und die Tulpen, die Perlen und den Akanthus; er fand den Streit zwischen der Last der Säule und dem Widerstand des festen Grundes und das Streben alles Wassers nach aufwärts und wiederum nach abwärts; er fand die Seligkeit der Bewegung und die Erhabenheit der Ruhe, das Tanzen und das Totsein; er fand die Farben der Blumen und Blätter, die Farben der Felle wilder Tiere und der Gesichter der Völker, die Farbe der Edelsteine, die Farbe des stürmischen und des ruhig leuchtenden Meeres; ja, er fand den Mond und die Sterne, die mystische Kugel, die mystischen Ringe und an ihnen festgewachsen die Flügel der Seraphim. Er war für lange Zeit trunken von dieser großen, tiefsinnigen Schönheit, die ihm gehörte, und alle seine Tage bewegten sich schöner und minder leer unter diesen Geräten, die nichts Totes und Niedriges mehr waren, sondern ein großes Erbe, das göttliche Werk aller Geschlechter.

Doch er fühlte ebenso die Nichtigkeit aller dieser Dinge wie ihre Schönheit; nie verließ ihn auf lange der Gedanke an den Tod und oft befiel er ihn unter lachenden und lärmenden Menschen, oft in der Nacht, oft beim Essen.

Aber da keine Krankheit in ihm war, so war der Gedanke nicht grauenhaft, eher hatte er etwas Feierliches und Prunkendes und kam gerade am stärksten, wenn er sich am Denken schöner Gedanken oder an der Schönheit seiner Jugend und Einsamkeit berauschte. Denn oft schöpfte der Kaufmannssohn einen großen Stolz aus dem Spiegel, aus den Versen der Dichter, aus seinem Reichtum und seiner Klugheit, und die finsteren Sprichwörter drückten nicht auf seine Seele. Er sagte: »Wo du sterben sollst, dahin tragen dich deine Füße«, und sah sich schön, wie ein auf der Jagd verirrter König, in einem unbekannten Wald unter seltsamen Bäumen einem fremden wunderbaren Geschick entgegengehen. Er sagte: »Wenn das Haus fertig ist, kommt der Tod« und sah jenen langsam heraufkommen über die von geflügelten Löwen getragene Brücke des Palastes, des fertigen Hauses, angefüllt mit der wundervollen Beute des Lebens.

Er wähnte, völlig einsam zu leben, aber seine vier Diener umkreisten ihn wie Hunde und obwohl er wenig zu ihnen redete, fühlte er doch irgendwie, daß sie unausgesetzt daran dachten, ihm gut zu dienen. Auch fing er an, hie und da über sie nachzudenken.

Die Haushälterin war eine alte Frau; ihre verstorbene Tochter war des Kaufmannssohns Amme gewesen; auch alle ihre anderen Kinder waren gestorben. Sie war sehr still und die Kühle des Alters ging von ihrem weißen Gesicht und ihren weißen Händen aus. Aber er hatte sie gern, weil sie immer im Hause gewesen war und weil die Erinnerung an die Stimme seiner eigenen Mutter und an seine Kindheit, die er sehnsüchtig liebte, mit ihr herumging.

Sie hatte mit seiner Erlaubnis eine entfernte Verwandte ins Haus genommen, die kaum fünfzehn Jahre alt war; diese war sehr verschlossen. Sie war hart gegen sich und schwer zu verstehen. Einmal warf sie sich in einer dunkeln und jähen Regung ihrer zornigen Seele aus einem Fenster in den Hof, fiel aber mit dem kinderhaften Leib in zufällig aufgeschüttete Gartenerde, so daß ihr nur ein Schlüsselbein brach, weil dort ein Stein in der Erde gesteckt hatte. Als man sie in ihr Bett gelegt hatte, schickte der Kaufmannssohn seinen Arzt zu ihr; am Abend aber kam er selber und wollte sehen, wie es ihr ginge. Sie hielt die Augen geschlossen und er sah sie zum ersten Male lange ruhig an und war erstaunt über die seltsame und altkluge Anmut ihres Gesichtes. Nur ihre Lippen waren sehr dünn und darin lag etwas Unschönes und Unheimliches. Plötzlich schlug sie die Augen auf, sah ihn eisig und bös an und drehte sich mit zornig zusammengebissenen Lippen, den Schmerz überwindend, gegen die Wand, so daß sie auf die verwundete Seite zu liegen kam. Im Augenblick verfärbte sich ihr totenblasses Gesicht ins Grünlichweiße, sie wurde ohnmächtig und fiel wie tot in ihre frühere Lage zurück.

Als sie wieder gesund war, redete der Kaufmannssohn sie durch lange Zeit nicht an, wenn sie ihm begegnete. Ein paarmal fragte er die alte Frau, ob das Mädchen ungern in seinem Hause wäre, aber diese verneinte es immer. Den einzigen Diener, den er sich entschlossen hatte, in seinem Hause zu behalten, hatte er kennengelernt, als er einmal bei dem Gesandten, den der König von Persien in dieser Stadt unterhielt, zu Abend speiste. Da bediente ihn dieser und war von einer solchen Zuvorkommenheit und Umsicht und schien gleichzeitig von so großer Eingezogenheit und Bescheidenheit, daß der Kaufmannssohn mehr Gefallen daran fand, ihn zu beobachten, als auf die Reden der übrigen Gäste zu hören. Um so größer war seine Freude, als viele Monate später dieser Diener auf der Straße auf ihn zutrat, ihn mit demselben tiefen Ernst, wie an jenem Abend, und ohne alle Aufdringlichkeit grüßte und ihm seine Dienste anbot. Sogleich erkannte ihn der Kaufmannssohn an seinem düsteren, maulbeerfarbigen Gesicht und an seiner großen Wohlerzogenheit. Er nahm ihn augenblicklich in seinen Dienst, entließ zwei junge Diener, die er noch bei sich hatte, und ließ sich fortan beim Speisen und sonst nur von diesem ernsten und zurückhaltenden Menschen bedienen. Dieser Mensch machte fast nie von der Erlaubnis Gebrauch, in den Abendstunden das Haus zu verlassen. Er zeigte eine seltene Anhänglichkeit an seinen Herrn, dessen Wünschen er zuvorkam und dessen Neigungen und Abneigungen er schweigend erriet, so daß auch dieser eine immer größere Zuneigung für ihn faßte.

Wenn er sich auch nur von diesem beim Speisen bedienen ließ, so pflegte die Schüsseln mit Obst und süßem Backwerk doch eine Dienerin aufzutragen, ein junges Mädchen, aber doch um zwei oder drei Jahre älter als die Kleine. Dieses junge Mädchen war von jenen, die man von weitem, oder wenn man sie als Tänzerinnen beim Licht der Fackeln auftreten sieht, kaum für sehr schön gelten ließe, weil da die Feinheit der Züge verloren geht; da er sie aber in der Nähe und täglich sah, ergriff ihn die unvergleichliche Schönheit ihrer Augenlider und ihrer Lippen und die trägen, freudlosen Bewegungen ihres schönen Leibes waren ihm die rätselhafte Sprache einer verschlossenen und wundervollen Welt.

Wenn in der Stadt die Hitze des Sommers sehr groß wurde und längs der Häuser die dumpfe Glut schwebte und in den schwülen, schweren Vollmondnächten der Wind weiße Staubwolken in den leeren Straßen hintrieb, reiste der Kaufmannssohn mit seinen vier Dienern nach einem Landhaus, das er im Gebirg besaß, in einem engen, von dunklen Bergen umgebenen Tal. Dort lagen viele solche Landhäuser der Reichen. Von beiden Seiten fielen Wasserfälle in die Schluchten herunter und gaben Kühle. Der Mond stand fast immer hinter den Bergen, aber große weiße Wolken stiegen hinter den schwarzen Wänden auf, schwebten feierlich über den dunkelleuchtenden Himmel und verschwanden auf der anderen Seite. Hier lebte der Kaufmannssohn sein gewohntes Leben in einem Haus, dessen hölzerne Wände immer von dem kühlen Duft der Gärten und der vielen Wasserfälle durchstrichen wurden. Am Nachmittag, bis die Sonne hinter den Bergen hinunterfiel, saß er in seinem Garten und las meist in einem Buch, in welchem die Kriege eines sehr großen Königs der Vergangenheit aufgezeichnet waren. Manchmal mußte er mitten in der Beschreibung, wie die Tausende Reiter der feindlichen Könige schreiend ihre Pferde umwenden oder ihre Kriegswagen den steilen Rand eines Flusses hinabgerissen werden, plötzlich innehalten, denn er fühlte, ohne hinzusehen, daß die Augen seiner vier Diener auf ihn geheftet waren. Er wußte, ohne den Kopf zu heben, daß sie ihn ansahen, ohne ein Wort zu reden, jeder aus einem anderen Zimmer. Er kannte sie so gut. Er fühlte sie leben, stärker, eindringlicher, als er sich selber leben fühlte. Über sich empfand er zuweilen leichte Rührung oder Verwunderung, wegen dieser aber eine rätselhafte Beklemmung. Er fühlte mit der Deutlichkeit eines Alpdrucks, wie die beiden Alten dem Tod entgegenlebten, mit jeder Stunde, mit dem unaufhaltsamen leisen Anderswerden ihrer Züge und ihrer Gebärden, die er so gut kannte; und wie die beiden Mädchen in das öde, gleichsam luftlose Leben hineinlebten. Wie das Grauen und die tödliche Bitterkeit eines furchtbaren, beim Erwachen vergessenen Traumes, lag ihm die Schwere ihres Lebens, von der sie selber nichts wußten, in den Gliedern.

Manchmal mußte er aufstehen und umhergehen, um seiner Angst nicht zu unterliegen. Aber während er auf den grellen Kies vor seinen Füßen schaute und mit aller Anstrengung darauf achtete, wie aus dem kühlen Duft von Gras und Erde der Duft der Nelken in hellen Atemzügen zu ihm aufflog und dazwischen in lauen übermäßig süßen Wolken der Duft der Heliotrope, fühlte er ihre Augen und konnte an nichts anderes denken. Ohne den Kopf zu heben, wußte er, daß die alte Frau an ihrem Fenster saß, die blutlosen Hände auf dem von der Sonne durchglühten Gesims, das blutlose, maskenhafte Gesicht eine immer grauenhaftere Heimstätte für die hilflosen schwarzen Augen, die nicht absterben konnten. Ohne den Kopf zu heben, fühlte er, wenn der Diener für Minuten von seinem Fenster zurücktrat und sich an einem Schrank zu schaffen machte; ohne aufzusehen, erwartete er in heimlicher Angst den Augenblick, wo er wiederkommen werde. Während er mit beiden Händen biegsame Äste hinter sich zurückfallen ließ, um sich in der verwachsensten Ecke des Gartens zu verkriechen und alle Gedanken auf die Schönheit des Himmels drängte, der in kleinen leuchtenden Stücken von feuchtem Türkis von oben durch das dunkle Genetz von Zweigen und Ranken herunterfiel, bemächtigte sich seines Blutes und seines ganzen Denkens nur das, daß er die Augen der zwei Mädchen auf sich gerichtet wußte, die der Größeren träge und traurig, mit einer unbestimmten, ihn quälenden Forderung, die der Kleineren mit einer ungeduldigen, dann wieder höhnischen Aufmerksamkeit, die ihn noch mehr quälte. Und dabei hatte er nie den Gedanken, daß sie ihn unmittelbar ansahen, ihn, der gerade mit gesenktem Kopfe umherging, oder bei einer Nelke niederkniete, um sie mit Bast zu binden, oder sich unter die Zweige beugte; sondern ihm war, sie sahen sein ganzes Leben an, sein tiefstes Wesen, seine geheimnisvolle menschliche Unzulänglichkeit.

Eine furchtbare Beklemmung kam über ihn, eine tödliche Angst vor der Unentrinnbarkeit des Lebens. Furchtbarer, als daß die ihn unausgesetzt beobachteten, war, daß sie ihn zwangen, in einer unfruchtbaren und so ermüdenden Weise an sich selbst zu denken. Und der Garten war viel zu klein, um ihnen zu entrinnen. Wenn er aber ganz nahe von ihnen war, erlosch seine Angst so völlig, daß er das Vergangene beinahe vergaß. Dann vermochte er es, sie gar nicht zu beachten oder ruhig ihren Bewegungen zuzusehen, die ihm so vertraut waren, daß er aus ihnen eine unaufhörliche, gleichsam körperliche Mitempfindung ihres Lebens empfing.

Das kleine Mädchen begegnete ihm nur hie und da auf der Treppe oder im Vorhaus. Die drei anderen aber waren häufig mit ihm in einem Zimmer. Einmal erblickte er die Größere in einem geneigten Spiegel; sie ging durch ein erhöhtes Nebenzimmer: In dem Spiegel aber kam sie ihm aus der Tiefe entgegen. Sie ging langsam und mit Anstrengung, aber ganz aufrecht: Sie trug in jedem Arme eine schwere hagere indische Gottheit aus dunkler Bronze. Die verzierten Füße der Figuren hielt sie in der hohlen Hand, von der Hüfte bis an die Schläfe reichten ihr die dunklen Göttinnen und lehnten mit ihrer toten Schwere an den lebendigen zarten Schultern; die dunklen Köpfe aber mit dem bösen Mund von Schlangen, drei wilden Augen in der Stirn und unheimlichem Schmuck in den kalten, harten Haaren, bewegten sich neben den atmenden Wangen und streiften die schönen Schläfen im Takt der langsamen Schritte.

Eigentlich aber schien sie nicht an den Göttinnen schwer und feierlich zu tragen, sondern an der Schönheit ihres eigenen Hauptes mit dem schweren Schmuck aus lebendigem, dunklem Gold, zwei großen gewölbten Schnecken zu beiden Seiten der lichten Stirn, wie eine Königin im Kriege. Er wurde ergriffen von ihrer großen Schönheit, aber gleichzeitig wußte er deutlich, daß es ihm nichts bedeuten würde, sie in seinen Armen zu halten. Er wußte es überhaupt, daß die Schönheit seiner Dienerin ihn mit Sehnsucht, aber nicht mit Verlangen erfüllte, so daß er seine Blicke nicht lange auf ihr ließ, sondern aus dem Zimmer trat, ja auf die Gasse, und mit einer seltsamen Unruhe zwischen den Häusern und Gärten im schmalen Schatten weiterging. Schließlich ging er an das Ufer des Flusses, wo die Gärtner und Blumenhändler wohnten, und suchte lange, obgleich er wußte, daß er vergeblich suchen werde, nach einer Blume, deren Gestalt und Duft, oder nach einem Gewürz, dessen verwehender Hauch ihm für einen Augenblick genau den gleichen süßen Reiz zu ruhigem Besitz geben könnte, welcher in der Schönheit seiner Dienerin lag, die ihn verwirrte und beunruhigte. Und während er ganz vergeblich mit sehnsüchtigen Augen in den dumpfen Glashäusern umherspähte und sich im Freien über die langen Beete beugte, auf denen es schon dunkelte, wiederholte sein Kopf unwillkürlich, ja schließlich gequält und gegen seinen Willen, immer wieder die Verse des Dichters: »In den Stielen der Nelken, die sich wiegten, im Duft des reifen Kornes erregtest du meine Sehnsucht; aber als ich dich fand, warst du es nicht, die ich gesucht hatte, sondern die Schwestern deiner Seele.«

II.

In diesen Tagen geschah es, daß ein Brief kam, welcher ihn einigermaßen beunruhigte. Der Brief trug keine Unterschrift. In unklarer Weise beschuldigte der Schreiber den Diener des Kaufmannssohnes, daß er im Hause seines früheren Herrn, des persischen Gesandten, irgendein abscheuliches Verbrechen begangen habe. Der Unbekannte schien einen heftigen Haß gegen den Diener zu hegen und fügte viele Drohungen bei; auch gegen den Kaufmannssohn selbst bediente er sich eines unhöflichen, beinahe drohenden Tones. Aber es war nicht zu erraten, welches Verbrechen angedeutet werde und welchen Zweck überhaupt dieser Brief für den Schreiber, der sich nicht nannte und nichts verlangte, haben könne. Er las den Brief mehrere Male und gestand sich, daß er bei dem Gedanken, seinen Diener auf eine so widerwärtige Weise zu verlieren, eine große Angst empfand. Je mehr er nachdachte, desto erregter wurde er und desto weniger konnte er den Gedanken ertragen, eines dieser Wesen zu verlieren, mit denen er durch die Gewohnheit und andere geheime Mächte völlig zusammengewachsen war.

Er ging auf und ab, die zornige Erregung erhitzte ihn so, daß er seinen Rock und Gürtel abwarf und mit Füßen trat. Es war ihm, als wenn man seinen innersten Besitz beleidigt und bedroht hätte und ihn zwingen wollte, aus sich selber zu fliehen und zu verleugnen, was ihm lieb war. Er hatte Mitleid mit sich selbst und empfand sich, wie immer in solchen Augenblicken, als ein Kind. Er sah schon seine vier Diener aus seinem Hause gerissen und es kam ihm vor, als zöge sich lautlos der ganze Inhalt seines Lebens aus ihm, alle schmerzhaftsüßen Erinnerungen, alle halbunbewußten Erwartungen, alles Unsagbare, um irgendwo hingeworfen und für nichts geachtet zu werden wie ein Bündel Algen und Meertang. Er begriff zum erstenmal, was ihn als Knabe immer zum Zorn gereizt hatte, die angstvolle Liebe, mit der sein Vater an dem hing, was er erworben hatte, an den Reichtümern seines gewölbten Warenhauses, den schönen, gefühllosen Kindern seines Suchens und Sorgens, den geheimnisvollen Ausgeburten der undeutlichen tiefsten Wünsche seines Lebens. Er begriff, daß der große König der Vergangenheit hätte sterben müssen, wenn man ihm seine Länder genommen hätte, die er durchzogen und unterworfen hatte vom Meer im Westen bis zum Meer im Osten, die er zu beherrschen träumte und die doch so unendlich groß waren, daß er keine Macht über sie hatte und keinen Tribut von ihnen empfing, als den Gedanken, daß er sie unterworfen hatte und kein anderer als er ihr König war.

Er beschloß alles zu tun, um diese Sache zur Ruhe zu bringen, die ihn so ängstigte. Ohne dem Diener ein Wort von dem Brief zu sagen, machte er sich auf und fuhr allein nach der Stadt. Dort beschloß er vor allem das Haus aufzusuchen, welches der Gesandte des Königs von Persien bewohnte; denn er hatte die unbestimmte Hoffnung, dort irgendwie einen Anhaltspunkt zu finden.

Als er aber hinkam, war es spät am Nachmittag und niemand mehr zu Hause, weder der Gesandte, noch einer der jungen Leute seiner Begleitung. Nur der Koch und ein alter untergeordneter Schreiber saßen im Torweg im kühlen Halbdunkel. Aber sie waren so häßlich und gaben so kurze mürrische Antworten, daß er ihnen ungeduldig den Rücken kehrte und sich entschloß, am nächsten Tage zu einer besseren Stunde wiederzukommen.

Da seine eigene Wohnung versperrt war – denn er hatte keinen Diener in der Stadt zurückgelassen – so mußte er wie ein Fremder daran denken, sich für die Nacht eine Herberge zu suchen. Neugierig, wie ein Fremder, ging er durch die bekannten Straßen und kam endlich an das Ufer eines kleinen Flusses, der zu dieser Jahreszeit fast ausgetrocknet war. Von dort folgte er in Gedanken verloren einer ärmlichen Straße, wo sehr viele öffentliche Dirnen wohnten. Ohne viel auf seinen Weg zu achten, bog er dann rechts ein und kam in eine ganz öde, totenstille Sackgasse, die in einer fast turmhohen, steilen Treppe endigte. Auf der Treppe blieb er stehen und sah zurück auf seinen Weg. Er konnte in die Höfe der kleinen Häuser sehen; hie und da waren rote Vorhänge an den Fenstern und häßliche, verstaubte Blumen; das breite, trockene Bett des Flusses war von einer tödlichen Traurigkeit. Er stieg weiter und kam oben in ein Viertel, das er sich nicht entsinnen konnte je gesehen zu haben. Trotzdem kam ihm eine Kreuzung niederer Straßen plötzlich traumhaft bekannt vor. Er ging weiter und kam zu dem Laden eines Juweliers. Es war ein sehr ärmlicher Laden, wie er für diesen Teil der Stadt paßte, und das Schaufenster mit solchen wertlosen Schmucksachen angefüllt, wie man sie bei Pfandleihern und Hehlern zusammenkauft. Der Kaufmannssohn, der sich auf Edelsteine sehr gut verstand, konnte kaum einen halbwegs schönen Stein darunter finden.

Plötzlich fiel sein Blick auf einen altmodischen Schmuck aus dünnem Gold, mit einem Beryll verziert, der ihn irgendwie an die alte Frau erinnerte. Wahrscheinlich hatte er ein ähnliches Stück aus der Zeit, wo sie eine junge Frau gewesen war, einmal bei ihr gesehen. Auch schien ihm der blasse, eher melancholische Stein in einer seltsamen Weise zu ihrem Alter und Aussehen zu passen; und die altmodische Fassung war von der gleichen Traurigkeit. So trat er in den niedrigen Laden, um den Schmuck zu kaufen. Der Juwelier war sehr erfreut, einen so gut gekleideten Kunden eintreten zu sehen, und wollte ihm noch seine wertvolleren Steine zeigen, die er nicht ins Schaufenster legte. Aus Höflichkeit gegen den alten Mann ließ er sich vieles zeigen, hatte aber weder Lust, mehr zu kaufen, noch hätte er bei seinem einsamen Leben eine Verwendung für derartige Geschenke gewußt. Endlich wurde er ungeduldig und gleichzeitig verlegen, denn er wollte loskommen und doch den Alten nicht kränken. Er beschloß, noch eine Kleinigkeit zu kaufen und dann sogleich hinauszugehen. Gedankenlos betrachtete er über die Schulter des Juweliers hinwegsehend einen kleinen silbernen Handspiegel, der halb erblindet war. Da kam ihm aus einem andern Spiegel im Innern das Bild des Mädchens entgegen mit den dunklen Köpfen der ehernen Göttinnen zu beiden Seiten; flüchtig empfand er, daß sehr viel von ihrem Reiz darin lag, wie die Schultern und der Hals in demütiger kindlicher Grazie die Schönheit des Hauptes trugen, des Hauptes einer jungen Königin. Und flüchtig fand er es hübsch, ein dünnes goldenes Kettchen an diesem Hals zu sehen, vielfach herumgeschlungen, kindlich und doch an einen Panzer gemahnend. Und er verlangte, solche Kettchen zu sehen. Der Alte machte eine Türe auf und bat ihn, in einen zweiten Raum zu treten, ein niedriges Wohnzimmer, wo aber auch in Glasschränken und auf offenen Gestellen eine Menge Schmucksachen ausgelegt waren. Hier fand er bald ein Kettchen, das ihm gefiel, und bat den Juwelier, ihm jetzt den Preis der beiden Schmucksachen zu sagen. Der Alte bat ihn noch, die merkwürdigen, mit Halbedelsteinen besetzten Beschläge einiger altertümlichen Sättel in Augenschein zu nehmen, er aber erwiderte, daß er sich als Sohn eines Kaufmannes nie mit Pferden abgegeben habe, ja nicht einmal zu reiten verstehe und weder an alten noch an neuen Sätteln Gefallen finde, bezahlte mit einem Goldstück und einigen Silbermünzen, was er gekauft hatte, und zeigte einige Ungeduld, den Laden zu verlassen. Während der Alte, ohne mehr ein Wort zu sprechen, ein schönes Seidenpapier hervorsuchte und das Kettchen und den Beryllschmuck, jedes für sich, einwickelte, trat der Kaufmannssohn zufällig an das einzige niedrige vergitterte Fenster und schaute hinaus. Er erblickte einen offenbar zum Nachbarhaus gehörigen, sehr schön gehaltenen Gemüsegarten, dessen Hintergrund durch zwei Glashäuser und eine hohe Mauer gebildet wurde. Er bekam sogleich Lust, diese Glashäuser zu sehen, und fragte den Juwelier, ob er ihm den Weg sagen könne. Der Juwelier händigte ihm seine beiden Päckchen ein und führte ihn durch ein Nebenzimmer in den Hof, der durch eine kleine Gittertür mit dem benachbarten Garten in Verbindung stand. Hier blieb der Juwelier stehen und schlug mit einem eisernen Klöppel an das Gitter. Da es aber im Garten ganz still blieb, sich auch im Nachbarhaus niemand regte, so forderte er den Kaufmannssohn auf, nur ruhig die Treibhäuser zu besichtigen und sich, falls man ihn behelligen würde, auf ihn auszureden, der mit dem Besitzer des Gartens gut bekannt sei. Dann öffnete er ihm mit einem Griff durch die Gitterstäbe. Der Kaufmannssohn ging sogleich längs der Mauer zu dem näheren Glashaus, trat ein und fand eine solche Fülle seltener und merkwürdiger Narzissen und Anemonen und so seltsames, ihm völlig unbekanntes Blattwerk, daß er sich lange nicht sattsehen konnte. Endlich aber schaute er auf und gewahrte, daß die Sonne ganz, ohne daß er es beachtet hatte, hinter den Häusern untergegangen war. Jetzt wollte er nicht länger in einem fremden, unbewachten Garten bleiben, sondern nur von außen einen Blick durch die Scheiben des zweiten Treibhauses werfen und dann fortgehen. Wie er so spähend an den Glaswänden des zweiten langsam vorüberging, erschrak er plötzlich sehr heftig und fuhr zurück. Denn ein Mensch hatte sein Gesicht an den Scheiben und schaute ihn an. Nach einem Augenblick beruhigte er sich und wurde sich bewußt, daß es ein Kind war, ein höchstens vierjähriges, kleines Mädchen, dessen weißes Kleid und blasses Gesicht gegen die Scheiben gedrückt waren. Aber als er jetzt näher hinsah, erschrak er abermals, mit einer unangenehmen Empfindung des Grauens im Nacken und einem leisen Zusammenschnüren in der Kehle und tiefer in der Brust. Denn das Kind, das ihn regungslos und böse ansah, glich in einer unbegreiflichen Weise dem fünfzehnjährigen Mädchen, das er in seinem Hause hatte. Alles war gleich, die lichten Augenbrauen, die feinen, bebenden Nasenflügel, die dünnen Lippen; wie die andere zog auch das Kind eine der Schultern etwas in die Höhe. Alles war gleich, nur daß in dem Kind das alles einen Ausdruck gab, der ihm Entsetzen verursachte. Er wußte nicht, wovor er so namenlose Furcht empfand. Er wußte nur, daß er es nicht ertragen werde, sich umzudrehen und zu wissen, daß dieses Gesicht hinter ihm durch die Scheiben starrte.

In seiner Angst ging er sehr schnell auf die Tür des Glashauses zu, um hineinzugehen; die Tür war zu, von außen verriegelt; hastig bückte er sich nach dem Riegel, der sehr tief war, stieß ihn so heftig zurück, daß er sich ein Glied des kleinen Fingers schmerzlich zerrte, und ging, fast laufend, auf das Kind zu. Das Kind ging ihm entgegen und, ohne ein Wort zu reden, stemmte es sich gegen seine Kniee, und suchte mit seinen schwachen kleinen Händen ihn hinauszudrängen. Er hatte Mühe, es nicht zu treten. Aber seine Angst minderte sich in der Nähe. Er beugte sich über das Gesicht des Kindes, das ganz blaß war und dessen Augen vor Zorn und Haß bebten, während die kleinen Zähne des Unterkiefers sich mit unheimlicher Wut in die Oberlippe drückten. Seine Angst verging für einen Augenblick, als er dem Mädchen die kurzen, feinen Haare streichelte. Aber augenblicklich erinnerte er sich an das Haar des Mädchens in seinem Hause, das er einmal berührt hatte, als sie totenblaß, mit geschlossenen Augen, in ihrem Bette lag, und gleich lief ihm wieder ein Schauer den Rücken hinab und seine Hände fuhren zurück. Sie hatte es aufgegeben, ihn wegdrängen zu wollen. Sie trat ein paar Schritte zurück und schaute gerade vor sich hin. Fast unerträglich wurde ihm der Anblick des schwachen, in einem weißen Kleidchen steckenden Puppenkörpers und des verachtungsvollen, grauenhaften, blassen Kindergesichtes. Er war so erfüllt mit Grauen, daß er einen Stich in den Schläfen und in der Kehle empfing, als seine Hand in der Tasche an etwas Kaltes streifte. Es waren ein paar Silbermünzen. Er nahm sie heraus, beugte sich zu dem Kinde nieder und gab sie ihm, weil sie glänzten und klirrten.

Das Kind nahm sie und ließ sie ihm vor den Füßen niederfallen, daß sie in einer Spalte des auf einem Rost von Brettern ruhenden Bodens verschwanden. Dann kehrte es ihm den Rücken und ging langsam fort. Eine Weile stand er regungslos und hatte Herzklopfen vor Angst, daß es wiederkommen werde und von außen auf ihn durch die Scheiben schauen. Jetzt hätte er gleich fortgehen mögen, aber es war besser, eine Weile vergehen zu lassen, damit das Kind aus dem Garten fortginge. Jetzt war es in dem Glashause schon nicht mehr ganz hell und die Formen der Pflanzen fingen an, sonderbar zu werden. In einiger Entfernung traten aus dem Halbdunkel schwarze, sinnlos drohende Zweige unangenehm hervor und dahinter schimmerte es weiß, als wenn das Kind dort stünde. Auf einem Brette standen in einer Reihe irdene Töpfe mit Wachsblumen. Um eine kleine Zeit zu übertäuben, zählte er die Blüten, die in ihrer Starre lebendigen Blumen unähnlich waren und etwas von Masken hatten, heimtückischen Masken mit zugewachsenen Augenlöchern. Als er fertig war, ging er zur Türe und wollte hinaus. Die Tür gab nicht nach; das Kind hatte sie von außen verriegelt. Er wollte schreien, aber er fürchtete sich vor seiner eigenen Stimme. Er schlug mit den Fäusten an die Scheiben. Der Garten und das Haus blieben totenstill. Nur hinter ihm glitt etwas raschelnd durch die Sträucher. Er sagte sich, daß es Blätter waren, die sich durch die Erschütterung der dumpfen Luft abgetrennt hatten und niederfielen. Trotzdem hielt er mit dem Klopfen inne und bohrte die Blicke durch das halbdunkle Gewirr der Bäume und Ranken. Da sah er in der dämmerigen Hinterwand etwas wie ein Viereck dunkler Linien. Er kroch hin, jetzt schon unbekümmert, daß er viele irdene Gartentöpfe zertrat und die hohen dünnen Stämme und rauschenden Fächerkronen über und hinter ihm gespenstisch zusammenstürzten. Das Viereck dunkler Linien war der Ausschnitt einer Tür und sie gab dem Drucke nach. Die freie Luft ging über sein Gesicht; hinter sich hörte er die zerknickten Stämme und niedergedrückten Blätter wie nach einem Gewitter sich leise raschelnd erheben.

Er stand in einem schmalen, gemauerten Gange; oben sah der freie Himmel herein und die Mauer zu beiden Seiten war kaum über mannshoch. Aber der Gang war nach einer Länge von beiläufig fünfzehn Schritten wieder vermauert, und schon glaubte er sich abermals gefangen. Unschlüssig ging er vor; da war die Mauer zur Rechten in Mannsbreite durchbrochen und aus der Öffnung lief ein Brett über leere Luft nach einer gegenüberliegenden Plattform; diese war auf der zugewendeten Seite von einem niedrigen Eisengitter geschlossen, auf den beiden anderen von der Hinterseite hoher bewohnter Häuser. Dort, wo das Brett wie eine Enterbrücke auf dem Rand der Plattform aufruhte, hatte das Gitter eine kleine Tür.

So groß war die Ungeduld des Kaufmannssohnes, aus dem Bereiche seiner Angst zu kommen, daß er sogleich einen, dann den anderen Fuß auf das Brett setzte und, den Blick fest auf das jenseitige Ufer gerichtet, anfing, hinüberzugehen. Aber unglücklicherweise wurde er sich doch bewußt, daß er über einem viele Stockwerke tiefen, gemauerten Graben hing; in den Sohlen und Kniebeugen fühlte er die Angst und Hilflosigkeit, schwindelnd im ganzen Leibe, die Nähe des Todes. Er kniete nieder und schloß die Augen; da stießen seine vorwärts tastenden Arme an die Gitterstäbe. Er umklammerte sie fest, sie gaben nach, und mit leisem Knirschen, das ihm, wie der Anhauch des Todes, den Leib durchschnitt, öffnete sich gegen ihn, gegen den Abgrund, die Tür, an der er hing; und im Gefühle seiner inneren Müdigkeit und großen Mutlosigkeit fühlte er voraus, wie die glatten Eisenstäbe seinen Fingern, die ihm erschienen wie die Finger eines Kindes, sich entwinden und er hinunterstürzt, längs der Mauer zerschellend. Aber das leise Aufgehen der Türe hielt inne, ehe seine Füße das Brett verloren und mit einem Schwunge warf er seinen zitternden Körper durch die Öffnung hinein auf den harten Boden.

Er konnte sich nicht freuen; ohne sich umzusehen, mit einem dumpfen Gefühle, wie Haß gegen die Sinnlosigkeit dieser Qualen, ging er in eines der Häuser und dort die verwahrloste Stiege hinunter und trat wieder hinaus in eine Gasse, die häßlich und gewöhnlich war. Aber er war schon sehr traurig und müde und konnte sich auf gar nichts besinnen, was ihm irgendwelcher Freude wert schien. Seltsam war alles von ihm gefallen und ganz leer und vom Leben verlassen ging er durch die Gasse und die nächste und die nächste. Er verfolgte eine Richtung, von der er wußte, daß sie ihn dorthin zurückbringen werde, wo in dieser Stadt die reichen Leute wohnten und wo er sich eine Herberge für die Nacht suchen könnte. Denn es verlangte ihn sehr nach einem Bette. Mit einer kindischen Sehnsucht erinnerte er sich an die Schönheit seines eigenen breiten Bettes, und auch die Betten fielen ihm ein, die der große König der Vergangenheit für sich und seine Gefährten errichtet hatte, als sie Hochzeit hielten mit den Töchtern der unterworfenen Könige, für sich ein Bett von Gold, für die anderen von Silber; getragen von Greifen und geflügelten Stieren. Indessen war er zu den niedrigen Häusern gekommen, wo die Soldaten wohnen. Er achtete nicht darauf. An einem vergitterten Fenster saßen ein paar Soldaten mit gelblichen Gesichtern und traurigen Augen und riefen ihm etwas zu. Da hob er den Kopf und atmete den dumpfen Geruch, der aus dem Zimmer kam, einen ganz besonders beklemmenden Geruch. Aber er verstand nicht, was sie von ihm wollten. Weil sie ihn aber aus seinem achtlosen Dahingehen aufgestört hatten, schaute er jetzt in den Hof hinein, als er am Tore vorbei kam. Der Hof war sehr groß und traurig und, weil es dämmerte, erschien er noch größer und trauriger. Auch waren sehr wenige Menschen darin und die Häuser, die ihn umgaben, waren niedrig und von schmutziggelber Farbe. Das machte ihn noch öder und größer. An einer Stelle waren in einer geraden Linie beiläufig zwanzig Pferde angepflöckt; vor jedem lag ein Soldat in einem Stallkittel aus schmutzigem Zwilch auf den Knieen und wusch ihm die Hufe. Ganz in der Ferne kamen viele andere in ähnlichen Anzügen aus Zwilch zu zweien aus einem Tore. Sie gingen langsam und schlürfend und trugen schwere Säcke auf den Schultern. Erst als sie näher kamen, sah er, daß in den offenen Säcken, die sie schweigend schleppten, Brot war. Er sah zu, wie sie langsam in einem Torweg verschwanden und so wie unter einer häßlichen, tückischen Last dahingingen und ihr Brot in solchen Säcken trugen, wie die, worin die Traurigkeit ihres Leibes gekleidet war.

Dann ging er zu denen, die vor ihren Pferden auf den Knieen lagen und ihnen die Hufe wuschen. Auch diese sahen einander ähnlich und glichen denen am Fenster und denen, die Brot getragen hatten. Sie mußten aus benachbarten Dörfern genommen sein.

Auch sie redeten kaum ein Wort untereinander. Da es ihnen sehr schwer wurde, den Vorderfuß des Pferdes zu halten, schwankten ihre Köpfe und ihre müden, gelblichen Gesichter hoben und beugten sich wie unter einem starken Winde. Die Köpfe der meisten Pferde waren häßlich und hatten einen boshaften Ausdruck durch zurückgelegte Ohren und hinaufgezogene Oberlippen, welche die oberen Eckzähne bloßlegten. Auch hatten sie meist böse, rollende Augen und eine seltsame Art, aus schiefgezogenen Nüstern ungeduldig und verächtlich die Luft zu stoßen. Das letzte Pferd in der Reihe war besonders stark und häßlich. Es suchte den Mann, der vor ihm kniete und den gewaschenen Huf trocken rieb, mit seinen großen Zähnen in die Schulter zu beißen. Der Mann hatte so hohle Wangen und einen so todestraurigen Ausdruck in den müden Augen, daß der Kaufmannssohn von tiefem, bitterem Mitleid überwältigt wurde. Er wollte den Elenden durch ein Geschenk für den Augenblick aufheitern und griff in die Tasche nach Silbermünzen. Er fand keine und erinnerte sich, daß er die letzten dem Kinde im Glashause hatte schenken wollen, das sie ihm mit einem so boshaften Blick vor die Füße gestreut hatte. Er wollte eine Goldmünze suchen, denn er hatte deren sieben oder acht für die Reise eingesteckt.

In dem Augenblicke wandte das Pferd den Kopf und sah ihn an mit tückisch zurückgelegten Ohren und rollenden Augen, die noch boshafter und wilder aussahen, weil eine Blesse gerade in der Höhe der Augen quer über den häßlichen Kopf lief. Bei dem häßlichen Anblicke fiel ihm blitzartig ein längst vergessenes Menschengesicht ein. Wenn er sich noch so sehr bemüht hätte, wäre er nicht imstande gewesen, sich die Züge dieses Menschen je wieder hervorzurufen; jetzt aber waren sie da. Die Erinnerung aber, die mit dem Gesichte kam, war nicht so deutlich. Er wußte nur, daß es aus der Zeit von seinem zwölften Jahre war, aus einer Zeit, mit deren Erinnerung der Geruch von süßen, warmen, geschälten Mandeln irgendwie verknüpft war.

Und er wußte, daß es das verzerrte Gesicht eines häßlichen armen Menschen war, den er ein einzigesmal im Laden seines Vaters gesehen hatte. Und daß das Gesicht von Angst verzerrt war, weil die Leute ihn bedrohten, weil er ein großes Goldstück hatte, und nicht sagen wollte, wo er es erlangt hatte.

Während das Gesicht schon wieder zerging, suchte sein Finger noch immer in den Falten seiner Kleider, und als ein plötzlicher, undeutlicher Gedanke ihn hemmte, zog er die Hand unschlüssig heraus und warf dabei den in Seidenpapier eingewickelten Schmuck mit dem Beryll dem Pferd unter die Füße. Er bückte sich, das Pferd schlug ihm den Huf mit alles Kraft nach seitwärts in die Lenden und er fiel auf den Rücken. Er stöhnte laut, seine Kniee zogen sich in die Höhe und mit den Fersen schlug er immerfort auf den Boden. Ein paar von den Soldaten standen auf und hoben ihn an den Schultern und unter den Kniekehlen. Er spürte den Geruch ihrer Kleider, denselben dumpfen, trostlosen, der früher aus dem Zimmer auf die Straße gekommen war, und wollte sich besinnen, wo er den vor langer, sehr langer Zeit schon eingeatmet hatte: dabei vergingen ihm die Sinne. Sie trugen ihn fort über eine niedrige Treppe, durch einen langen, halbfinsteren Gang in eines ihrer Zimmer und legten ihn auf ein niedriges eisernes Bett. Dann durchsuchten sie seine Kleider, nahmen ihm das Kettchen und die sieben Goldstücke und endlich gingen sie, aus Mitleid mit seinem unaufhörlichen Stöhnen, einen ihrer Wundärzte zu holen.

Nach einer Zeit schlug er die Augen auf und wurde sich seiner quälenden Schmerzen bewußt. Noch mehr aber erschreckte und ängstigte ihn, allein zu sein in diesem trostlosen Raum. Mühsam drehte er die Augen in den schmerzenden Höhlen gegen die Wand und gewahrte auf einem Brette drei Laibe von solchem Brot, wie die es über den Hof getragen hatten.

Sonst war nichts in dem Zimmer, als harte, niedrige Betten und der Geruch von trockenem Schilf, womit die Betten gefüllt waren, und jener andere trostlose, dumpfe Geruch.

Eine Weile beschäftigten ihn nur seine Schmerzen und die erstickende Todesangst, mit der verglichen die Schmerzen eine Erleichterung waren. Dann konnte er die Todesangst für einen Augenblick vergessen und daran denken, wie alles gekommen war.

Da empfand er eine andere Angst, eine stechende, minder erdrückende, eine Angst, die er nicht zum ersten Male fühlte; jetzt aber fühlte er sie wie etwas Überwundenes. Und er ballte die Fäuste und verfluchte seine Diener, die ihn in den Tod getrieben hatten; der eine in die Stadt, die Alte in den Juwelierladen, das Mädchen in das Hinterzimmer und das Kind durch sein tückisches Ebenbild in das Glashaus, von wo er sich dann über grauenhafte Stiegen und Brücken bis unter den Huf des Pferdes taumeln sah. Dann fiel er zurück in große, dumpfe Angst. Dann wimmerte er wie ein Kind, nicht vor Schmerz, sondern vor Leid, und die Zähne schlugen ihm zusammen.

Mit einer großen Bitterkeit starrte er in sein Leben zurück und verleugnete alles, was ihm lieb gewesen war. Er haßte seinen vorzeitigen Tod so sehr, daß er sein Leben haßte, weil es ihn dahin geführt hatte. Diese innere Wildheit verbrauchte seine letzte Kraft. Ihn schwindelte, und für eine Weile schlief er wieder einen taumeligen schlechten Schlaf. Dann erwachte er und wollte schreien, weil er noch immer allein war, aber die Stimme versagte ihm. Zuletzt erbrach er Galle, dann Blut, und starb mit verzerrten Zügen, die Lippen so verrissen, daß Zähne und Zahnfleisch entblößt waren und ihm einen fremden, bösen Ausdruck gaben.

SOLDATENGESCHICHTE

Auf dem langen Holzbalken, der längs der Hinterwand des Stalles hinläuft, saßen die Dragoner der Schwadron und aßen ihr Mittagbrot. Sie saßen in einem schmalen Streifen Schatten, den das überhängende Stalldach gerade auf ihre gebückten Köpfe hinabließ und auf die zinnernen Eßschalen, die jeder Mann auf seinen Knien stehen hatte. Ein paar Schritte weiter unter einem Nußbaum, der spärliche Flecken schwarzen Schattens auf den ausgetrockneten Boden warf, hatten die Unteroffiziere: 3 Zugführer, der Eskadronistentrompeter und ein paar Korporäle, eine aus 2 Fässern und einem Brett gebaute Bank. In dem Schattenstreif an der Wand lief eine Art von Gespräch hin und her: es war ein halblautes dumpfes Gespräch, wie es niedere Menschen führen, wenn sie sich beengt und unfrei fühlen. Dann und wann lief ein halblautes Lachen, ein gemurmelter billiger Scherz, den jeder wiederholte, durch die Reihe: aber er lief nicht ungebrochen durch die Reihe, hatte einen toten Punkt, einen traurigen Menschen in der Mitte, an dem sich die von rechts und links kommenden Wellen harmlosen Geschwätzes brachen. Das war ein Mensch, in dessen magerem langen Gesicht mit den großen Ohren nichts besonderes lag als daß die Ohren abstehend waren und rötlich schimmerten und durch ihren eingelegten wie gefalteten oberen Rand etwas ängstliches hatten. Er hatte wie die andern seine Eßschale auf den Knien; aber während bei den andern schon der zinnerne Boden durch den Brei aus zerdrückten fetten Erdäpfeln blinkte, war seine Schale noch halbvoll. Trotzdem stand er plötzlich auf, stellte die Eßschale auf den Platz, wo er gesessen hatte, und ging mit großen ungelenken Schritten fort. Der Zugsführer Schillerwein hob das sommersprossige Raubvogelgesicht und sah dem Mann nach. Schwendar! schrie er hinter ihm her, als der Dragoner um die Ecke gebogen war. Ein kurzhalsiger Korporal neben ihm sah ihn fragend an. »Der Mann gefallt mir schon lang nicht,« sagte der Zugsführer. »Der Kerl muß krank sein oder was«

und aß weiter. Schwendar war um die Ecke gebogen, hatte seinen Namen hinter sich schreien gehört und war mit gesenktem Kopf längs der nach erwärmtem Kalk riechenden Mauer weitergegangen, über ihm die wütende Glut der funkelnden Sonne, vor der die durchsichtige Luft in ungeheuern bläulichen Massen hing, wie Dunst gewordenes dunkles Metall. Der Dragoner überschritt den breiten Hof, der zwischen den Stallungen liegt, und das blendende Licht des weißen Bodens und der kalkbestrichenen Mauer verwischte alle entfernten Formen und zehrte den Weg vor seinen Füßen auf, so daß er wie im Leeren dahinging.

Plötzlich fielen seine gesenkten Blicke auf ein dunkles tiefes Wasser, und er schrak zusammen bis ins Mark der Knochen, obwohl er sich augenblicklich bewußt wurde, daß es nichts weiter war als das große, halb in den Boden gesenkte Faß, aus dem man die Tränkeimer für die Pferde füllte. Aber seiner Seele war in der Kinderzeit ein tiefer Schauer vor leisem beschattetem Wasser eingedrückt worden: zuhause in der Ecke des kleinen Gartens zwischen einem hohen Stoß verfaulender dumpfriechender Blätter und einem mit feuchtkühlem Schatten erfüllten riesigen Holunderstrauch war das Regenwasserfaß gestanden, in dem sich kurz vor seiner Geburt seiner Mutter jüngere Schwester, ein alterndes Mädchen, aus Angst vor der ewigen Verdammnis und dem Feuer der Hölle ertränkt hatte, indem sie mit der geheimnisvollen eisernen Willenskraft der Schwachsinnigen den Kopf hinein tauchte, bis sie tot über dem Rand hing. Dem Knaben schien in dämmernden Abendstunden der unheimliche Winkel den schlaff überhängenden Leib der Toten zu zeigen, aber fürchterlich vermengte sich dieses Bild mit seinem eignen tiefsten Leben, wenn er an heißen Mittagsstunden sich über den dunklen feuchten Spiegel bog und ihm aus der Tiefe, die ihm grün schien, sein eigenes Gesicht entgegenschwebte, dann aber wieder sonderbar zerrann, von schwarzen und blinkenden Kreisen verschluckt, und ein gestaltloser Schatten sich nach aufwärts zu drängen schien, daß er schreiend entlief, und doch immer wieder zurückkam und hineinstarrte. Daß ihn aber die Erinnerung daran in diesem Augenblick mit solcher Heftigkeit anfiel, war nur ein Teil des sonderbaren Zustandes, der sich des Soldaten seit Wochen immer mehr bemächtigt hatte, einer schwermütigen Nachdenklichkeit, die ihn in eine immer tiefere Traurigkeit hineintrieb, ihm im Bett die Augen aufriß und den Druck seines schweren Blutes fühlen ließ, ihm beim Essen die Kehle zuschnürte und sein Gemüt für alles Beängstigende und Traurige empfänglich machte. Nun wußte er, er würde sich umsonst aufs Bett legen: die glühende Sonne machte ihn nur müde nicht schläfrig und von innen war er unerklärlich aufgeregt:

Die Erinnerungen der Kindheit lagen entblößt in seinem erschütterten Gemüt, wie Leichen, die ein Erdbeben emporgeschüttelt hat: die Schauer der ersten Beicht, des ersten Gewitters, die grellen und dumpfen Erinnerungen der Schultage, drängten ihm ein Kind entgegen, zu dem er mehr als Du, zu dem er Ich sagen sollte, und doch war in ihm ein solches Stocken der Liebe, daß er nicht wußte, was er mit dieser Gestalt anfangen sollte, die ihm fremd war wie ein fremdes Kind, ja unverständlich wie ein Hund. Diese traurige Trunkenheit, dieser unerklärliche innere Sturm war ihm lästiger als die frühere Niedergeschlagenheit; er wollte lieber versuchen, sich zu zerstreuen und ging in den Marodenstall, um nachzusehen, ob neue kranke Pferde dazugekommen wären. Er fand aber in dem großen dunstig dämmernden Raum nur die drei, die er schon kannte: Der alte blinde Schimmel, dessen Farbe an den Flanken ins gelbliche ging, trat webend in seinem Stand nach rechts und nach links und ohne Unterlaß wieder nach rechts und nach links.

Im benachbarten Stand lag das dämpfige Pferd: es ruhte nicht mit untergeschlagenen Beinen wie gesunde Pferde tuen, sondern es lag sonderbar mit halbangespannten Gelenken, als wenn es unaufhörlich bereit sein müßte aufzuspringen, und der Kopf mit den großen suchenden Augen war krampfhaft nach oben gerichtet, um mit weitaufgerissenen verzweifelten Nüstern all die Luft einzuziehen, derer seine Brust und die wogenden schlaffen Flanken bedurften. Dies war die einzige Lage, welche es ertrug, ohne das Ersticken befürchten zu müssen. Das röchelnde Atmen dieses Pferdes und das dumpfe taktmäßige Hin- und Hertreten des webenden Schimmels gaben zusammen den Ton, der das Leben dieses Raumes ausmachte: von der Ecke, wo das dritte Pferd stand, ging nichts aus als

Totenstille. Es war ein großes Tier und stand mit gesenktem Kopf auf seinen vier Füßen, als ob es schliefe. Aber es schlief nicht: unterm Fressen hatte es sich vergessen, wie es sich unterm Gehen vergessen konnte und geradeaus in eine Mauer oder in ein Wasser laufen wie in leere Luft. Es lebte, aber das Leben war ihm so völlig verloren wie einem Stein, der in einen Teich gesunken ist: in seinem dumpfen Wahnsinn stand es nicht schlafend und nicht wach, vom Leben und vom Tod, ja selbst von der Möglichkeit des Sterbens durch eine unsichtbare undurchdringliche Wand abgeschlossen: seine Augen waren offen, aber sie sahen nicht, er wußte unter dem Fressen in Bewußtlosigkeit, auf seinen großen herabhängenden Lefzen klebten viele Haferkörner und zwischen ihnen hing eine winzige hellgelbe Made, die sich voll Leben wand und krümmte.

Als der Dragoner wieder über den Hof zurückging, hörte er aus einer Stalltür lautes wieherndes Lachen. Zwei Korporäle standen unter der Tür und unterhielten sich damit, den Dragoner Moses Last um die Namen des Herrn Brigadiers und des Herrn Korpskommandanten zu fragen. Dieser Mensch war schwachsinnig; seine Ausbildung im Reiten hatte man nach kurzer Zeit wegen unüberwindlicher Feigheit aufgegeben, und da er von Haus aus Schneider war, so steckte man ihn ins sogenannte Professionistenzimmer; außerdem wurde er aber zur Pferdewartung verwendet, und stundenlang konnte man ihn unter dem Leib der ihm anvertrauten Pferde knien sehen mit lautloser Emsigkeit darin verloren, ihre Hufe mit einem kleinen fetten Lappen so heftig zu reiben, bis sie glänzten wie poliertes Horn. Aber es war unmöglich, ihm sonst die geringste militärische Ausbildung zu geben. Wenn der Rittmeister, dem er in hündischer Art anhänglich war, vor der Stalltür vom Pferd stieg, lief er hinaus, nahm die Kappe ab, und sagte, indem er das Gesicht vor Freude verzog, »Guten Tag, Herr Rittmeister«. Davon war er weder durch Krummschließen noch durch Dunkelarrest abzubringen, ebensowenig aber durch irgendein Mittel dahinzubringen, daß er sich den Namen des Rittmeisters oder denjenigen eines anderen Vorgesetzten gemerkt hätte.

Schwendar machte die Kopfwendung, um die beiden Unteroffiziere zu grüßen und indessen seine Augen während dreier Doppelschritte auf ihnen hafteten, prägte sich der Anblick des Schwachsinnigen ihm heftig ein: er stand zitternd, in krampfhaft steifer Haltung, mit vorgestrecktem Kinn und Hals: in seinem aufgedunsenen Gesicht ging ein schiefer, gleichsam gesträubter Blick auf seine Quäler; hinter seinen dicken Lippen arbeitete es mühsam. Endlich flog ein schwacher Lichtschein über sein Gesicht; er quetschte Worte hervor, und im Eifer schob er sich dem einen Korporal auf den Leib, und er faßte ihn mit einer beweglichen Gebärde bei den Knöpfen der Uniform. Dann brüllte der Korporal irgendein Kommando, und Schwendar sah noch das aufgedunsene Gesicht vor einer geballten zum Schlag ausholenden Faust zurückfahren. Er ging mit schnellen Schritten weiter, hinauf ins Mannschaftszimmer, und weil doch Sonntag war, so zog er die Ausgehmontur an und nahm Helm und Säbel, um in die Stadt zu gehen. Als er fertig war, griff er aus Gewohnheit nach seiner alten silbernen Taschenuhr und erinnerte sich sogleich, daß er sie nicht mehr besaß und daß er seit 2 Monaten täglich danach griff und sich täglich mit dem gleichen Gefühl von Demütigung und dumpfem Schmerz auf die Umstände ihres Verlustes besann. Der Dieb war sein einziger Freund. Es war der Eskadronsriemer Thoma, der jetzt im Spielberg saß.

Immer tiefer trieb es ihn in den Wald hinein. Mit nachschleppendem Säbel und in den Nacken zurückgeschobenem Helm, stampfte er zwischen den Birken hin wie ein Betrunkener. Die niedrigen Zweige schlugen in sein erhitztes Gesicht, seine Füße ließen in dem moorigen Boden tiefe Spuren zurück, die sich gurgelnd mit schwarzbraunem Wasser füllten. Dieses Geräusch brachte ihm den Gedanken an den Tod so nah wie am Vormittag der Anblick des Wassereimers, und um es nicht länger zu hören, veränderte er seine Richtung und lief mehr als er ging einen Durchhau entlang, der festeren Boden hatte. Vor ihm schien der Wald sich zu lichten. Etwas Rötliches schwebte vor seinen Augen, ein rötlichblauer Schimmer zog sich quer über den Weg. Als er näher kam, waren es viele Salbeiblüten zwischen den dämmernden Büschen. Er sah sie aufmerksam an, aber wie er die Augen hob und weiterging, flog das

Rötliche wieder vor ihm wie ein schwebender Schleier. Dann lag es auf dem Stamm einer vorgeneigten Birke, die halbversteckt lauernd seitwärts, wie ein roter Fleck. Dann kam es von allen Seiten ein ganzer blutroter Schleier, warf blutige große Flecken auf das kugelige Grün der dichten Büsche, auf die weißen Stämme. Lachen von Blut standen da, dort über dem dunkelnden Erdboden. Zehn Sprünge, zu deren jedem sein klopfendes Herz die Kraft verweigern zu wollen schien, brachten ihn an den Rand des Waldes. Blutend, von einem übermäßig angespannten Glanz, wie mit dem letzten Blick eines brechenden Auges starr und regungslos angeglüht lag die endlose wellenförmige Ebene vor ihm. Hinter dem großen Eisenbahndamm, bis zu welchem es 2 Stunden zu reiten war, sank die Sonne. Nur mehr der oberste Rand der nackten glühenden Scheibe blinkte über den Damm, wie das oberste eines vom Lid entblößten Auges: dann fiel auch dieses letzte funkelnde hinab, und allmählich sank der Glanz des Landes in seinen Abgrund, aus dem roter Rauch emporwehte, ins Tote. Erschöpft von Angst und Laufen hatte sich Schwendar am Rand des Waldes niedergesetzt. Als er den schweren Helm abnahm und ihn neben sich ins Gras stellte, war ihm, als träfe ihn aus dem Gebüsch von der Seite her ein kalter, aufmerksamer und doch teilnahmsloser Blick, und er fühlte seine Brust von einem Gefühl zusammengeschnürt, das mit einer fernen ganz fernen Erinnerung verknüpft sein mußte. Es war die Erinnerung an jenen Tag, an welchem seine Mutter gestorben war, eine dumpfe Erinnerung des Körpers mehr als der Seele. Er fühlte das Stocken seines Atems und das Frieren im Rücken, als die Kranke sich plötzlich aufrichtete und mit einer fremden, harten und starken Stimme sagte: Es ist die heilige Jungfrau Maria, sie winkt mir mit einem Licht, und dann noch einmal, sie winkt mir mit einem Licht. Dann gingen die Blicke der Sterbenden langsam, mit einem Ausdruck von Strenge und ohne alle Teilnahme über den Knaben hin, über ihn und über alles was noch im Zimmer war, zuletzt über die Erhöhung der Bettdecke, dort wo die eigenen mageren Füße waren, und blieben endlich stehen, starr und voll gespannter mühsamer Aufmerksamkeit wie nach innen gerichtet, während in die Seele des Knaben sich lautlos das Grauen hineinschraubte über dieses Entsetzliche, daß eine Gestalt, die er nicht sehen konnte, winkte und die Mutter ihr nachgehen mußte und dieser Fremden so verfallen war, daß ihre offenen Augen nichts mehr sahen, ihn nicht und nichts in der Welt. Alle diese Dinge stiegen in ihm empor und brachten eine Bitterkeit mit sich, gegen die es keine Rettung gab. Von neuem durchfühlte er das innere Erstarren des Kindes bei der Einsicht, daß so etwas geschehen konnte; jetzt aber, da es schon so lange geschehen war, sah er es in einem neuen fürchterlichen Lichte: er haßte seine Mutter dafür, daß sie sich so aus dem Leben fortgestohlen hatte mit einem kalten, leeren Blick auf ihn und alles, was sie in dieser Hölle zurückließ. Den Rasen, auf dem er saß, fühlte er als einen Teil der großen undurchdringlichen Decke, unter der die Toten sich verkrochen, um nicht mehr dabei zu sein. Wie Schläfer, die sich in den Dunst ihrer Betten einbohren und ihr Gesicht in den Polster graben, lagen sie unter ihm, und ihre Ohren waren voll Erde, daß sie sein Stöhnen nicht hören konnten und nicht achten auf seine Verlassenheit. Er sprang auf und schlug mit den Füßen gegen den Boden, daß die Sporen tiefe Risse in der Erde ließen und die streifigen Fetzen des Rasens gegen den Himmel flogen. Dann zog er den Säbel und fing an, auf die Büsche und kleinen Bäume einzuhauen vor Wut sinnlos und berauscht vom Gefühl des Zerstörers. Er glaubte einen schwachen Widerstand und den empörten Atem der Wesen zu spüren, die ihm unterlagen. Zerfetzte Blätter erfüllten die Luft und der Saft der verwundeten Zweige sprühte dem Soldaten auf Gesicht und Hände. Der Säbel schlug klaffende Streifen in das kühle Dunkel, das ihm wie aus Kellerlöchern entgegenquoll. Er fuhr zurück, denn diesmal berührte ihn ein starrer totenhafter Blick aus deutlicher Nähe, zu seinen Füßen schien ein elendes Wesen im Dunkel zusammengekauert, sein Säbel sauste auf einen weichen Körper nieder, und als er es herausschleuderte, war es die klägliche kleine Leiche eines verendeten Hasen, deren starre Augen jetzt mit leblosem Glotzen in das Weite des hohen kühlen Himmels schauten. Dieser erbärmliche Anblick erhöhte die dumpfe Wut des Elenden; von neuem stürzte er auf das tote Tier zu und schleuderte es in einem starken Bogen seitwärts, daß es klatschend gegen einen harten Stamm schlug und in der Höhe ein Schwarm erschreckter Dohlen sich jäh mit widerlichem Rufen und knarrenden Flügeln flüchtend in die stille Luft warf. Ihr Schreien zog den Blick des Soldaten aufwärts. Aus dem Gewipfel einer ungeheuren Ulme schwang der häßliche Schwarm sich weg, die auf uralten Wurzeln ruhend mit der Last einer grünen auf jähem Abhang aufgetürmten Bergstadt spielend schien. Zur Seite der Ulme aber stiegen 2 riesige Pappeln auf und drängten mit strebenden Kronen hoch ins Dämmernde empor. Die 3 Bäume waren nicht ineinander verwachsen, aber ihr grenzenlos starkes Streben schien sich aufeinander zu beziehen: Die dreifach ansetzende Wipfelmacht der Ulme nahm den kletternden Blick wie mit gewaltigen hebenden Armen mit, eine lebendige schattenerfüllte Wölbung reichte ihn der andern empor, bis ihn die letzte an die Pappeln abgab, die wie von inneren Flammen lautlosen Wettkampfes ergriffen still nebeneinander in den Raum hinaufwuchsen. Der Anblick der drei Bäume, die in der dunkelnden Stunde immer mehr ins riesenhafte wuchsen, legte sich wie ein Alp auf Schwendar: der Gedanke, mit seinem Säbel gegen diese unerschütterlichen Stämme zu schlagen, machte seinen Arm schwer, wie ein lahmes Glied. Die Macht dieser verhaltenen Riesenkräfte raubte seinem sinnlosen Spiel den trunkenen Schein von Überlegenheit, der ihn für Augenblicke über das Gefühl seiner Schwäche und Angst hinweggebracht hatte, unterband sein Blut und wies ihn ins Leere zurück. Er nahm seinen Helm mit abgewendeten Augen vom Boden auf und lief fort, quer über die offene Hutweide der Kaserne zu, den bloßen Säbel in der einen, den Helm in der andern Hand. Er hatte keinen anderen Gedanken als den, nicht länger allein zu sein: seine Angst hatte Bestimmtheit gewonnen, ihm war, als würfe sich nun bald die Last, mit der diese riesigen Bäume spielten, auf seine Seele. Schon war er ein weites Stück gelaufen, als er zwischen dem Klopfen seiner Adern die wütend schnellen Hufschläge eines Pferdes wahrnahm, das hinter ihm herjagen mußte und mit jedem dumpfen Dröhnen ein Stück des trennenden Bodens hinter sich warf. Ohne Überlegung warf er sich seitwärts wie ein gehetzter Hase und stürmte in weiten Sätzen dem Walde zu. Wo die Schleuse des herrschaftlichen Karpfenteiches an den Waldrand tritt, sprang er über den trockenen

Ablaßgraben und lief am Teich weiter mit dem wilden Schatten seiner tollgewordenen Messnergestalt die großen dunklen Fische erschreckend, daß sie wie von einem Steinwurf getroffen im Kreis auseinanderschossen und in die grünschwarze, feuchte, dunkle Tiefe verschwanden. Der junge Offizier, der ihm aus Neugierde nachgaloppiert war, parierte am Rand des Teiches den großen heftig atmenden Fuchsen und sah der unbegreiflichen Gestalt nach, die mit den Sprüngen eines Wilden, Helm und Säbel in langen Armen krampfhaft schwingend, zwischen den Bäumen herflüchtete.

Er richtete sich auf. Helles Mondlicht lag über den 2 langen Reihen gleichförmiger Betten, und dunkle starke Schatten trennten wie Abgründe die Leiber der Schlafenden. Ihren Gesichtern gaben die dunklen Stellen, die unter den Augen und Lippen lagen, etwas Fremdes, Vergrößertes. Schwendar hatte sich aufgesetzt. Die Hände, deren Schwere er fühlte, als wenn sie tot wären, hatte er vor sich auf der Decke liegen. Seine Augen liefen mit einem unruhigen und leeren Ausdruck über die Schlafenden hin. Das Wachsein war nicht besser als der Halbschlaf mit geschlossenen Augen. Es war als schwebe der schwere Stein, der auf seiner Brust gelegen war, in einiger Entfernung vor ihm, rechts in der Gegend der halbdunkeln Ecke, wo die Zugtrompete hing, als schwebe er dort regungslos in der Dämmerung und beängstige von dort her seine Brust mit derselben lähmenden Last wie früher. Er wandte den Kopf nach der Seite, um ihn nicht zu sehen, und spannte seine ganze Kraft an, um sein Denken auf das zu drängen, was er vor Augen hatte. Es war ihm, als müsse es möglich sein, mit einer übermenschlichen Anstrengung die Gedanken nach außen zu drücken, so daß sie dem, was ihn im Innern ängstigte, den Rücken wenden mußten. Der Mann, welcher ihm zunächst lag, war der Korporal Taborsky. Er war im Zivil ein Schuster. Er lag kerzengerade auf dem Rücken. Die Arme hatte er auch gerade ausgestreckt, einen rechts einen links. Er war ein gutmütiger Mensch, der etwas auf Manieren hielt. Aus dem zufrieden aussehenden Gesicht stand das strohgelbe Schnurrbärtchen unter der Stumpfnase freundlich empor und bewegte sich bei den ruhigen Atemzügen. In der gewissermaßen wohlwollenden Regelmäßigkeit der Atemzüge lag das ausgedrückt, was ihn auch beim Dienst auszeichnete. Niemand sah mit soviel Wohlwollen einem Pferd fressen zu, niemand hörte mit einem so freundlichen überlegenen Gesicht Schimpfen und Klagen an. Er konnte stundenlang im Stall auf- und abgehen, jedesmal in jede der Spiegelscherben, die, zum Richten der Halsstreifen an den Holzpfeilern angebracht, einen freundlichen Blick werfen, gleichmütig aber nicht ohne Ironie nicken und wieder weitergehen. Unter seinem Kopfkissen lag ein zusammengefaltetes Taschentuch, das er nie benützte, und einige Blätter eines Kolportageromans. In diesen liebte er gern und mit einer gewissen Ostentation zu lesen, noch mehr liebte er es aber, gefragt zu werden, warum er denn gar so gern lese, und darüber Auskunft zu geben und im allgemeinen über den Unterschied von gebildeten Menschen und solchen, die sind wie das liebe Vieh, zu reden. Auf einmal, und mit einem Schlag, wußte Schwendar, daß nun alles zu Ende gedacht war, was er im Stande wäre, über diesen Mann zu denken und daß ihn länger anzuschauen ebenso nutzlos wäre wie für einen Durstenden einen Krug zu haben, der keinen Tropfen Wasser mehr in sich hält. Und schon spürte er im Innern, wie aus großer Entfernung unaufhaltsam näherkommend das Wiederkehren der Angst, welche diesen elenden aus Sand aufgeführten Damm, dieses Denken an den Mann, der neben ihm lag, unaufhaltsam fortspülen würde, wenn er ihn nicht schnell schnell verstärkte. Aber er hatte kaum den Mut, seinen Blick von dem Korporal weg und nach dem nächsten Bett hin zu drehn, denn dabei mußte er den dunkeln Raum zwischen diesen beiden Betten streifen, und in diesem mit Schatten gefüllten Abgrund schien ihm die Bestätigung des Entsetzlichen zu liegen, die Unabwendbarkeit des Wirklichen und die lächerliche Nichtigkeit der scheinbaren Rettungen. Wie ein feiger Dieb zwischen zwei Atemzügen über den Schlafenden den Fuß hebt, vom eignen Herzklopfen so umgeben, daß ihm der Boden weit weit weg vorkommt und die Möglichkeit seine Füße zu beherrschen unendlich gering. Er hob verstohlen und bebend den Blick über den dunklen Streifen und ließ ihn wie liebkosend mit aller Kraft über das Gesicht des nächsten Mannes gleiten, der beide Arme unter dem Kopf hatte, und mit offenem Mund schlief, daß man die starken hübschen Zähne seines Mundes sehen konnte und die Nüstern seiner aufgeworfenen Nase. Es war der Dragoner Cypris, ein kindischer Mensch, in dessen braunen Wangen Grübchen erschienen, wenn er lachte. Und er lachte überaus gerne. Schwendar versuchte, sich den Klang seines leisen und unerschöpflichen Lachens ins Gedächtnis zu rufen: es war wie das silberhelle Glucksen im Hals einer Glasflasche. Dieser Cypris war in seine Decke eingerollt wie ein Kind. Ihm gegenüber in der anderen Bettreihe lag der starke Nekolar. Er war zwanzigjährig, aber riesengroß und der stärkste Mann im Zug. Sein Haar war fein kurz und dicht wie das Fell eines Otters und von der Farbe wie glänzendes Strahlen. Er lag, das Gesicht in dem Kopfpolster eingegraben, und seine großen Glieder waren über das Bett geworfen, als wäre es ein großes, mißfärbiges Tier, mit dem er ränge und das er mit der Spannkraft seines jungen riesigen Körpers gegen den Boden drückte. Mit düsterer Verwunderung wandte Schwendar den Blick von ihm ab und sah seinen Nachbar an. Der Mann hieß Karasek. Häßlich und gemein war sein Gesicht und häßlich lag er im Bett, die Decke unter sein fettes Kinn hinaufgerissen, die Knie in die Höh gezogen, gleichzeitig feig und unverschämt. Von ihm zogen sich Schwendars Blicke traurig und mit Ekel zurück und blieben auf der leeren Schlafstelle liegen, die unmittelbar neben seiner eigenen war, der Schlafstelle seines Freundes, des Riemers Thoma, der im Stockhaus saß. Da kam das Gefühl seiner Verlassenheit unendlich stark über ihn: verraten und verkauft hatte ihn sein Freund, seine Mutter war unter die Erde gegangen, seine Kehle verschnürte sich gegen das Essen, seine Glieder wollten ihn nicht mehr tragen und der Schlaf warf ihn aus. Stumpfsinnig stützte er sich erst auf einen Arm dann auf den andern. Dann mehr in einem Fieberdrang die Stellung zu verändern, als mit einer inneren Absicht, warf er die Decke ab und kniete in seinem Bette nieder. Mein Gott mein Gott mein Gott stöhnte er halblaut vor sich hin und drehte die Augen in den Höhlen wie ein leidendes Tier. Immer heller wurde das Zimmer, immer mehr beklemmte ihn die Nähe dieser Menschen, die eingehüllt in ihren schlafenden Leib dalagen und seiner Qualen nicht achteten. Eine dunkle Erinnerung gab ihm die Worte in den Mund. Mein Gott, mein Herr, laß du diesen Kelch an mir vorübergehn! Er wiederholte sie 3 oder 4mal, bis sich plötzlich etwas Unbegreifliches ereignete. In dem Licht, das das ganze Zimmer mit stiller Helle erfüllte, ging eine Veränderung vor sich. Es währte nur einen Augenblick lang: es schien von innen, es mochte von außen gekommen sein. Es war nichts als ein Aufzucken, wie das Winken eines fernen Lichtes. Dann sank das stille Licht wieder in sich zusammen, und alles war wie früher. Aber seiner Seele bemächtigte sich mit übernatürlicher Schnelligkeit die Ahnung, die Gewißheit, daß es ein Zeichen gewesen war, ein Zeichen für ihn, der Widerschein des geöffneten Himmels, der Abglanz eines durch das Haus gleitenden Engels. Mit offenem Mund und gelösten Gliedern drehte er sich auf den Knien dem Fenster zu.

Der schwarzblaue in ungeheurem Schweigen leuchtende Himmel trat vor seinen Blicken zurück und schien von nichts zu wissen. Auf der Erde aber lag das weiche Licht des tiefstehenden Mondes, umgab die Schmiede und das rotgedeckte Haus, in welchem Unteroffiziere wohnten, mit einem fremdartigen Schein, ließ die Barrieren der offenen Reitschulen schlanker erscheinen, rundete die Kanten der frisch aufgeworfenen Gräben ab und machte aus den Äckern und dem großen Exerzierplatz ein einziges mit schwimmendem Glanz bedecktes weites Gefilde, um dessen fernen Rand der große finstere Damm den Blick aufnahm, um ihn mit sich fortzureißen wie ein erhöhter riesiger pfeilgerader Weg ins Unbekannte. Schwendars Augen aber, die ein feuchter Glanz zu erfüllen anfing, suchten in dem ganzen großen Raum ein Etwas, das kleiner sein mochte, wie der aufblitzende Blick eines Menschenauges und doch so groß, daß es durch den Zwischenraum des Himmels und der Erde hinwehte und alle menschlichen Maße zunichte machte. Seine Augen suchten den Ort, von dem das Zeichen ausgegangen war, denn er wußte, daß es ein Zeichen gewesen war und daß es ihm gegolten. Mit einem gewaltigen lautlosen Schwung war in seine leere Seele der Glaube zurückgesprungen und durchdrang ihn wie eine weiche stille von geheimnisvoller Lauheit getragene Flut. Schon nicht mehr wie das Nichts, dessen Inneres ausgehöhlt war von Leere und Kummer, von unfruchtbarem Stöhnen, schon verwandelt, eines unverlierbaren Glückes dumpf bewußt, kniete er in seinem weißen Hemd mit seinen schweren Augen, seinen sehnsuchtoffenen Lippen über den Leibern dieser Schlafenden, die sich in den Dunst ihrer Betten hineinbohrten, und mit den Zähnen gegen das Dunkel knirschten. Aber noch einmal wollte er das unsägliche Glück dieses Anfangs genießen, das ihm schon begehrenswerter schien als die Minuten, die seitdem verflossen waren, noch einmal den Anhauch fühlen, das lautlose Aufleuchten, mit dem etwas Ungeheures, unter dessen Vorüberwehen die Helle des Mondes lautlos anschwoll und wieder in sich zusammensank, durch die schweigende Nacht hin sich ihm zugeneigt hatte. Daß aber die Wiederholung des Zeichens ausbleiben und damit alles in Nichts zusammensinken könnte, dem vorzubauen, formte er den Gedanken des Wunsches mit einem kaum ihm selber deutlichen inneren Vorbehalt, er erlaubte dem Herrn im Voraus, sein zweites Zeichen zurückzubehalten, und auch das sollte nichts Böses bedeuten. Sein Gesicht nahm einen schlauen und furchtsamen Ausdruck an: er wurde sich des Geräusches bewußt, das sein Atmen machte, und hielt ein. In diesem Augenblick durchdrang ihn die Überzeugung, daß sich an einem Teil des Himmels, den seine Blicke nicht bedeckten, etwas ereignet hatte. Er wußte nicht, was es war, aber Es war eingetroffen. Eine innere Gewalt bog ihn näher gegen das Fenster und heftete seinen Blick auf das Stück des seitlichen Horizontes, das sich nun hervorschob. Dort war es: dort wo zwischen 2 riesigen Pappeln eingeklemmt eine Ulme den Bau von Ästen geisterhaft gegen den dunkel undurchdringlichen Himmel hob, dort war Es, halb Bewegung halb Leuchten, lag es zwischen den Wipfeln, als hätte die Ferse eines Engels im Hinunterfahren den schaukelnden schwarzen Baldachin gestreift, unmerklich wie das Flügelheben eines kleinen Vogels in hoher heller Luft, und doch Bewegung ungeheuerer Art, wie wenn auf den großen Hutweiden hinter fernen kleinen Staubwolken sich viele Schwadronen ordneten, deren Näherkommen den Boden in fühlbaren Wellen erdröhnen ließ wie unterirdischer Donner.

Nach der Wiederholung des Zeichens ließ sich Schwendar leise niedergleiten und drückte die Stirn mit dem Gefühl innigen

Glückes auf das Fußende des Bettes. Ihm war leicht wie einem neugebornen Kind: alle Schwere, alle Qualen schienen in der Ferne abschwellend hinzusinken, wie das Rauschen der Bäche aus tiefsten Tälern für den, der auf den Gipfel des ungeheuren Berges emporgehoben ist.

Er zog die Stallschuhe und die Zwilchmontur an, dann setzte er sich auf sein Bett und wartete leichten Herzens, bis er auf der Treppe die schweren Tritte des Tageskorporals hörte, der die Stallwarten ablösen ging. Da stand er auf und ging in den Stall. Auf der Stiege begegneten ihm die 3 oder 4 Abgelösten, die schlafen gingen. Ihre stumpfen mürrischen Gesichter und ihre Hast, ins Bett zu kriechen, erregte in ihm eine behagliche Verwunderung, wie das Treiben kleiner Kinder in einem Erwachsenen. An der Stalltür, wo es dunkel war, stieß ein betrunkener Wachtmeister, der sich einbildete, er sei der Inspektionsoffizier und müßte Ordnung schaffen, so heftig an ihn, daß er in den kleinen Graben, der um jeden Stall läuft, hineintaumelte: aber das innerliche Glücksgefühl, das ihn erfüllte, wurde unter jeder Berührung nur immer stärker, und unwiderstehlich quoll aus seinem tiefsten Herzen eine Freudigkeit, die auf seinem Gesicht zu einem Lächeln wurde, wie bei einem stark Verliebten. Zu einem Lächeln, das immer neu aufstieg wie leichte Luftblasen am Ende eines Wasserrohres. Alles nährte seine Heiterkeit: das hastige Herumlaufen zwischen den Ställen, wie es immer zur Zeit der Ablösung, das Fluchen des betrunkenen Wachtmeisters, das sich in der Ferne verlor. Als ein Dragoner, der zu einem andern Zug gehörte, aus Irrtum barfuß in seinen Stall gelaufen kam, um seine vergessenen Stallschuhe zu holen, mußte er laut lachen und sagte innerlich zu sich selber: »da gehts zu wie bei einer Hochzeit.« Behaglich ging er in dem halbdunklen Stall zwischen den stillen Pferden, die liegend oder stehend schliefen, auf und nieder, mit behaglichen wiegenden Schritten wie ein reicher Bauer, nur daß er die Hände nicht am Rücken hielt, sondern vor dem Leib gefaltet.

REITERGESCHICHTE

Den 22. Juli 1848, vor 6 Uhr morgens, verließ ein Streifkommando, die zweite Eskadron von Wallmodenkürassieren, Rittmeister Baron Rofrano mit 107 Reitern, das Kasino San Alessandro und ritt gegen Mailand. Über der freien, glänzenden Landschaft lag eine unbeschreibliche Stille; von den Gipfeln der fernen Berge stiegen Morgenwolken wie stille Rauchwolken gegen den leuchtenden Himmel; der Mais stand regungslos, und zwischen Baumgruppen, die aussahen, wie gewaschen, glänzten Landhäuser und Kirchen her. Kaum hatte das Streifkommando die äußerste Vorpostenlinie der eigenen Armee etwa um eine Meile hinter sich gelassen, als zwischen den Maisfeldern Waffen aufblitzten und die Avantgarde feindliche Fußtruppen meldete. Die Schwadron formierte sich neben der Landstraße zur Attacke, wurde von eigentümlich lauten, fast miauenden Kugeln überschwirrt, attackierte querfeldein und trieb einen Trupp ungleichmäßig bewaffneter Menschen wie die Wachteln vor sich her. Es waren Leute der Legion Manaras, mit sonderbaren Kopfbedeckungen. Die Gefangenen wurden einem Korporal und acht Gemeinen übergeben und nach rückwärts geschickt. Vor einer schönen Villa, deren Zufahrt uralte Zypressen flankierten, meldete die Avantgarde verdächtige Gestalten. Der Wachtmeister Anton Lerch saß ab, nahm zwölf mit Karabinern bewaffnete Leute, umstellte die Fenster und nahm achtzehn Studenten der Pisaner Legion gefangen, wohlerzogene und hübsche junge Leute mit weißen Händen und halblangem Haar. Eine halbe Stunde später hob die Schwadron einen Mann auf, der in der Tracht eines Bergamasken vorüberging und durch sein allzu harmloses und unscheinbares Auftreten verdächtig wurde. Der Mann trug im Rockfutter eingenäht die wichtigsten Detailpläne, die Errichtung von Freikorps in den Giudikarien und deren Kooperation mit der piemontesischen Armee betreffend. Gegen 10 Uhr vormittags fiel dem Streifkommando eine Herde Vieh in die Hände. Unmittelbar nachher stellte sich ihr ein starker feindlicher Trupp entgegen und beschoß die Avantgarde von einer Friedhofsmauer aus. Der Tete-Zug des Leutnants Grafen Trautsohn übersprang die niedrige Mauer und hieb zwischen den Gräbern auf die ganz verwirrten Feindlichen ein, von denen ein großer Teil in die Kirche und von dort durch die Sakristeitür in ein dichtes Gehölz sich rettete. Die siebenundzwanzig neuen Gefangenen meldeten sich als neapolitanische Freischaren unter päpstlichen Offizieren. Die Schwadron hatte einen Toten. Einer das Gehölz umreitenden Rotte, bestehend aus dem Gefreiten Wotrubek und den Dragonern Holl und Haindl, fiel eine mit zwei Ackergäulen bespannte leichte Haubitze in die Hände, indem sie auf die Bedeckung einhieben und die Gäule am Kopfzeug packten und umwendeten. Der Gefreite Wotrubek wurde als leicht verwundet mit der Meldung der bestandenen Gefechte und anderer Glücksfälle ins Hauptquartier zurückgeschickt, die Gefangenen gleichfalls nach rückwärts transportiert, die Haubitze aber von der nach abgegebener Eskorte noch 78 Reiter zählenden Eskadron mitgenommen.

Nachdem laut übereinstimmendes Aussagen der verschiedenen Gefangenen die Stadt Mailand von den feindlichen sowohl regulären als irregulären Truppen vollständig verlassen, auch von allem Geschütz und Kriegsvorrat entblößt war, konnte der Rittmeister sich selbst und der Schwadron nicht versagen, in diese große und schöne, wehrlos daliegende Stadt einzureiten. Unter dem Geläute der Mittagsglocken, der Generalmarsch von den vier Trompeten hinaufgeschmettert in den stählern funkelnden Himmel, an tausend Fenstern hinklirrend und zurückgeblitzt auf achtundsiebzig Kürasse, achtundsiebzig aufgestemmte nackte Klingen; Straße rechts, Straße links, wie ein aufgewühlter Ameishaufen sich füllend mit staunenden Gesichtern; fluchende und erbleichende Gestalten hinter Haustoren verschwindend, verschlafene Fenster aufgerissen von den entblößten Armen schöner Unbekannter; vorbei an San Babila, an San Fedele, an San Carlo, am weltberühmten marmornen Dom, an San Satiro, San Giorgio, San Lorenzo, San Eustorgio; deren uralte Erztore alle sich auftuend und unter Kerzenschein und Weihrauchqualm silberne Heilige und brokatgekleidete strahlenäugige Frauen hervorwinkend; aus tausend Dachkammern, dunklen Torbogen, niedrigen Butiken Schüsse zu gewärtigen, und immer wieder nur halbwüchsige Mädchen und Buben, die weißen Zähne und dunklen Haare zeigend; vom trabenden Pferde herab funkelnden Auges auf alles dies hervorblickend aus einer Larve von blutgesprengtem Staub; zur Porta Venezia hinein, zur Porta Ticinese wieder hinaus: so ritt die schöne Schwadron durch Mailand.

Nicht weit vom letztgenannten Stadttor, wo sich ein mit hübschen Platanen bewachsenes Glaçis erstreckte, glaubte der Wachtmeister Anton Lerch am ebenerdigen Fenster eines neugebauten hellgelben Hauses ein ihm bekanntes weibliches Gesicht zu sehen. Neugierde bewog ihn, sich im Sattel umzuwenden, und da er gleichzeitig aus einigen steifen Tritten seines Pferdes vermutete, es hätte in eines der vorderen Eisen einen Straßenstein eingetreten, er auch an der Queue der Eskadron ritt und ohne Störung aus dem Gliede konnte, so bewog ihn alles dies zusammen, abzusitzen, und zwar nachdem er geradezu das Vorderteil seines Pferdes in den Flur des betreffenden Hauses gelenkt hatte. Kaum hatte er hier den zweiten weißgestiefelten Vorderfuß seines Braunen in die Höhe gehoben, um den Huf zu prüfen, als wirklich eine aus dem Innern des Hauses ganz vorne in den Flur mündende Zimmertür aufging und in einem etwas zerstörten Morgenanzug eine üppige, beinahe noch junge Frau sichtbar wurde, hinter ihr aber ein helles Zimmer mit Gartenfenstern, worauf ein paar Töpfchen Basilikum und rote Pelargonien, ferner mit einem Mahagonischrank und einer mythologischen Gruppe aus Biskuit dem Wachtmeister sich zeigte, während seinem scharfen Blick noch gleichzeitig in einem Pfeilerspiegel die Gegenwand des Zimmers sich verriet, ausgefüllt von einem großen weißen Bette und einer Tapetentür, durch welche sich ein beleibter, vollständig rasierter älterer Mann im Augenblicke zurückzog.

Indem aber dem Wachtmeister der Name der Frau einfiel und gleichzeitig eine Menge anderes: daß es die Witwe oder geschiedene Frau eines kroatischen Rechnungsunteroffiziers war, daß er mit ihr vor neun oder zehn Jahren in Wien in Gesellschaft eines anderen, ihres damaligen eigentlichen Liebhabers, einige Abende und halbe Nächte verbracht hatte, suchte er nun mit den Augen unter ihrer jetzigen Fülle die damalige üppig-magere Gestalt wieder hervorzuziehen. Die Dastehende aber lächelte ihn in einer halb geschmeichelten slawischen Weise an, die ihm das Blut in den starken Hals und unter die Augen trieb, während eine gewisse gezierte Manier, mit der sie ihn anredete, sowie auch der Morgenanzug und die Zimmereinrichtung ihn einschüchterten. Im Augenblick aber, während er mit etwas schwerfälligem Blick einer großen Fliege nachsah, die über den Haarkamm der Frau lief, und äußerlich auf nichts achtete, als wie er seine Hand, diese Fliege zu scheuchen, sogleich auf den weißen, warm und kühlen Nacken legen würde, erfüllte ihn das Bewußtsein der heute bestandenen Gefechte und anderer Glücksfälle von oben bis unten, so daß er ihren Kopf mit schwerer Hand nach vorwärts drückte und dazu sagte: »Vuic«, – diesen ihren Namen hatte er gewiß seit 10 Jahren nicht wieder in den Mund genommen und ihren Taufnamen vollständig vergessen – »in acht Tagen rücken wir ein, und dann wird das da mein Quartier«, auf die halb offene Zimmertür deutend. Unter dem hörte er im Hause mehrfach Türen zuschlagen, fühlte sich von seinem Pferde, zuerst durch stummes Zerren am Zaum, dann, indem es laut den anderen nachwieherte, fortgedrängt, saß auf und trabte der Schwadron nach, ohne von der Vuic eine andere Antwort als ein verlegenes Lachen mit in den Nacken gezogenem Kopf mitzunehmen. Das ausgesprochene Wort aber machte seine Gewalt geltend. Seitwärts der Rottenkolonne, einen nicht mehr frischen Schritt reitend, unter der schweren metallischen Glut des Himmels, den Blick in der mitwandernden Staubwolke verfangen, lebte sich der Wachtmeister immer mehr in das Zimmer mit den Mahagonimöbeln und den Basilikumtöpfen hinein und zugleich in eine Zivilatmosphäre, durch welche doch das Kriegsmäßige durchschimmerte, eine Atmosphäre von Behaglichkeit und angenehmer Gewalttätigkeit ohne Dienstverhältnis, eine Existenz in Hausschuhen, den Korb des Säbels durch die linke Tasche des Schlafrockes durchgesteckt. Der rasierte, beleibte Mann, der durch die Tapetentür verschwunden war, ein Mittelding zwischen Geistlichem und pensioniertem Kammerdiener, spielte darin eine bedeutende Rolle, fast mehr noch als das schöne breite Bett und die feine weiße Haut der Vuic. Der Rasierte nahm bald die Stelle eines vertraulich behandelten, etwas unterwürfigen Freundes ein, der Hoftratsch erzählte, Tabak und Kapaunen brachte, bald wurde er an die Wand gedrückt, mußte Schweigegelder zahlen, stand mit allen möglichen Umtrieben in Verbindung, war piemontesischer Vertrauter, päpstlicher Koch, Kuppler, Besitzer verdächtiger Häuser mit dunklen Gartensälen für politische Zusammenkünfte, und wuchs zu einer schwammigen Riesengestalt, der man an zwanzig Stellen Spundlöcher in den Leib schlagen und statt Blut Gold abzapfen konnte.

Dem Streifkommando begegnete in den Nachmittagsstunden nichts Neues und die Träumereien des Wachtmeisters erfuhren keine Hemmungen. Aber in ihm war ein Durst nach unerwartetem Erwerb, nach Gratifikationen, nach plötzlich in die Tasche fallenden Dukaten rege geworden. Denn der Gedanke an das bevorstehende erste Eintreten in das Zimmer mit den Mahagonimöbeln war der Splitter im Fleisch, um den herum alles von Wünschen und Begierden schwärte.

Als nun gegen Abend das Streifkommando mit gefütterten und halbwegs ausgerasteten Pferden in einem Bogen gegen Lodi und die Addabrücke vorzudringen suchte, wo denn doch Fühlung mit dem Feind sehr zu gewärtigen war, schien dem Wachtmeister ein von der Landstraße abliegendes Dorf, mit halbverfallenem Glokkenturm in einer dunkelnden Mulde gelagert, auf verlockende Weise verdächtig, so daß er, die Gemeinen Holl und Scarmolin zu sich winkend, mit diesen beiden vom Marsche der Eskadron seitlich abbog und in dem Dorfe geradezu einen feindlichen General mit geringer Bedeckung zu überraschen und anzugreifen oder anderswie ein ganz außerordentliches Prämium zu verdienen hoffte, so aufgeregt war seine Einbildung. Vor dem elenden, scheinbar verödeten Nest angelangt, befahl er dem Scarmolin links, dem Holl rechts die Häuser außen zu umreiten, während er selbst, Pistole in der Faust, die Straße durchzugaloppieren sich anschickte, bald aber, harte Steinplatten unter sich fühlend, auf welchen noch dazu irgendein glitschiges Fett ausgegossen war, sein Pferd in Schritt parieren mußte. Das Dorf blieb totenstill; kein Kind, kein Vogel, kein Lufthauch. Rechts und links standen schmutzige kleine Häuser, von deren Wänden der Mörtel abgefallen war; auf den nackten Ziegeln war hie und da etwas Häßliches mit Kohle gezeichnet; zwischen bloßgelegten Türpfosten ins Innere schauend, sah der Wachtmeister hie und da eine faule, halbnackte Gestalt auf einer Bettstatt lungern oder schleppend, wie mit ausgerenkten Hüften, durchs Zimmer gehen. Sein Pferd ging schwer und schob die Hinterbeine mühsam unter, wie wenn sie von Blei wären. Indem er sich umwendete und bückte, um nach dem rückwärtigen Eisen zu sehen, schlürften Schritte aus einem Hause, und da er sich aufrichtete, ging dicht vor seinem Pferde eine Frauensperson, deren Gesicht er nicht sehen konnte. Sie war nur halb angekleidet; ihr schmutziger, abgerissener Rock von geblümter Seide schleppte im Rinnsal, ihre nackten Füße staken in schmutzigen Pantoffeln; sie ging so dicht vor dem Pferde, daß der Hauch aus den Nüstern den fettig glänzenden Lockenbund bewegte, der ihr unter einem alten Strohhute in den entblößten Nacken hing, und doch ging sie nicht schneller und wich dem Reiter nicht aus. Unter einer Türschwelle zur Linken rollten zwei ineinander verbissene blutende Ratten in die Mitte der Straße, von denen die unterliegende so jämmerlich aufschrie, daß das Pferd des Wachtmeisters sich verhielt und mit schiefem Kopf und hörbarem Atem gegen den Boden stierte. Ein Schenkeldruck brachte es wieder vorwärts und nun war die Frau in einem Hausflur verschwunden, ohne daß der Wachtmeister hatte ihr Gesicht sehen können. Aus dem nächsten Hause lief eilfertig mit gehobenem Kopfe ein Hund heraus, ließ einen Knochen in der Mitte der Straße fallen und versuchte, ihn in einer Fuge des Pflasters zu verscharren. Es war eine weiße unreine Hündin mit hängenden Zitzen; mit teuflischer Hingabe scharrte sie, packte dann den Knochen mit den Zähnen und trug ihn ein Stück weiter. Indessen sie wieder zu scharren anfing, waren schon drei Hunde bei ihr: zwei waren sehr jung, mit weichen Knochen und schlaffer Haut; ohne zu bellen und ohne beißen zu können, zogen sie einander mit stumpfen Zähnen an den Lefzen. Der Hund, der zugleich mit ihnen gekommen war, war ein lichtgelbes Windspiel von so aufgeschwollenem Leib, daß es nur ganz langsam auf den vier dünnen Beinen sich weitertragen konnte. An dem dicken wie eine Trommel gespannten Leib erschien der

Kopf viel zu klein; in den kleinen ruhelosen Augen war ein entsetzlicher Ausdruck von Schmerz und Beklemmung. Sogleich sprangen noch zwei Hunde hinzu: ein magerer, weißer, von äußerst gieriger Häßlichkeit, dem schwarze Rinnen von den entzündeten Augen herunterliefen, und ein schlechter Dachshund auf hohen Beinen. Dieser hob seinen Kopf gegen den Wachtmeister und schaute ihn an. Er mußte sehr alt sein. Seine Augen waren unendlich müde und traurig. Die Hündin aber lief in blöder Hast vor dem Reiter hin und her; die beiden jungen schnappten lautlos mit ihrem weichen Maul nach den Fesseln des Pferdes, und das Windspiel schleppte seinen entsetzlichen Leib hart vor den Hufen. Der Braun konnte keinen Schritt mehr tun. Als aber der Wachtmeister seine Pistole auf eines der Tiere abdrücken wollte und die Pistole versagte, gab er dem Pferde beide Sporen und dröhnte über das Steinpflaster hin. Nach wenigen Sätzen aber mußte er das Pferd scharf parieren. Denn hier sperrte eine Kuh den Weg, die ein Bursche mit gespanntem Strick zur Schlachtbank zerrte. Die Kuh aber, von dem Dunst des Blutes und der an den Türpfosten genagelten frischen Haut eines schwarzen Kalbes zurückschaudernd, stemmte sich auf ihren Füßen, sog mit geblähten Nüstern den rötlichen Sonnendurst des Abends in sich und riß sich, bevor der Bursche sie mit Prügel und Strick hinüber bekam, mit kläglichen Augen noch ein Maulvoll von dem Heu ab, das der Wachtmeister vorne am Sattel befestigt hatte. Er hatte nun das letzte Haus des Dorfes hinter sich und konnte, zwischen zwei niedrigen, abgebröckelten Mauern reitend, jenseits einer alten einbogigen Steinbrücke über einen anscheinend trockenen Graben den weiteren Verlauf des Weges absehen, fühlte aber in der Gangart seines Pferdes eine so unbeschreibliche Schwere, ein solches Nichtvorwärtskommen, daß sich an seinem Blick jeder Fußbreit der Mauern rechts und links, ja jeder von den dort sitzenden Tausendfüßen und Asseln mühselig vorbeischob, und ihm war, als hätte er eine unmeßbare Zeit mit dem Durchreiten des widerwärtigen Dorfes verbracht. Wie nun zugleich aus der Brust seines Pferdes ein schwerer röhrender Atem hervordrang, er dies ihm völlig ungewohnte Geräusch aber nicht sogleich richtig erkannte und die Ursache davon zuerst über und neben sich und schließlich in der Entfernung suchte, bemerkte er jenseits der Steinbrücke und beiläufig in gleicher Entfernung von dieser, als wie er sich selbst befand, einen Reiter des eigenen Regiments auf sich zukommen, und zwar einen Wachtmeister, und zwar auf einem Braunen mit weißgestiefelten Vorderbeinen. Da er nun wohl wußte, daß sich in der ganzen Schwadron kein solches Pferd befand, ausgenommen dasjenige, auf welchem er selbst in diesem Augenblicke saß, er das Gesicht des anderen Reiters aber immer noch nicht erkennen konnte, so trieb er ungeduldig sein Pferd sogar mit den Sporen zu einem sehr lebhaften Trab an, worauf auch der andere sein Tempo ganz im gleichen Maße verbesserte, so daß nun nur mehr ein Steinwurf sie trennte, und nun, indem die beiden Pferde, jedes von seiner Seite her, im gleichen Augenblick, jedes mit dem gleichen, weißgestiefelten Vorfuß die Brücke betraten, der Wachtmeister mit stierem Blick in der Erscheinung sich selber erkennend, wie sinnlos sein Pferd zurückriß und die rechte Hand mit ausgespreizten Fingern gegen das Wesen vorstreckte, worauf die Gestalt, gleichfalls parierend und die Rechte erhebend, plötzlich nicht da war, die Gemeinen Holl und Scarmolin mit unbefangenen Gesichtern von rechts und links aus dem trockenen Graben auftauchten und gleichzeitig über die Hutweide her, stark und aus gar nicht großer Entfernung die Trompeten der Eskadron »Attacke« bliesen. Im stärksten Galopp eine Erdwelle hinansetzend, sah der Wachtmeister die Schwadron schon im Galopp auf ein Gehölz zu, aus welchem feindliche Reiter mit Piken eilfertig debouchierten; sah, indem, er die vier losen Zügel in der Linken versammelnd, den Handriemen um die Rechte schlang, den vierten Zug sich von der Schwadron ablösen und langsamer werden, war nun schon auf dröhnendem Boden, nun in starkem Staubgeruch, nun mitten im Feinde, hieb auf einen blauen Arm ein, der eine Pike führte, sah dicht neben sich das Gesicht des Rittmeisters mit weit aufgerissenen Augen und grimmig entblößten Zähnen, war dann plötzlich unter lauter feindlichen Gesichtern und fremden Farben eingekeilt, tauchte unter in lauter geschwungenen Klingen, stieß den nächsten in den Hals und vom Pferd herab, sah neben sich den Gemeinen Scarmolin, mit lachendem Gesicht, Einem die Finger der Zügelhand ab- und tief in den Hals des Pferdes hineinhauen, fühlte die Mêlée sich lockern und war auf einmal allein, am Rand eines kleinen Baches, hinter einem feindlichen Offizier auf einem Eisenschimmel. Der Offizier wollte über den Bach; der Eisenschimmel versagte. Der Offizier riß ihn herum, wendete dem Wachtmeister ein junges, sehr bleiches Gesicht und die Mündung einer Pistole zu, als ihm ein Säbel in den Mund fuhr, in dessen kleiner Spitze die Wucht eines galoppierenden Pferdes zusammengedrängt war. Der Wachtmeister riß den Säbel zurück und erhaschte an der gleichen Stelle, wo die Finger des Herunterstürzenden ihn losgelassen hatten, den Stangenzügel des Eisenschimmels, der leicht und zierlich wie ein Reh die Füße über seinen sterbenden Herrn hinhob.

Als der Wachtmeister mit dem schönen Beutepferd zurückritt, warf die in schwerem Dunst untergehende Sonne eine ungeheure Röte über die Hutweide. Auch an solchen Stellen, wo gar keine Hufspuren waren, schienen ganze Lachen von Blut zu stehen. Ein roter Widerschein lag auf den weißen Uniformen und den lachenden Gesichtern, die Kürasse und Schabracken funkelten und glühten, und am stärksten drei kleine Feigenbäume, an deren weichen Blättern die Reiter lachend die Blutrinnen ihrer Säbel abgewischt hatten. Seitwärts der rotgefleckten Bäume hielt der Rittmeister und neben ihm der Eskadronstrompeter, der die wie in roten Saft getauchte Trompete an den Mund hob und Appell blies. Der Wachtmeister ritt von Zug zu Zug und sah, daß die Schwadron nicht einen Mann verloren und dafür neun Handpferde gewonnen hatte. Er ritt zum Rittmeister und meldete, immer den Eisenschimmel neben sich, der mit gehobenem Kopf tänzelte und Luft einzog, wie ein junges, schönes und eitles Pferd, das es war. Der Rittmeister hörte die Meldung nur zerstreut an. Er winkte den Leutnant Grafen Trautsohn zu sich, der dann sogleich absaß und mit sechs gleichfalls abgesessenen Kürassieren hinter der Front der Eskadron die erbeutete leichte Haubitze ausspannte, das Geschütz von den sechs Mannschaften zur Seite schleppen und in ein von dem Bach gebildetes, kleines Sumpfwasser versenken ließ, hierauf wieder aufsaß und, nachdem er die nunmehr überflüssigen beiden Zuggäule mit der flachen Klinge fortgejagt hatte, stillschweigend seinen Platz vor dem ersten Zug wieder einnahm. Während dieser Zeit verhielt sich die in zwei Gliedern formierte Eskadron nicht eigentlich unruhig, es herrschte aber doch eine nicht ganz gewöhnliche Stimmung, durch die Erregung von vier an einem Tage glücklich bestandenen Gefechten erklärlich, die sich im leichten Ausbrechen halbunterdrückten Lachens, sowie in halblauten untereinander gewechselten Zurufen äußerte. Auch standen die Pferde nicht ruhig, besonders diejenigen, zwischen denen fremde erbeutete Pferde eingeschoben waren. Nach solchen Glücksfällen schien allen der Aufstellungsraum zu enge, und solche Reiter und Sieger verlangten sich innerlich, nun im offenen Schwarm auf einen neuen Gegner loszugehen, einzuhauen und neue Beutepferde zu packen. In diesem Augenblicke ritt der Rittmeister Baron Rofrano dicht an die Front seiner Eskadron, und indem er von den etwas schläfrigen blauen Augen die großen Lider hob, kommandierte er vernehmlich, aber ohne seine Stimme zu erheben: »Handpferde auslassen!« Die Schwadron stand totenstill. Nur der Eisenschimmel neben dem Wachtmeister streckte den Hals und berührte mit seinen Nüstern fast die Stirne des Pferdes, auf welchem der Rittmeister saß. Der Rittmeister versorgte seinen Säbel, zog eine seiner Pistolen aus dem Halfter, und indem er mit dem Rücken der Zügelhand ein wenig Staub von dem blinkenden Lauf wegwischte, wiederholte er mit etwas lauterer Stimme sein Kommando und zählte gleich nachher »eins« und »zwei«. Nachdem er das »zwei« gezählt hatte, heftete er seinen verschleierten Blick auf den Wachtmeister, der regungslos vor ihm im Sattel saß und ihm starr ins Gesicht sah. Während Anton Lerchs starr aushaltender Blick, in dem nur dann und wann etwas Gedrücktes, Hündisches aufflackerte und wieder verschwand, eine gewisse Art devoten, aus vieljährigem Dienstverhältnisse hervorgegangenen Zutrauens ausdrücken mochte, war sein Bewußtsein von der ungeheuren Gespanntheit dieses Augenblicks fast gar nicht erfüllt, sondern von vielfältigen Bildern einer fremdartigen Behaglichkeit ganz überschwemmt, und aus einer ihm selbst völlig unbekannten Tiefe seines Innern stieg ein bestialischer Zorn gegen den Menschen da vor ihm auf, der ihm das Pferd wegnehmen wollte, ein so entsetzlicher Zorn über das Gesicht, die Stimme, die Haltung und das ganze Dasein dieses Menschen, wie er nur durch jahrelanges, enges Zusammenleben auf geheimnisvolle Weise entstehen kann. Ob aber in dem Rittmeister etwas Ähnliches vorging, oder ob sich ihm in diesem Augenblicke stummer Insubordination die ganze lautlos um sich greifende Gefährlichkeit kritischer Situationen zusammenzudrängen schien, bleibt im Zweifel: Er hob mit einer nachlässigen, beinahe gezierten Bewegung den Arm, und indem er, die Oberlippe verächtlich hinaufziehend, »drei« zählte, krachte auch schon der Schuß, und der Wachtmeister taumelte, in die Stirn getroffen, mit dem Oberleib auf den Hals seines Pferdes, dann zwischen dem Braun und dem Eisenschimmel zu Boden. Er hatte aber noch nicht hingeschlagen, als auch schon sämtliche Chargen und Gemeinen sich ihrer Beutepferde mit einem Zügelriß oder Fußtritt entledigt hatten und der Rittmeister, seine Pistole ruhig versorgend, die von einem blitzähnlichen Schlag noch nachzuckende Schwadron dem in undeutlicher dämmernder Entfernung anscheinend sich ralliierenden Feinde aufs neue entgegenführen konnte. Der Feind nahm aber die neuerliche Attacke nicht an, und kurze Zeit nachher erreichte das Streifkommando unbehelligt die südliche Vorpostenaufstellung der eigenen Armee.

ERLEBNIS DES MARSCHALLS VON BASSOMPIERRE

Zu einer gewissen Zeit meines Lebens brachten es meine Dienste mit sich, daß ich ziemlich regelmäßig mehrmals in der Woche um eine gewisse Stunde über die kleine Brücke ging (denn der Pont neuf war damals noch nicht erbaut) und dabei meist von einigen Handwerkern oder anderen Leuten aus dem Volk erkannt und gegrüßt wurde, am auffälligsten aber und regelmäßigsten von einer sehr hübschen Krämerin, deren Laden an einem Schild mit zwei Engeln kenntlich war, und die, so oft ich in den fünf oder sechs Monaten vorüber kam, sich tief neigte und mir soweit nachsah, als sie konnte. Ihr Betragen fiel mir auf, ich sah sie gleichfalls an und dankte ihr sorgfältig. Einmal, im Spätwinter, ritt ich von Fontainebleau nach Paris und als ich wieder die kleine Brücke heraufkam, trat sie an ihre Ladentür und sagte zu mir, indem ich vorbeiritt: »Mein Herr, Ihre Dienerin!« Ich erwiderte ihren Gruß und, indem ich mich von Zeit zu Zeit umsah, hatte sie sich weiter vorgelehnt, um mir soweit als möglich nachzusehen. Ich hatte einen Bedienten und einen Postillon hinter mir, die ich noch diesen Abend mit Briefen an gewisse Damen nach Fontainebleau zurückschicken wollte. Auf meinen Befehl stieg der Bediente ab und ging zu der jungen Frau, ihr in meinem Namen zu sagen, daß ich ihre Neigung, mich zu sehen und zu grüßen, bemerkt hätte; ich wollte, wenn sie wünschte, mich näher kennen zu lernen, sie aufsuchen, wo sie verlangte.

Sie antwortete dem Bedienten: Er hätte ihr keine erwünschtere Botschaft bringen können, sie wollte kommen, wohin ich sie bestellte.

Im Weiterreiten fragte ich den Bedienten, ob er nicht etwa einen Ort wüßte, wo ich mit der Frau zusammenkommen könnte? Er antwortete, daß er sie zu einer gewissen Kupplerin führen wollte; da er aber ein sehr besorgter und gewissenhafter Mensch war, dieser Diener Wilhelm aus Courtrai, so setzte er gleich hinzu: Da die Pest sich hie und da zeige und nicht nur Leute aus dem niedrigen und schmutzigen Volk, sondern auch ein Doktor und ein Domherr schon daran gestorben seien, so rate er mir, Matratzen, Decken und Leintücher aus meinem Hause mitbringen zu lassen. Ich nahm den Vorschlag an, und er versprach mir ein gutes Bett zu bereiten. Vor dem Absteigen sagte ich noch, er solle auch ein ordentliches Waschbecken dorthin tragen, eine kleine Flasche mit wohlriechender Essenz und etwas Backwerk und Äpfel; auch solle er dafür sorgen, daß das Zimmer tüchtig geheizt werde, denn es war so kalt, daß mir die Füße im Bügel steif gefroren waren, und der Himmel hing voll Schneewolken.

Den Abend ging ich hin und fand eine sehr schöne Frau von ungefähr zwanzig Jahren auf dem Bette sitzen, indes die Kupplerin, ihren Kopf und ihren runden Rücken in ein schwarzes Tuch eingemummt, eifrig in sie hineinredete. Die Tür war angelehnt, im Kamin lohten große frische Scheiter geräuschvoll auf, man hörte mich nicht kommen, und ich blieb einen Augenblick in der Tür stehen. Die Junge sah mit großen Augen ruhig in die Flamme; mit einer Bewegung ihres Kopfes hatte sie sich wie auf Meilen von der widerwärtigen Alten entfernt; dabei war unter einer kleinen Nachthaube, die sie trug, ein Teil ihrer schweren dunklen Haare vorgequollen und fiel, zu ein paar natürlichen Locken sich ringelnd, zwischen Schulter und Brust über das Hemd. Sie trug noch einen kurzen Unterrock von grünwollenem Zeug und Pantoffeln an den Füßen. In diesem Augenblick mußte ich mich durch ein Geräusch verraten haben: Sie warf ihren Kopf herum und bog mir ein Gesicht entgegen, dem die übermäßige Anspannung der Züge fast einen wilden Ausdruck gegeben hätte, ohne die strahlende Hingebung, die aus den weit aufgerissenen Augen strömte und aus dem sprachlosen Mund wie eine unsichtbare Flamme herausschlug. Sie gefiel mir außerordentlich; schneller als es sich denken läßt, war die Alte aus dem Zimmer und ich bei meiner Freundin. Als ich mir in der ersten Trunkenheit des überraschenden Besitzes einige Freiheiten herausnehmen wollte, entzog sie sich mir mit einer unbeschreiblichen lebenden Eindringlichkeit zugleich des Blickes und der dunkeltönenden Stimme. Im nächsten Augenblick aber fühlte ich mich von ihr umschlungen, die noch inniger mit dem fort und fort empordrängenden Blick der unerschöpflichen Augen als mit den Lippen und den Armen an mir haftete; dann wieder war es, als wollte sie sprechen, aber die von Küssen zuckenden Lippen bildeten keine Worte, die bebende Kehle ließ keinen deutlicheren Laut als ein gebrochenes Schluchzen empor.

Nun hatte ich einen großen Teil dieses Tages zu Pferde auf frostigen Landstraßen verbracht, nachher im Vorzimmer des Königs einen sehr ärgerlichen und heftigen Auftritt durchgemacht und darauf, meine schlechte Laune zu betäuben, sowohl getrunken als mit dem Zweihänder stark gefochten, und so überfiel mich mitten unter diesem reizenden und geheimnisvollen Abenteuer, als ich von weichen Armen im Nacken umschlungen und mit duftendem Haar bestreut dalag, eine so plötzliche heftige Müdigkeit und beinahe Betäubung, daß ich mich nicht mehr zu erinnern wußte, wie ich denn gerade in dieses Zimmer gekommen wäre, ja sogar für einen Augenblick die Person, deren Herz so nahe dem meinigen klopfte, mit einer ganz anderen aus früherer Zeit verwechselte und gleich darauf fest einschlief.

Als ich wieder erwachte, war es noch finstere Nacht, aber ich fühlte sogleich, daß meine Freundin nicht mehr bei mir war. Ich hob den Kopf und sah beim schwachen Schein der zusammensinkenden Glut, daß sie am Fenster stand: Sie hatte den einen Laden aufgeschoben und sah durch den Spalt hinaus. Dann drehte sie sich um, merkte, daß ich wach war, und rief (ich sehe noch, wie sie dabei mit dem Ballen der linken Hand an ihrer Wange emporfuhr und das vorgefallene Haar über die Schulter zurückwarf): »Es ist noch lange nicht Tag, noch lange nicht!« Nun sah ich erst recht, wie groß und schön sie war, und konnte den Augenblick kaum erwarten, daß sie mit wenigen der ruhigen großen Schritte ihrer schönen Füße, an denen der rötliche Schein emporglomm, wieder bei mir wäre. Sie trat aber noch vorher an den Kamin, bog sich zur Erde, nahm das letzte schwere Scheit, das draußen lag, in ihre strahlenden nackten Arme und warf es schnell in die Glut. Dann wandte sie sich, ihr Gesicht funkelte von Flammen und Freude, mit der Hand riß sie im Vorbeilaufen einen Apfel vom Tisch und war schon bei mir, ihre Glieder noch vom frischen Anhauch des Feuers umweht und dann gleich aufgelöst und von innen her von stärkeren Flammen durchschüttert, mit der Rechten mich umfassend, mit der Linken zugleich die angebissene kühle Frucht und Wangen, Lippen und Augen meinem Mund darbietend. Das letzte Scheit im Kamin brannte stärker als alle anderen. Aufsprühend sog es die Flamme in sich und ließ sie dann wieder gewaltig emporlohen, daß der Feuerschein über uns hinschlug, wie eine Welle, die an der Wand sich brach und unsere umschlungenen Schatten jäh emporhob und wieder sinken ließ. Immer wieder knisterte das starke Holz und nährte aus seinem Innern immer wieder neue Flammen, die emporzüngelten und das schwere Dunkel mit Güssen und Garben von rötlicher Helle verdrängten. Auf einmal aber sank die Flamme hin, und ein kalter Lufthauch tat leise wie eine Hand den Fensterladen auf und entblößte die fahle widerwärtige Dämmerung.

Wir setzten uns auf und wußten, daß nun der Tag da war. Aber das da draußen glich keinem Tag. Es glich nicht dem Aufwachen der Welt. Was da draußen lag, sah nicht aus wie eine Straße. Nichts einzelnes ließ sich erkennen: es war ein farbloser, wesenloser Wust, in dem sich zeitlose Larven hinbewegen mochten. Von irgendwoher, weither, wie aus der Erinnerung heraus, schlug eine Turmuhr, und eine feuchtkalte Luft, die keiner Stunde angehörte, zog sich immer stärker herein, daß wir uns schaudernd aneinander drückten. Sie bog sich zurück und heftete ihre Augen mit aller Macht auf mein Gesicht; ihre Kehle zuckte, etwas drängte sich in ihr herauf und quoll bis an den Rand der Lippen vor: Es wurde kein Wort daraus, kein Seufzer und kein Kuß, aber etwas, was ungeboren allen dreien glich. Von Augenblick zu Augenblick wurde es heller und der vielfältige Ausdruck ihres zuckenden Gesichts immer redender; auf einmal kamen schlürfende Schritte und Stimmen von draußen so nahe am Fenster vorbei, daß sie sich duckte und ihr Gesicht gegen die Wand kehrte. Es waren zwei Männer, die vorbeigingen: Einen Augenblick fiel der Schein einer kleinen Laterne, die der eine trug, herein; der andere schob einen Karren, dessen Rad knirschte und ächzte. Als sie vorüber waren, stand ich auf, schloß den Laden und zündete ein Licht an. Da lag noch ein halber Apfel: Wir aßen ihn zusammen, und dann fragte ich sie, ob ich sie nicht noch einmal sehen könnte, denn ich verreise erst Sonntag. Dies war aber die Nacht vom Donnerstag auf den Freitag gewesen.

Sie antwortete mir: Daß sie es gewiß sehnlicher verlange als ich; wenn ich aber nicht den ganzen Sonntag bliebe, sei es ihr unmöglich; denn nur in der Nacht vom Sonntag auf den Montag könnte sie mich wiedersehen.

Mir fielen zuerst verschiedene Abhaltungen ein, so daß ich einige Schwierigkeiten machte, die sie mit keinem Worte, aber mit einem überaus schmerzlich fragenden Blick und einem gleichzeitigen fast unheimlichen Hart- und Dunkelwerden ihres Gesichts anhörte. Gleich darauf versprach ich natürlich, den Sonntag zu bleiben, und setzte hinzu, ich wollte also Sonntag Abend mich wieder an dem nämlichen Ort einfinden. Auf dieses Wort sah sie mich fest an und sagte mir mit einem ganz rauhen und gebrochenen Ton in der Stimme: »Ich weiß recht gut, daß ich um deinetwillen in ein schändliches Haus gekommen bin; aber ich habe es freiwillig getan, weil ich mit dir sein wollte, weil ich jede Bedingung eingegangen wäre. Aber jetzt käme ich mir vor, wie die letzte niedrigste Straßendirne, wenn ich ein zweitesmal hierher zurückkommen könnte. Um deinetwillen hab' ich's getan, weil du für mich der bist, der du bist, weil du der Bassompierre bist, weil du der Mensch auf der Welt bist, der mir durch seine Gegenwart dieses Haus da ehrenwert macht!« Sie sagte: »Haus«; einen Augenblick war es, als wäre ein verächtlicheres Wort ihr auf der Zunge; indem sie das Wort aussprach, warf sie auf diese vier Wände, auf dieses Bett, auf die Decke, die herabgeglitten auf dem Boden lag, einen solchen Blick, daß unter der Garbe von Licht, die aus ihren Augen hervorschoß, alle diese häßlichen und gemeinen Dinge aufzuzucken und geduckt vor ihr zurückzuweichen schienen, als wäre der erbärmliche Raum wirklich für einen Augenblick größer geworden.

Dann setzte sie mit einem unbeschreiblich sanften und feierlichen Tone hinzu: »Möge ich eines elenden Todes sterben, wenn ich außer meinem Mann und dir je irgendeinem andern gehört habe und nach irgendeinem anderen auf der Welt verlange!« und schien, mit halboffenen, lebenhauchenden Lippen leicht vorgeneigt, irgendeine Antwort, eine Beteuerung meines Glaubens zu erwarten, von meinem Gesicht aber nicht das zu lesen, was sie verlangte, denn ihr gespannter suchender Blick trübte sich, ihre Wimpern schlugen auf und zu, und auf einmal war sie am Fenster und kehrte mir den Rücken, die Stirn mit aller Kraft an den Laden gedrückt, den ganzen Leib von lautlosem, aber entsetzlich heftigem Weinen so durchschüttert, daß mir das Wort im Munde erstarb und ich nicht wagte, sie zu berühren. Ich erfaßte endlich eine ihrer Hände, die wie leblos herabhingen, und mit den eindringlichsten Worten, die mir der Augenblick eingab, gelang es mir nach langem, sie soweit zu besänftigen, daß sie mir ihr von Tränen überströmtes Gesicht wieder zukehrte, bis plötzlich ein Lächeln, wie ein Licht zugleich aus den Augen und rings um die Lippen hervorbrechend, in einem Moment alle Spuren des Weinens wegzehrte und das ganze Gesicht mit Glanz überschwemmte. Nun war es das reizendste Spiel, wie sie wieder mit mir zu reden anfing, indem sie sich mit dem Satz: »Du willst mich noch einmal sehen? so will ich dich bei meiner Tante einlassen!« endlos herumspielte, die erste Hälfte zehnfach aussprach, bald mit süßer Zudringlichkeit, bald mit kindischem gespielten Mißtrauen, dann die zweite mir als das größte Geheimnis zuerst ins Ohr flüsterte, dann mit Achselzucken und spitzem Mund, wie die selbstverständlichste Verabredung von der Welt, über die Schulter hinwarf und endlich, an mir hängend, mir ins Gesicht lachend und schmeichelnd wiederholte. Sie beschrieb mir das Haus aufs genaueste, wie man einem Kind den Weg beschreibt, wenn es zum erstenmal allein über die Straße zum Bäcker gehen soll. Dann richtete sie sich auf, wurde ernst – und die ganze Gewalt ihrer strahlenden Augen heftete sich auf mich mit einer solchen Stärke, daß es war, als müßten sie auch ein totes Geschöpf an sich zu reißen vermögend sein – und fuhr fort: »Ich will dich von zehn Uhr bis Mitternacht erwarten und auch noch später und immerfort, und die Tür unten wird offen sein. Erst findest du einen kleinen Gang, in dem halte dich nicht auf, denn da geht die Tür meiner Tante heraus. Dann stößt dir eine Treppe entgegen, die führt dich in den ersten Stock, und dort bin ich!« Und indem sie die Augen schloß, als ob ihr schwindelte, warf sie den Kopf zurück, breitete die

Arme aus und umfing mich, und war gleich wieder aus meinen Armen und in die Kleider eingehüllt, fremd und ernst, und aus dem Zimmer; denn nun war völlig Tag.

Ich machte meine Einrichtung, schickte einen Teil meiner Leute mit meinen Sachen voraus und empfand schon am Abend des nächsten Tages eine so heftige Ungeduld, daß ich bald nach dem Abendläuten mit meinem Diener Wilhelm, den ich aber kein Licht mitnehmen hieß, über die kleine Brücke ging, um meine Freundin wenigstens in ihrem Laden oder in der daranstoßenden Wohnung zu sehen und ihr allenfalls ein Zeichen meiner Gegenwart zu geben, wenn ich mir auch schon keine Hoffnung auf mehr machte, als etwa einige Worte mit ihr wechseln zu können.

Um nicht aufzufallen, blieb ich an der Brücke stehen und schickte den Diener voraus, um die Gelegenheit auszukundschaften. Er blieb längere Zeit aus und hatte beim Zurückkommen die niedergeschlagene und grübelnde Miene, die ich an diesem braven Menschen immer kannte, wenn er einen meinigen Befehl nicht hatte erfolgreich ausführen können. »Der Laden ist versperrt«, sagte er, »und scheint auch niemand darinnen. Überhaupt läßt sich in den Zimmern, die nach der Gasse zu liegen, niemand sehen und hören. In den Hof könnte man nur über eine hohe Mauer, zudem knurrt dort ein großer Hund. Von den vorderen Zimmern ist aber eines erleuchtet, und man kann durch einen Spalt im Laden hineinsehen, nur ist es leider leer.«

Mißmutig wollte ich schon umkehren, strich aber doch noch einmal langsam an dem Haus vorbei, und mein Diener in seiner Beflissenheit legte nochmals sein Auge an den Spalt, durch den ein Lichtschimmer drang, und flüsterte mir zu, daß zwar nicht die Frau, wohl aber der Mann nun in dem Zimmer sei. Neugierig, diesen Krämer zu sehen, den ich mich nicht erinnern konnte, auch nur ein einzigesmal in seinem Laden erblickt zu haben, und den ich mir abwechselnd als einen unförmlichen dicken Menschen oder als einen dürren gebrechlichen Alten vorstellte, trat ich ans Fenster und war überaus erstaunt, in dem guteingerichteten vertäfelten Zimmer einen ungewöhnlich großen und sehr gut gebauten Mann umhergehen zu sehen, der mich gewiß um einen Kopf überragte und, als er sich umdrehte, mir ein sehr schönes tiefernstes Gesicht zuwandte, mit einem braunen Bart, darin einige wenige silberne Fäden waren, und mit einer Stirn von fast seltsamer Erhabenheit, so daß die Schläfen eine größere Fläche bildeten, als ich noch je bei einem Menschen gesehen hatte. Obwohl er ganz allein im Zimmer war, so wechselte doch sein Blick, seine Lippen bewegten sich, und indem er unter dem Auf- und Abgehen hie und da stehen blieb, schien er sich in der Einbildung mit einer anderen Person zu unterhalten: einmal bewegte er den Arm, wie um eine Gegenrede mit halb nachsichtiger Überlegenheit wegzuweisen. Jede seiner Gebärden war von großer Lässigkeit und fast verachtungsvollem Stolz, und ich konnte nicht umhin, mich bei seinem einsamen Umhergehen lebhaft des Bildes eines sehr erhabenen Gefangenen zu erinnern, den ich im Dienst des Königs während seiner Haft in einem Turmgemach des Schlosses zu Blois zu bewachen hatte. Diese Ähnlichkeit schien mir noch vollkommener zu werden, als der Mann seine rechte Hand emporhob und auf die emporgekrümmten Finger mit Aufmerksamkeit, ja mit finsterer Strenge hinabsah.

Denn fast mit der gleichen Gebärde hatte ich jenen erhabenen Gefangenen öfter einen Ring betrachten sehen, den er am Zeigefinger der rechten Hand trug und von welchem er sich niemals trennte. Der Mann im Zimmer trat dann an den Tisch, schob die Wasserkugel vor das Wachslicht und brachte seine beiden Hände in den Lichtkreis, mit ausgestreckten Fingern: er schien seine Nägel zu betrachten. Dann blies er das Licht aus und ging aus dem Zimmer und ließ mich nicht ohne eine dumpfe zornige Eifersucht zurück, da das Verlangen nach seiner Frau in mir fortwährend wuchs und wie ein umsichgreifendes Feuer sich von allem nährte, was mir begegnete und so durch diese unerwartete Erscheinung in verworrener Weise gesteigert wurde, wie durch jede Schneeflocke, die ein feuchtkalter Wind jetzt zertrieb und die mir einzeln an Augenbrauen und Wangen hängen blieben und schmolzen.

Den nächsten Tag verbrachte ich in der nutzlosesten Weise, hatte zu keinem Geschäft die richtige Aufmerksamkeit, kaufte ein Pferd, das mir eigentlich nicht gefiel, wartete nach Tisch dem Herzog von Nemours auf und verbrachte dort einige Zeit mit Spiel und mit den albernsten und widerwärtigsten Gesprächen. Es war nämlich von nichts anderem die Rede, als von der in der Stadt immer heftiger umsichgreifenden Pest, und aus allen diesen Edelleuten brachte man kein anderes Wort heraus als dergleichen Erzählungen von dem schnellen Verscharren der Leichen, von dem Strohfeuer, das man in den Totenzimmern brennen müsse, um die giftigen Dünste zu verzehren, und so fort; der Albernste aber erschien mir der Kanonikus von Chandieu, der, obwohl dick und gesund wie immer, sich nicht enthalten konnte, unausgesetzt nach seinen Fingernägeln hinabzuschielen, ob sich an ihnen schon das verdächtige Blauwerden zeige, womit sich die Krankheit anzukündigen pflegt.

Mich widerte das alles an, ich ging früh nach Hause und legte mich zu Bette, fand aber den Schlaf nicht, kleidete mich vor Ungeduld wieder an und wollte, koste es was es wolle, dorthin, meine Freundin zu sehen, und müßte ich mit meinen Leuten gewaltsam eindringen. Ich ging ans Fenster, meine Leute zu wecken, die eisige Nachtluft brachte mich zur Vernunft, und ich sah ein, daß dies der sichere Weg war, alles zu verderben. Angekleidet warf ich mich aufs Bett und schlief endlich ein.

Ähnlich verbrachte ich den Sonntag bis zum Abend, war viel zu früh in der bezeichneten Straße, zwang mich aber, in einer Nebengasse auf- und niederzugehen, bis es zehn Uhr schlug. Dann fand ich sogleich das Haus und die Tür, die sie mir beschrieben hatte, und die Tür auch offen, und dahinter den Gang und die Treppe. Oben aber die zweite Tür, zu der die Treppe führte, war verschlossen, doch ließ sie unten einen feinen Lichtstreif durch. So war sie drinnen und wartete und stand vielleicht horchend drinnen an der Tür, wie ich draußen. Ich kratzte mit dem Nagel an der Tür, da hörte ich drinnen Schritte: es schienen mir zögernd unsichere Schritte eines nackten Fußes. Eine Zeit stand ich ohne Atem und dann fing ich an zu klopfen: aber ich hörte eine Mannesstimme, die mich fragte, wer draußen sei. Ich drückte mich ans Dunkel des Türpfostens und gab keinen Laut von mir: die Tür blieb zu und ich klomm mit der äußersten Stille, Stufe für Stufe, die Stiege hinab, schlich den Gang hinaus ins Freie und ging, mit pochenden Schläfen und zusammengebissenen Zähnen, glühend vor Ungeduld, einige Straßen auf und ab. Endlich zog es mich wieder vor das Haus: ich wollte noch nicht hinein; ich fühlte, ich wußte, sie würde den Mann entfernen, es mußte gelingen, gleich würde ich zu ihr können. Die Gasse war eng; auf der anderen Seite war kein Haus, sondern die Mauer eines Klostergartens: an der drückte ich mich hin und suchte von gegenüber das Fenster zu erraten. Da loderte in einem, das offen stand, im oberen Stockwerk, ein Schein auf und sank wieder ab, wie von einer Flamme. Nun glaubte ich alles vor mir zu sehen: sie hatte ein großes Scheit in den Kamin geworfen wie damals, wie damals stand sie jetzt mitten im Zimmer, die Glieder funkelnd von der Flamme, oder saß auf dem Bette und horchte und wartete. Von der Tür würde ich sie sehen und den Schatten ihres Nackens, ihrer Schultern, den die durchsichtige Stelle an der Wand hob und senkte. Schon war ich im Gang, schon auf der Treppe; nun war auch die Tür nicht mehr verschlossen: angelehnt, ließ sie auch seitwärts den schwankenden Schein durch. Schon streckte ich die Hand nach der Klinke aus, da glaubte ich drinnen Schritte und Stimmen von mehreren zu hören. Ich wollte es aber nicht glauben: ich nahm es für das Arbeiten meines Blutes in den Schläfen, am Halse, und für das Lodern des Feuers drinnen. Auch damals hatte es laut gelodert. Nun hatte ich die Klinke gefaßt, da mußte ich begreifen, daß Menschen drinnen waren, mehrere Menschen. Aber nun war es mir gleich: denn ich fühlte, ich wußte, sie war auch drinnen, und sobald ich die Türe aufstieß, konnte ich sie sehen, sie ergreifen, und, wäre es auch aus den Händen anderer, mit einem Arm sie an mich reißen, müßte ich gleich den Raum für sie und mich mit meinem Degen, mit meinem Dolch aus einem Gewühl schreiender Menschen herausschneiden! Das einzige, was mir ganz unerträglich schien, war, noch länger zu warten.

Ich stieß die Tür auf und sah:

In der Mitte des leeren Zimmers ein paar Leute, welche Bettstroh verbrannten, und bei der Flamme, die das ganze Zimmer erleuchtete, abgekratzte Wände, deren Schutt auf dem Boden lag, und an einer Wand einen Tisch, auf dem zwei nackte Körper ausgestreckt lagen, der eine sehr groß, mit zugedecktem Kopf, der andere kleiner, gerade an der Wand hingestreckt, und daneben der schwarze Schatten feiner Formen, der emporspielte und wieder sank.

Ich taumelte die Stiege hinab und stieß vor dem Haus auf zwei Totengräber: der eine hielt mir seine kleine Laterne ins Gesicht und fragte mich, was ich suche? Der andere schob seinen ächzenden, knirschenden Karren gegen die Haustür. Ich zog den Degen, um sie mir vom Leibe zu halten, und kam nach Hause. Ich trank sogleich drei oder vier große Gläser schweren Weins und trat, nachdem ich mich ausgeruht hatte, den anderen Tag die Reise nach Lothringen an.

Alle Mühe, die ich mir nach meiner Rückkunft gegeben, irgend etwas von dieser Frau zu erfahren, war vergeblich. Ich ging sogar nach dem Laden mit den zwei Engeln; allein die Leute, die ihn jetzt inne hatten, wußten nicht, wer vor ihnen darin gesessen hatte.

M. de Bassompierre, Journal de ma vie, Köln 1663.
Goethe, Unterhaltungen deutscher Ausgewanderten.

DIE WEGE UND DIE BEGEGNUNGEN

Der Flug der Vögel ist wundervoll in diesen strahlenden Tagen, und ich begreife vollkommen, daß ich diese Zeilen einmal aufgeschrieben habe: Je me souviens des paroles d'Agur, fils d'Jaké, et des choses qu'il déclare les plus incompréhensibles et les plus merveilleuses: la trace de l'oiseau dans l'air et la trace de l'homme dans la vierge. Diese Zeilen stehen, mit Bleistift an den Rand geschrieben, mitten in einem Reisebuch, und ich fand sie vor drei Tagen, als ich danach suchte, ob es eine Straße gebe, wenn man vom Meer herauf nach Urbino gekommen sei, dann von dort zu Wagen übers Gebirg nach Assisi oder an den Trasimenischen See zu gehen. Ich sehe, daß diese Zeilen von meiner Schrift sind, sie sind zittrig geschrieben, vielleicht im Wagen, vielleicht in der Bahn; aber kein Nachdenken bringt mich darauf, woher sie stammen. Aus einem ältern französischen Buch vermutlich. Aber hätte ich damals in Umbrien in fremdartigen, seltenen Büchern gelesen? Ich weiß nichts davon. Wer ist Agur? Und wer ist der Redende, der sich Agurs entsinnt? Und dennoch habe ich dies geschrieben, und nun ist alles andre verloschen, und nur dies ragt herauf. Und irgendwo in mir, bei den Dingen, die ich erlebt habe, bevor ich drei Jahre alt war, und von denen mein waches Erinnern nie etwas gewußt hat, bei den Geheimnissen meiner dunkelsten Träume, bei den Gedanken, die ich hinter meinem eigenen Rücken je gedacht habe, wohnt nun dieser Agur – und wird vielleicht eines Tages heraufsteigen wie ein Toter aus einem Gewölbe, wie ein Mörder aus einer Falltür, und sein Wiederkommen wird seltsam sein, aber nicht seltsamer eigentlich als vorgestern nachmittags das Hereinstürzen der zurückgekehrten jungen Schwalbe, durch die Luft, durch die halboffne Haustür, ins alte Nest, einschlagend wie ein dunkler Blitz. Und eine Minute darauf, wie ein zweiter dunkler Blitz, aus dem Scheitelpunkt des Äthers, nachschlagend dem ersten, kam das Weibchen, die junge Schwester, und jetzt die Frau. Denn es sind Geschwister, ausgebrütet im vorigen Sommer in diesem Nest hinter unsrer Haustür. Wie wußten sie den Weg, herabfahrend aus der Unendlichkeit der Himmel? Wie wußten sie unter den Ländern dieses Land, unter den Tälern dies kleine Tal, unter den Häusern dieses Haus? Und wo in mir wohnt Agur, der dieses Wunder anstaunte über allen Wundern, und nichts geheimnisvoller fand als die Spur dieses Wunders, die unsichtbare Spur des Vogels in der Luft?

Aber es ist sicher, daß das Gehen und das Suchen und das Begegnen irgendwie zu den Geheimnissen des Eros gehören. Es ist sicher, daß wir auf unsrem gewundenen Wege nicht bloß von unsren Taten nach vorwärts gestoßen werden, sondern immer gelockt von etwas, das scheinbar immer irgendwo auf uns wartet und immer verhüllt ist. Es ist etwas von Liebesbegier, von Neugierde der Liebe in unsrem Vorwärtsgehen, auch dann, wenn wir die Einsamkeit des Waldes suchen oder die Stille der hohen Berge oder einen leeren Strand, an dem wie eine silberne Franse das Meer leise rauschend zergeht. Allen einsamen Begegnungen ist etwas sehr Süßes beigemengt, und wäre es nur die Begegnung mit einem einsam stehenden großen Baum oder die Begegnung mit einem Tier des Waldes, das lautlos anhält und aus dem Dunkel her auf uns äugt. Mich dünkt, es ist nicht die Umarmung, sondern die Begegnung die eigentliche entscheidende erotische Pantomime. Es ist in keinem Augenblick das Sinnliche so seelenhaft, das Seelenhafte so sinnlich, als in der Begegnung. Hier ist alles möglich, alles in Bewegung, alles aufgelöst. Hier ist ein Zueinandertrachten noch ohne Begierde, eine naive Beimischung von Zutraulichkeit und Scheu. Hier ist das Rehhafte, das Vogelhafte, das Tierischdumpfe, das Engelsreine, das Göttliche. Ein Gruß ist etwas Grenzenloses. Dante datiert sein »Neues Leben« von einem Gruß, der ihm zuteil geworden. Wunderbar ist der Schrei des großen Vogels, der seltsame, einsame, vorweltliche Laut im Morgengrauen von der höchsten Tanne, dem irgendwo die Henne lauscht. Dies Irgendwo, dies Unbestimmte und doch leidenschaftlich Begehrende, dies Schreien des Fremden nach der Fremden ist das Gewaltige. Die Begegnung verspricht mehr, als die Umarmung halten kann. Sie scheint, wenn ich so sagen darf, einer höheren Ordnung der Dinge anzugehören, jener, nach der die Sterne sich bewegen und die Gedanken einander befruchten. Aber für eine sehr kühne, sehr naive Phantasie, in der Unschuld und Zynismus sich unlösbar vermengen, ist die Begegnung schon die Vorwegnahme der Umarmung. Solche Blicke hefteten die Hirten auf eine Göttin, die plötzlich vor ihnen stand, und es war etwas in dem Blick der Göttin, woran der dumpfe Blick des Hirten sich entzündete. Und Agur hat recht, wenn er ein König war oder ein großer Scheich in der Wüste, ein weiser und prunkvoller Kaufmann oder ein Seefahrer unter den Seefahrern – er hat recht, daß er am Abend seiner Tage, sitzend im Schatten seiner Weisheit und Erfahrung, jene beiden Wunder in der Rede seines Mundes in eines verflicht: das Geheimnis der Umarmung und das Geheimnis des Fluges. Aber wer ist Agur, der in mir lebt mit seiner lebendigen Rede? Soll ich wirklich in mir sein Gesicht nicht sehen können? Seine Erfahrungen sind reich und üppig, der Ton seiner Rede ist der Ton des Erfahrnen, aber lässig. Er verschmäht es, den Prediger zu machen, sondern läßt nur dann und wann ein Wort fallen, das reich und schwer ins Ohr des Hörers sinkt. Wie Boas muß ich ihn denken, der einen schönen weißen Bart hatte, und ein gebräuntes Gesicht, der gekleidet ging in ein feines Linnen, und auf dessen Kornfeldern den Armen nicht verwehrt war, die Ähren zu lesen. Aber habe ich nicht einmal sein Gesicht gesehen? Freilich, nur im stummen Traum, und der, dessen Gesicht ich sah, hatte keinen Namen. Aber nun dünkt mich, das war jener Agur, und ich muß die Rede, die meine eigne Handschrift mir überliefert, in den Mund dessen legen, von dem mir einmal träumte, und der, wie der Traum ihn malte, ein Patriarch war unter den Patriarchen, ein König über ein namenloses gewaltiges Volk von Wandernden.

Dies war der Traum. Ich lag und war müde von einem weiten Weg über Berge. Es war noch Sommer, aber gegen Ende des Sommers, und als mitten in der Nacht ein Sturm die Balkontür aufriß und der See heftig rauschend gegen die Pfähle schlug, sagte ich mir, halb im Schlaf: »Das sind die Herbststürme.« Und zwischen Schlaf und Wachen durchfloß mich ein unbeschreibliches Glücksgefühl über die Weite der Welt, (über deren halberleuchtete Berge und Täler und Seen jetzt der Sturm hinbrauste). In dieses Gefühl versank ich wie in eine weiche dunkle Welle und war sogleich mitten im Traum und war draußen und droben, in der halberleuchteten fahlen Nacht, im Sturm, auf dem weiten Abhang eines großen Berges. Aber es war mehr als der Abhang eines Berges, es war eine ungeheure Landschaft, es war – dies konnte ich nicht sehen, sondern ich wußte es – der terrassenförmige Rand eines gigantischen Hochlandes, es war Asien. Und um mich war, gewaltiger als der Sturm, und die fahle, halberleuchtete Nacht mit großmächtiger Unruhe erfüllend, ein ungeheurer Aufbruch. Ein ganzes Volk war um mich, und das ganze Volk war im Dunkel geschäftig, seine Zelte abzubrechen und seine Habe auf Packtiere zu laden. Ganz nahe von mir waren Gruppen stummer Menschen, hastig beluden sie Kamele und andre Tiere; aber es war sehr finster. Ich legte auch mit Hand an bei einem Zelt, das noch nicht abgebrochen war. Ich war allein in dem Zelt, riß die Zeltpflöcke aus der Erde, und bei einem halben Licht sah ich die prachtvolle Arbeit, die den untern Saum des Zeltes schmückte: ein sehr künstliches Ornament, aus dunkelbraunen Lederstreifen aufgenäht auf ganz hellem, naturfarbenem Leder. Immerfort war um mich die dumpfe Bewegung des ungeheuren Aufbruches, ich fühlte, wie alles unter der Gewalt des Befehles geschah, eines Befehles, gegen den es keinen Widerspruch gab. Und ohne weiters wußte ich, daß das Zelt, an dem ich arbeitete, ein Teil von seinem Zelte war, von dem Zelte dessen, der den Aufbruch befohlen hatte, und von dem alle Befehle kamen. Und als müßte es so sein, stieg ich auf einen Klumpen übereinandergelegter Decken der Maultiere, schob irgend etwas in der Zeltwand auseinander und sah hinein in das Hauptzelt. Es war finstrer darin als dort, wo ich stand. Erst allmählich konnte ich sehen, dann aber ganz deutlich. Das Zelt war ohne Möbel oder Schmuck, nur die dunklen Wände. An der einen Seite lagen auf einer großen Decke, auf einer dunkelroten oder rotvioletten Decke... lag ein junges Weib von dunkler Blässe, von einer unbeschreiblichen dunklen Blässe und Schönheit, aus deren Armen ein Mann sich löste, ein großer, hagerer Mann, aufstand und dicht vor meinen Augen vorüberging durch das leere Zelt an die entgegengesetzte Wand. Die Junge – sie trug nichts als breite Armreifen – hob stumm die Arme nach ihm, wie um ihn zurückzurufen, aber er sah sich nicht nach ihr um. Auch ich hatte sein Gesicht kaum gesehen, aber ich wußte, daß er alt war, alt und gewaltig, mit einem zweigeteilten wehenden Bart, um den Kopf einen erdfarbenen Turban. Aber sein sehr schlanker Körper, nackt bis zum Gürtel, seine langen dünnen Arme waren wie die eines jungen Mannes, voll Leichtigkeit und Kühnheit. Von der Hüfte hing ihm ein langer Schurz von dem unbeschreiblichsten Gelb. Ich will den Ton dieses Gelb wiedererkennen, wo und wann immer es mir wieder vor die Augen käme. Es war herrlicher als das Gelb auf alten persischen Kacheln, strahlender als das Gelb der gelben Tulpe. Jetzt war er an der Zeltwand gegenüber, der dunkelsten, und riß dort einen Vorhang auf, daß ein großes Fenster entstand. Der Wind wehte herein und warf seinen zweigeteilten weißen Bart über seine erdbraunen mageren Schultern nach rückwärts. Die schöne Frau hob sich bittend auf und schien ihn zärtlich beim Namen zu rufen, aber die Luft trug mir den Laut nicht zu. Ich sah nur ihn und sah durch das Fenster, das er in die Zeltwand gerissen hatte, hinaus: da war draußen die halberleuchtete Nacht, das unabsehbare gestufte Bergland und der stumme Aufbruch eines ganzen Volkes. Und sein bloßes Dastehen an dem viereckigen Ausschnitt des Zeltes, das über alle Zelte erhöht war, brachte einen stummen, wilden Tumult in den ganzen Aufbruch, und selbst die Wolken schienen schneller unter dem ziemlich bleichen Mond über das Bergland hinzujagen. Dieser Mann und kein andrer war Agur.

REDEN UND AUFSÄTZE

ELEONORA DUSE

DIE LEGENDE EINER WIENER WOCHE

Diese Woche haben wir in Wien, ein paar tausend geweihte Menschen, das Leben gelebt, das sie in Athen in der Woche der großen Dionysien lebten.

Da lebten sie in Schönheit, mit bebenden Nerven: Künstlernamen waren in ihrem Mund mit dem ehernen Ton der großen Berühmtheit, bei dem die Menge der Unberühmten bebt, wie die phrygischen Tänzer beim Klirren blanker Klingen.

In ihnen zitterten die Rhythmen der neuen Dithyramben; davon war in ihren Herzen allen ein ruheloser Rausch und unbestimmte süße Sehnsucht.

So saßen sie im Theater und sogen, wie Saft der Weinbeere, die Seele eines großen Künstlers aus funkelnden Schalen, das waren die funkelnden Verse; und sie verstanden die Schönheit weicher Körper, die sich wiegten, und die königliche Kunst der großen Gebärden hatte ihnen einen Sinn.

Nachts aber konnten sie nicht schlafen und wandelten in Scharen auf wachen, weichen Fluren und redeten im Rausch von der neuen Tragödie.

Dieses Leben haben wir gelebt, ein paar tausend geweihte Menschen, in der ganzen großen, lauten Stadt.

Und dionysischer Festzug, Dithyrambos und Mysterium war uns die Gegenwart einer einzigen Frau, einer italienischen Komödiantin.

Sie reist durch Europa; sie ist sehr berühmt. In Deutschland kaum gekannt. Sie heißt also Eleonora Duse.

Wir haben sie dreimal gesehen; ihr Bild ist seither unaufhörlich um uns, wie der Zwang einer Suggestion; aber wir wissen nicht, wie sie aussieht.

Wir sahen einmal eine Fürstin Fedora: eine große Dame, mit blassen, nervösen, energischen Zügen; ihre Lippen waren hochmütig, und in dem Stil, wie sie die Handschuhe auszog, war die aristokratische Grazie einer Sacré-cœur-Erziehung.

Dann sahen wir eine kleine Frau, die hieß Nora; sie war kleiner, viel kleiner als die Fürstin und hatte ganz andere, lachende Augen; sie trippelte im Gehen, wo die andere schwebte, und schwatzte, wo die andere eine Konversation führte; sie hatte im Lachen und Weinen den Ton eines kleinen Kindes und kniete auf den Stühlen und schaukelte und kauerte mit der herzigen Grazie der Frauen aus der kleinen Bourgeoisie, wenn sie sehr jung sind.

Zum dritten Male sahen wir die mit den Kamelien und der sehnsüchtigen Sentimentalität. Da war in weichen Linien, in schwimmenden Blicken, in naiven Geständnissen und Lockungen der Glieder die ganze Grazie der Kokotte in Moll.

So sehr hat die Duse die eine große Schauspielergabe: die der Gestaltung. Sie schafft aus den Intentionen des Dichters heraus mit einem Scharfsinn, dessen Resultat wie Naturnotwendigkeit aussieht. Ihre Schauspielerei ist wie die Historik der Goncourts: wie diese aus einem Kleiderfetzen, einem Menü und einem Sonett eine Gesellschaft rekonstruieren, so konstruiert die Duse aus einem hingeworfenen Wort, einer Gebärde, einer Anspielung den lebendigen Menschen, den der Dichter gesehen hat. So wäre sie die vollendete Schauspielerin des Naturalismus. Sie könnte tote Schlagworte beleben und die kühnsten Hoffnungen derer wahr machen, die an die Nachahmung der Natur glauben.

Aber sie steht über dem Naturalismus, wie Balzac, Shakespeare und Stendhal über den Goncourts und Daudet und Dickens stehen.

Sie ist imstande, ihre Persönlichkeit scheinbar zu verwischen: aber die Natur läßt sich nicht verbergen. Die Duse wäre eine naturalistische Schauspielerin, denn ihre Individualität nimmt jede Form an; aber die Individualität, als Form unterdrückt, kehrt als Geist wieder, und so spielt die Duse nicht bloß die realistische Wirklichkeit, sondern sie spielt auch die Philosophie ihrer Rolle. Sie ist ganz Marguerite, ganz Fedora, ganz Nora, aber sie weiß mehr von Nora, als Nora von sich selbst weiß. Genau so wie Julien Sorel oder Hamlet. An diesen ist nirgends Unwahrheit als in dem Übermaß von Klarheit. Darin liegt der ganze Unterschied zwischen dem schaffenden Dichter und dem Naturalisten, der Wissenschaft von der menschlichen Seele treibt, als wie sie sich dem gemeinen Auge offenbart.

Wenn Nora Helmer an den Tod dachte, flog vielleicht kein redender Schatten über ihre Stirn; wenn Nora Helmer schwere Dinge dachte und tiefe, waren ihre Augen vielleicht nicht heilig, sondern stumm und leer. Wenn man Nora Helmer naturalistisch darstellen wollte, müßte man sich vielleicht in die Absurditäten der Wirklichkeit hüllen und in einen Leib, der nichts verrät: der Leib der Duse aber schmiegt sich an ihre Seele, wie die weichen, feuchten Gewänder, mit denen die Griechen die redende Schönheit ihrer Statuen umhüllten, sich um die Glieder schmiegten.

Ihre Finger erzählen das Zagen eines Entschlusses, Verlegenheit, Unruhe, Gereiztheit, Haß, Verachtung.

Auf ihrer Stirn spiegeln sich die Stimmungen, die kommen und gehen.

Mir fällt eine Bemerkung von Raphael Mengs über die Draperie des Raphael ein. »Alle Falten«, sagt er, »haben bei ihm ihre Ursachen, es sei durch ihr eigen Gewicht oder durch die Ziehung der Glieder. Man siehet an den Falten, ob ein Bein oder Arm vor dieser Regung vor oder hinter gestanden, ob das Glied von Krümme zur Ausstreckung gegangen oder gehet oder ob es ausgestreckt gewesen und sich krümmet.«

Das ist, mutatis mutandis, die Technik der Duse; wie dort der Faltenwurf Bewegungen des Leibes, so verraten hier flüchtige, feine, halbheimliche Gesten des Leibes die schnellwechselnden Bewegungen der Seele.

Und die halbunbewußten Regungen, die sich verbergen, die seltsamen Verkettungen von Psyche und Physis, die sich nicht malen und nicht sagen lassen, wurden hier für uns durch eine große künstlerische Offenbarung lebendig.

Darum lebten wir diese Woche wie im Fieber. Frühmorgens lasen wir das Stück von gestern und schlürften die Schauer noch einmal und suchten uns die verschwebten Schwingungen ihrer gestrigen Seele hervorzurufen.

Und wir blätterten in allen Büchern und verstanden jedes trunkene Lob großer Komödianten, das wir früher nie verstanden hatten: Sheridan über Garrick und Musset über die Rachel und Börne über die Sontag, und freuten uns an Verwandtem.

Und gegen Abend kam immer mehr Unruhe über uns, Stimmungen mit neuen Farben jagten einander, und solange wir sie hörten, klangen die Saiten in uns mit, an denen selten ein Künstler rührt und nur einer, der sich selber tief aufreißt und die unnachahmlichen Töne der Nerven hat.

Und vieles gewann für uns einen neuen Sinn und das künstliche Leben unseres Innern einen großen Reiz mehr.

Denn dazu, glaube ich, sind Künstler: daß alle Dinge, die durch ihre Seele hindurchgehen, einen Sinn und eine Seele empfangen. »Die Natur wollte wissen, wie sie aussah, und schuf sich Goethe.« Und Goethes Seele hat widerspiegelnd tausend Dinge zum Leben erlöst. Und dann gibt es Künstler, die waren viel kleinere Spiegel, wie enge stille Brunnen, in denen nur ein einziger Stern blinkt: die gossen den Schmelz ihrer Seele um ein einziges Ding und tauchten ein einziges Fühlen in Schönheit. So einer war Eichendorff, der das sehnende Suchen offenbarte und das rätselhafte Rufen der atmenden Nacht, wenn die Brunnen plätschern. Und Lenau hat dem Schilf reden zugehört und der Schönheit der Heide einen Namen gegeben. Und manche Wolken, schwere goldengeballte, haben ihre Seele von Poussin, und manche, rosigrunde, von Rubens, und andere, prometheische, blauschwarze, düstere, von Böcklin. Und es gibt Regungen unserer Seelen, die Schumann geschaffen hat; und es gibt Gedanken, die ohne Hamlet uns nie geworden wären; und viele unserer Wünsche haben die Farben aus einem vergessenen Bild und den Duft von einem verwehten Lied.

Die lebendigen Künstler sind wie die wunderbaren toten Leiber der Heiligen, deren Berührung vom Starrkrampf erweckte und Blindheit verscheuchte.

Die lebendigen Künstler gehen durch das dämmernde sinnlose Leben, und was sie berühren, leuchtet und lebt. Gleichviel, ob sie mit neuen Worten Heimlichkeiten der Seele in Formeln fassen, oder ob sie das dumpfe Wogen in uns durch Harmonien heiligen, oder ob sie in verhallenden Worten und flüchtigen Gebärden das Unbewußte in uns zur Erkenntnis heben und in dionysische Schönheit tauchen.

SCHILLER

[I]

Das Große feiert sich selber. Wenn man es nennt, so ist es, als nennt man den Namen erhabener Berge und gewaltiger, über dem Meer getürmter Städte vor denen, die dort waren, und eines mehreren bedarf es nicht. König Philipp und der Großinquisitor. Das Hinausgehen Maria Stuarts zum Tode, an Leicesters Arm. Die Reden der Bauern, die sich gegen Habsburg verschwören, auf der Höhe ihrer Berge, über den Ländern, über dem Qualm der Städte Franz Moors Verzweiflung. Der Präsident im Hause des Musikus. Wallensteins Schlafengehen. Demetrius vor dem Reichstag. Groß. Wie das Herankommen und Zerschäumen einer großen Woge. Und alles, was vorher kommt, vor diesen ganz großen Momenten, von gleicher Art: wie starke Wellenschwünge. Das Nie-Auslassen einer sehr großen Kraft, ein ungeheures, rastloses Vorwärtsgehen, wie das Meer gegen den Strand. Und die gleichen Wellenschwünge überall: auch in jenen frühesten Gedichten, über die man zu lächeln pflegt, auch dort jenes, das Ehrfurcht gebietet: der arme Militärzögling, öd, dumpf, von Gott und der Welt verlassen, dürftig gehalten wie nicht der Lehrling im Handwerk, nicht der Hirte hinterm Vieh: und ruft in seiner Brust das Weltall herauf, die ewigen Mächte... »Acheronta movebo!«

Ein Anwalt und ein Konquistador. Vielleicht war den Deutschen seinerzeit der große Anwalt näher, vielleicht ist den Deutschen dieser Zeit der große erobernde Abenteurer näher. Der Anwalt nahm die Partei der Freiheit vor Königsthronen, die Partei eines Königs vor dem Thron der Freiheit. Es klingt wie herausgerissen aus dem Leben eines gefährlichen Sophisten: er aber durfte es tun, denn er war ein Mann. Der Abenteurer – ich nehme das Wort in seinem großen Sinn, und er war der größte, den die Geschichte des Geistes kennt – durchstürmte die Weltanschauungen und richtete sich in ihnen ein, wie in unterjochten Provinzen. Die Welt Kants, die Welt der Alten, die Welt des Katholizismus: er wohnte in jeder von ihnen, wie Napoleon in jeder Hauptstadt Europas residiert hat:

fremd und doch gebietend. Seine Heimat war immer woanders, sein Dasein Fortschreiten. Wenn man in ihm ist, ist man im Freien: im gewaltigen Feld, wo geistige Ströme sich kreuzen. Mit Goethe ist man zuweilen im Herzen der Dinge. Goethe und er stehen zueinander wie der Gärtner und der Schiffer. Aber in großen Nächten reckte der stille Gärtner seine Hand zu den Sternen empor und war mit ihnen vertraut wie mit den Blumen seines Gartens, und der Schiffer hatte nichts als sein mutvolles Herz und sein Schiff, mit dem die Winde spielten.

Der Bildner der Jugend. Ich weiß nicht. Es wäre denkbar, daß Männer – Männer von anderem Stoff als die Ankläger des Sokrates – ihn in ihrem Herzen den Verführer der Jugend nannten. Es heißt ein altes Wort: Que philosopher c'est apprendre à mourir. Nun, Max Piccolomini, der des Kaisers bestes Regiment in den Tod hineinreitet, weil er an der Welt irre geworden ist, er ist kein Lehrer dafür, wie man zu sterben hat. Mercutio ist schon ein besserer, Brutus noch ein besserer. (Es geht eine Linie von diesem Sterben des Mercutio zu dem, wie Gordon in Khartum starb.) Max ist auch kein Lehrer dafür, wie man zu leben hat. Und auch Mortimer nicht, auch Karl Moor nicht, auch Wallenstein nicht, wahrhaftig. Da ist Götz schon ein besserer (auch er lehnt sich auf) und der schlichte Franz Lerse und Georg, der Reiterjunge. Auch Friedrich Prinz von Homburg, trotz allem. Und Julia Capulet und unsere Hero, und Gretchen und das Käthchen von Heilbronn bessere als jene Verwirrerinnen der Gefühle: Thekla, Johanna, Berta. Und dennoch: aber man muß die Unreife haben, die Gestalten noch nicht zu sehen, nur ihren Schwung zu fühlen, oder man muß die Reife haben, die Gestalten nicht mehr zu sehen, nur das, was hinter ihnen ist, dann fühlt man ein Etwas, dem sich junge Herzen geben müssen wie die Segel dem Wind (dem Morgenwind, der sie hinaustreibt ins offene Meer und von keinem Ziel noch weiß): unbedingte Größe. Sich groß zu fassen wissen, und wäre es auf dem Schafott, wäre es im Augenblick, da man so unüberlegt und unmoralisch als möglich handelt, dies ist etwas, dies ist viel, unendlich viel. Wissen, daß man ein großer Herr ist, weil man ein Mensch ist, nichts als das, dies lehrt doch vielleicht zu leben und zu sterben. Nicht die Gestalten also, aber etwas, das in ihnen ist: mehr ihre Allüren als ihre Handlungen, die nicht immer ganz aus ihnen fließen, mehr ihr Ton als ihre Argumente. Das Fürstliche, das ihnen aufgeprägt ist und sie zu Brüdern und Schwestern macht: Könige auf ihrer Scholle diese freien Bauern, ein Heeresfürst dieser Wallenstein, ein Fürst der Ruchlosen Franz Moor, Maria eine Königin der Tränen, fürstlich auch das Hirtenmädchen, alle von königlichem Blut. Also dennoch ein Bildner des menschlichen Fühlens, nicht wie jene, die eine Welt gaben, Homer, Shakespeare, Michelangelo, Rembrandt, auch nicht wie jener, der eine Welt und sich in uns verknüpfte, Goethe, sondern indem er sich selbst hergab, nicht in den Gestalten, sondern durch die Gestalten hindurch, hinter den Gestalten: »Das Leben selber wendend an dieses Bild des Lebens.« Ein Bildner der Jugend also dennoch, ein atheniensischer, kein spartanischer: der große Schüler des Rousseau und des Euripides.

Der große Schüler des Rousseau und des Euripides, nicht geringer als einer von ihnen. Ein Geist, der in großer Weise sich Resultate aneignete. Der die Sittlichkeit Kants, die Hingerissenheit und Fülle des Katholizismus, die Gebundenheit der Antike in sein Bauwerk hineinnahm, wie die normännischen Seekönige ihre Burgen aus antikem und sarazenischem Getrümmer aufrichteten. Der mit seinem Adlerblick nirgends Schranken sah, nicht der Zeiten, nicht der Länder. Niemand hatte weniger Ehrfurcht als er vor diesen wesenlosen Grenzen, über die unsere Seele kaum hinzufliegen wagt. Als der Tod ihn umwarf, lagen da die Entwürfe zu zehn Stücken: in einem war Rußland aufgebaut – uns das unzugänglichste, wesenhafteste aller Länder, von betäubendem Duft der Eigenart erfüllt, gleich jenem verschlossenen Garten des Hohenliedes –, in einem lebte der Malteserorden, eines war ein Gemälde des unterirdischen Paris, gezogen aus dem Pitaval, ein Gewebe aus Verbrechen, Familie, Polizei, ein antizipierter Balzac. Er meinte zu verstehen, was immer in einer Menschenbrust vorgegangen war. Und so meinte er, verstanden zu werden. Er, den alles Gewordene faszinierte. Er, von dem Goethe – und Goethe kannte ihn etwas – sagte: »Es ist ein Glück, daß Calderon erst nach seinem Tod in allgemeine Aufnahme gekommen ist. Ihm wäre er gefährlich geworden.« Ihn nennt jetzt da und dort eine Stimme »den deutschesten der Dichter«. Da und dort wird den Nationen mitgeteilt, daß er ihnen ein Fremder ist und sie ihm ewig Fremde. Er, der aus dem Herzen ihrer Geschichte seine Stoffe nahm: das Mädchen von Orléans, Maria Stuart, Demetrius. Er, der diese Schranken so verachtete, daß er eines fremden Volkes König vor eines fremden Volkes Tribunal verteidigen wollte. Er, der einzige esprit envahisseur, den die Deutschen geboren haben, und von dessen Tiraden die Seele der unterdrückten Italiener lebte, der Ungarn, der Polen, er, den sie alle verstanden, Puschkin, Mickiewicz, Petőfi, Carlyle, er, der dem Heraufdröhnen von Napoleons Heeren so viel verdankt wie Balzac ihrem Hinabdröhnen, er, durch dessen Schaffen eine schnurgerade Linie geht von Corneille zu Victor Hugo, zu Sardou und zu Scribe (jawohl, zu Scribe), ihn gerade absperren? Gerade ihn mit Schranken umgeben? Ich weiß nicht, was ich aus solcher Politik machen soll. Jedenfalls ist es Politik des Augenblicks.

Alles in allem sind wir das einzige Volk in Europa, das ein Theater hat. Nichts, was sich mit dem der Griechen vergleichen ließe – wer ist so wenig bei Sinnen, dies anzunehmen –, auch nichts von der Lebendigkeit, der Echtheit, der Wirklichkeit des Elisabethinischen Theaters, immerhin aber etwas, das nicht ganz ohne große Linie ist, von einer gewissen Distanz gesehen. Von einer gewissen Distanz gesehen, war für Dezennien das deutsche Theater erfüllt von dem Werk Schillers. Und dann, nach einer Ohnmacht, die nicht der Tod war, sondern innere Umbildung, war es für Dezennien (die nicht vorüber sind) erfüllt von dem Werk Wagners. Man muß diese Dinge so sehen, daß sie ihre Größe zeigen und nicht ihre Niedrigkeit: sonst müßte man ersticken. Und in Größe gesehen, haben die Deutschen dort, wo jahrzehntelang Karl Moors Trotz und Maria Stuarts große Fassung ihre Wahrheit – oder die Wahrheit ihrer Seele – war, nun eine andere Wahrheit ihrer Seele: Siegfried, der sich aus den Stücken von seines Vaters Schwert singend Schwert und Schicksal schmiedet. Haben statt jenes Dranges diese Töne, statt jenes Greifens nach den Sternen dieses Wühlen in den Tiefen. Haben für Großes Größeres: denn zwischen beiden Welten liegt großes Geheimnis, liegt Schopenhauer, liegt ein Hereinlassen des

Todes in die Welt, ein Nacktwerden und Großwerden der Seele, liegt jene Trunkenheit, um derentwillen die Romantiker ihr Selbst und ihre Kunst wie Perlen im Wein des Lebens zergehen ließen. Abseits aber – ich vergesse ihn nicht – steht Friedrich Hebbel. Steht und dauert, von tiefer Einsamkeit umflossen, wie eine Felseninsel, deren innerer Kern ein glühender Fruchtgarten ist: hier spricht die Blume und es spricht das Gestein, ja, der tiefste Schmerz trägt hier Früchte wie ein großer, in Nacht wurzelnder Baum. Hier landen nicht die Vielen der Deutschen, aber die Besten erreichen schwimmend diesen Strand, von Geschlecht zu Geschlecht, und es pflücken doch immer Hände diese Früchte, deren Saft die Pulse stocken und fliegen macht, und sehen doch immer Augen diese Blumen, über deren Schönheit und Seltenheit manchmal die Sinne erstarren.

[II]

Kein Deutscher ist wie er so ganz Bewegung. Sein Adjektiv ist wie in der Hast des Laufes errafft, sein Hauptwort ist der schärfste Umriß des Dinges, von oben her im Fluge gesehen, alle Gewalt seiner Seele ist beim Verbum. Sein Rhythmus ist andringend, fortreißend, weiterstrebend, sein Entwurf kühn und groß wie sein Rhythmus, und der Aufbau harmonisch über dem Entwurf wie ein Haus über dem Grundriß. Seine Gedanken jagt er zu einem Ziel, seine Betrachtung zu einem Äußersten, Höchsten, seine Gestalten zu einem großen Entschluß, einem großen Abenteuer oder einem großen Untergang. Sein Leben und sein Tod gleicht dem des Fackelläufers, der in sich verzehrt aber mit brennendem Licht ans Ziel kam, sterbend hinstürzte und so stürzend, so sterbend ein ewiges Sinnbild blieb. Etwas treibt die Deutschen immer wieder zu ihm zurück: und nun da sie Schiffe bauen, tun sie vielleicht zum erstenmal etwas, das ihn wirklich feiert; denn seine Werke gleichen am meisten von allen Dingen der Erde den großen Schiffen, deren Wucht Schönheit, und deren Dasein Bewegung ist, die immer ihr Ziel wissen, nie ins Ungewisse schweifen, Länder an Länder binden und vorwärtsstrebend den Rand der Erde adeln.

DER DICHTER UND DIESE ZEIT

EIN VORTRAG

Man hat Ihnen angekündigt, daß ich zu Ihnen über den Dichter und diese Zeit sprechen will, über das Dasein des Dichters oder des dichterischen Elementes in dieser unserer Zeit, und manche Ankündigungen, höre ich, formulieren das Thema noch ernsthafter, indem sie von dem Problem des dichterischen Daseins in der Gegenwart sprechen. Diese Kunstworte streifen schon das Gebiet des Technisch-Philosophischen und zwingen mich im vorhinein, alle nach dieser Richtung orientierten Erwartungen zu zerstören, die ich sonst im Verlauf dieser Stunde grausam enttäuschen müßte. Es fehlen mir völlig die Mittel und ebensosehr die Absicht, in irgendwelcher Weise Philosophie der Kunst zu treiben. Ich werde es nicht unternehmen, den Schatz Ihrer Begriffe um einen, auch nur einen neuen Begriff zu bereichern. Und ebensowenig werde ich an einem der festen Begriffe, auf denen Ihre Anschauung dieser ästhetischen Dinge ruhen mag, woanders sie auf Begriffen ruht und nicht, wie ich heimlich und bestimmt hoffe, auf einem chaotischen Gemenge von verworrenen, komplexen und inkommensurablen inneren Erlebnissen,... keineswegs, sagte ich, werde ich an einem dieser Begriffe Kritik zu üben versuchen. Diese Mauern irgend zu versetzen, ist nicht mein Ehrgeiz; mein Ehrgeiz ist nur, aus ihnen an so verschiedenartigen Punkten als möglich, und an möglichst unerwarteten, wieder hervorzutreten und Sie dadurch in einer nicht unangenehmen Weise zu befremden. Ich meine einfach: es würde mich freuen, wenn es mir gelänge, Ihnen fühlbar zu machen, daß dieses Thema nicht nur in dieser Stunde in der Atmosphäre dieser Versammlung, in diesem künstlichen Licht einen künstlichen und nach Minuten gemessenen Bestand hat, sondern daß es sich um ein Element Ihres geistigen Daseins handelt, das nicht als gewußtes, sondern als gefühltes, gelebtes, in Tausenden von Momenten Ihres Daseins da ist und Wirkung ausstrahlt.

Über den Begriff der Gegenwart sind wir jeder Verständigung

enthoben: Sie wie ich sind Bürger dieser Zeit, ihre Myriaden sich kreuzender Schwingungen bilden die Atmosphäre, in der ich zu Ihnen spreche, Sie mich hören, und in die wir wiederum hinaustreten, wenn wir diesen Saal verlassen. Ja sie regiert noch unsere Träume und gibt ihnen die Mischung ihrer Farben und nur im tiefen todesähnlichen Schlaf meinen wir zu sein, wo sie nicht ist. Den Begriff des Dichters bringen Sie mir, das weiß ich, als einen sicher in Ihnen ruhenden und reich erfüllten entgegen. Es schwingt in ihm etwas von der Fassung, die die deutschen Dichter zu Anfang des letztvergangenen Jahrhunderts ihm gegeben haben (die man nicht immerfort mit einem so unzulänglichen und abstumpfenden Wort die »romantischen« nennen sollte); aber die Gewalt, die der ungeheure Gedanke »Goethe« über Ihre Seele besitzt, schnellt seine Grenzen hinaus ins kaum mehr Absehbare; und es ist etwas von der pathetischen Erscheinung Hölderlins unter den Elementen, die in Ihnen oszillierend dies Gedankending »Dichter« zusammensetzen, und etwas von der nicht zu vergessenden Allüre Byrons; etwas von dem verschwundenen namenlosen Finder eines alten deutschen Liedchens und etwas von Pindar. Sie denken »Shakespeare« und daneben ist für einen inneren Augenblick alles andere verloschen, aber der nächste Augenblick stellt das unendlich komplexe oszillierende Gedankending wieder her und Sie denken ohne zu trennen ein amalgamiertes Etwas aus Dante, Lenau und dem Verfasser einer rührenden Geschichte, die Sie mit vierzehn Jahren gelesen haben.

An dies Gewebe aus den Erinnerungsbildern der subtilsten Erlebnisse, an dies in Ihnen appelliere ich, an dies Unausgewickelte und an keinen geklärten Begriff, keine abgezogene Formel. Dies in Ihnen ist lebendig und dem Lebendigen möchte ich diese Stunde hindurch verbunden bleiben. Diesem lebendigen Begriff denke ich nichts hinzuzufügen und noch weniger meine ich ihn einzuschränken. Ich selber trage ihn in mir ebenso unausgewickelt, wie ich ihn bei Ihnen voraussetze. Am wenigsten wüßte ich ihn von vorneherein nach unten abzugrenzen, ja diese haarscharfe Absonderung des Dichters vom Nicht-Dichter erscheint mir gar nicht möglich. Ich würde mir sagen müssen, daß die Produkte von Menschen, die kaum Dichter zu nennen sind, manchmal nicht ganz des Dichterischen entbehren, und umgekehrt scheint mir zuweilen das, was sehr hohe und unzweifelhafte Dichter geschaffen haben, nicht frei von undichterischen Elementen. Es scheint mir in diesen Dingen eine illiberale Auffassung nicht möglich und immer ziemlich nah am Lächerlichen. Ich frage mich, ob Boileau dem Mann, der die Manon Lescaut schuf, wenn er ihn erlebt hätte, ja ich frage mich, ob Lessing, der sein Zeitgenosse war, diesem Manne den Namen eines Dichters konzediert hätte, und ich sehe, wie unbedeutend, wie unhaltbar diese Scheidungen sind, die der Zeitgeschmack oder der persönliche Hochmut der Produzierenden zwischen dem Dichter und dem bloßen Schriftsteller anstellt. Und doch ist es mir in anderen Augenblicken und in einem anderen Zusammenhang völlig klargeworden, daß jene strengste Goethesche Erkenntnis wahr ist und daß ein unvollkommenes Kunstwerk nichts ist; daß in einem höheren Sinn nur die vollkommenen Kunstwerke, diese seltenen Hervorbringungen des Genius existieren. Sie werden sich fragen, wie diese Erkenntnis und jene Duldung beieinanderwohnen können, aber doch können sie das; es gibt Anschauungen, die zwischen ihnen vermitteln, und es erfordert nur eine gewisse Reife, sie in sich zu vereinen – aber nur dieser Duldung, dieser Nichtabgrenzung werde ich mich in unserer Unterhaltung zu bedienen haben. Ich werde es hier nicht zu berühren brauchen, ob ich vielleicht einen einzigen Menschen in dieser Epoche für einen ganzen Dichter halte und die anderen nur für die Möglichkeiten von Dichtern, für dichterisch veranlagte Individuen, für dichterische Materie. Denn mir ist es nur um das Dasein des dichterischen Wesens in unserer Epoche zu tun.

Ich glaube, vielmehr ich weiß es, daß der Dichter, oder die dichterische Kraft, in einem weitherzigen Sinn genommen, in dieser Epoche da ist, wie sie in jeder anderen da war. Und ich weiß, daß Sie mit dieser Kraft und ihren Wirkungen unaufhörlich rechnen, vielleicht ohne es Wort zu haben. Es ist dies das Geheimnis, es ist eines von den Geheimnissen, aus denen sich die Form unserer Zeit zusammensetzt: daß in ihr alles zugleich da ist und nicht da ist. Sie ist voll von Dingen, die lebendig scheinen und tot sind, und voll von solchen, die für tot gelten und höchst lebendig sind. Von ihren

Phänomenen scheinen mir fast immer die außer dem Spiele, welche nach der allgemeinen Annahme im Spiele wären, und die, welche verleugnet werden, höchst gegenwärtig und wirksam. Diese Zeit ist bis zur Krankheit voll unrealisierter Möglichkeiten und zugleich ist sie starrend voll von Dingen, die nur um ihres Lebensgehaltes willen zu bestehen scheinen und die doch nicht Leben in sich tragen. Es ist das Wesen dieser Zeit, daß nichts, was wirkliche Gewalt hat über die Menschen, sich metaphorisch nach außen ausspricht, sondern alles ins Innere genommen ist, während etwa die Zeit, die wir das Mittelalter nennen und deren Trümmer und Phantome in unsere hineinragen, alles, was sie in sich trug, zu einem ungeheuren Dom von Metaphern ausgebildet aus sich ins Freie emportrieb. Waren sonst Priester, Berechtigte, Auserwählte die Hüter dieser Sitte, jener Kenntnis, so ruht dies alles jetzt potentiell in allen: wir könnten manches ins Leben werfen, wofern wir ganz zu uns selbst kämen... wir könnten dies und jenes wissen... wir könnten dies und jenes tun. Keine eleusinischen Weihen und keine sieben Sakramente helfen uns empor: in uns selber müssen wir uns in höheren Stand erheben, wo uns dies und jenes zu tun nicht mehr möglich, ja auch dies und jenes zu wissen nicht mehr möglich: dafür aber dies und jenes sichtbar, verknüpfbar, möglich, ja greifbar, was allen anderen verborgen. Dies alles geht lautlos vor sich und so wie zwischen den Dingen. Es fehlt in unserer Zeit den repräsentativen Dingen an Geist, und den geistigen an Relief.

Wofern das Wort Dichter, die Erscheinung des Dichters in der Atmosphäre unserer Zeit irgendein Relief nimmt, so ist es kein angenehmes. Man fühlt dann etwas Gequollenes, Aufgedunsenes, etwas, das mehr von Bildungsgefühlen getragen ist als von irgendwelcher Intuition. Man wünscht sich diesen Begriff ins Leben zurückzuholen, ihn zu »dephlegmatisieren«, zu »vivifizieren«, wie die beiden schönen Kunstworte des Novalis heißen. Welchen lebhaften und liebenswürdigen Gebrauch machte nicht eine frühere deutsche Epoche (ich denke an die jungen Männer und Frauen von 1770) von dem Worte Genie, mit dem sie das gleiche bezeichnen wollte: das dichterische Wesen. Denn sie dachten dabei keineswegs an das Genie der Tat und nie und nimmer hätten sie ihr Lieblingswort auf den angewandt, der vor allem würdig war, es zu tragen in seiner funkelndsten und unheimlichsten Bedeutung: auf Friedrich den Großen. Welchen lebensvollen und imponierenden Gebrauch macht der Engländer heute, und macht ihn seit sechs Generationen, von seinem »man of genius«. Er schränkt ihn nicht auf seine Dichter ein; und doch haftet allen denen, von denen er ihn braucht, etwas Dichterisches an, ihnen oder ihren Schicksalen. Er bedenkt sich nicht, ihn auch auf einen Mann anzuwenden, der nicht von der allerseltensten geistigen Universalität ist. Aber es muß eine Gestalt sein, aus der etwas Außerordentliches hervorblitzt, etwas Unvergleichliches von Kühnheit, von Glück, von Geisteskraft oder von Hingabe. Es ist etwas Grandioses um einen Begriff, unter dem der Sprachgeist Milton und Nelson zusammenzufassen gestattet, Lord Clive und Samuel Johnson, Byron und Warren Hastings, den jüngeren Pitt und Cecil Rhodes.

Es kommt so wenig auf die Worte an und so viel auf die Prägung, die der Sprachgeist eines Volkes ihnen aufdrückt. Wie kraftlos nimmt sich neben »man of genius« und dem Ton, den sie in das Wort zu legen wissen, dem männlichen, selbstsicheren, ich möchte sagen, dem soldatischen oder seemännisch stolzen Ton, wie kraftlos nimmt sich daneben unser »Genie« aus, wie gelehrtenhaft, wie engbrüstig-pathetisch, vorgebracht mit der heuchlerischen Exaltation der Schulstube. Es haftet dem Wort in unserem Sprachgebrauch etwas an, als vertrüge es die freie Luft nicht, und doch ist es das einzige Wort, unter dem wir Johann Sebastian Bach und Kant und Bismarck, Kleist, Beethoven und Friedrich den Zweiten zusammen begreifen können. Aber es bleibt empfindlichen Ohren ein fatales Wort. Es hat ganz und gar nicht mehr den jugendlichen Glanz von 1770 und es hat auch nicht den dunklen ehernen Glanz, vergleichbar dem finsteren Schimmer alter Waffen, den die Abnützung des großen Lebens den feierlichen und ehrwürdigen Worten großer Nationen zu geben vermag und der die einfachen Bezeichnungen der Ämter, die trockensten Überschriften und Inschriften Roms mit einer Größe umwittert, die uns das Herz klopfen macht. Dieses Wort »Genie«, wenn man es in unseren Zeitungen findet, in den Nekrologen oder Würdigungen von toten Dichtern oder Philosophen, wo es das höchste Lob bedeuten soll, so erscheint es mir – ich meine auch dort, wo es an seinem Platz ist – undefinierbar dünn, würdelos, kraftlos. Es ist ein höchst unsicheres Wort, und es ist, als würde es immer von Leuten mit schlechtem Gewissen gebraucht. Es ist nahe daran, ein prostituiertes Wort zu sein, dieses Wort, das die höchste geistige Erscheinung bezeichnen soll – ist dies nicht seltsam?

Wenn ich es gebraucht finde in seiner Distanzlosigkeit (und in »man of genius« liegt immer soviel Distanz zwischen einem großen Volk und einem großen einzelnen), so fällt mir immer zugleich um des Gegensatzes willen die schöne, jede Distanzlosigkeit ablehnende methodistische Maxime ein: »Vergiß nicht, mein Freund: ein Mann kann weder gelobt noch herabgesetzt werden«, »my friend, a man can neither be praised not insulted«. Es scheint mir, wenn die Deutschen von ihren Dichtern sprechen, sowohl von denen, die unter ihnen leben, als von denen, die tot sind und ihr zweites strahlendes Leben unter uns führen, so sagen sie viel Schönes und zuweilen bricht aus breiten, etwas schlaffen Äußerungen ein Funken des glühendsten Verständnisses hervor; aber irgend etwas, ein Ton, der mehr wäre als alles gehäufte Lob und alle eindringende Subtilität, scheint mir zu fehlen: ein menschlicher Ton, ein männlicher Ton, ein Ton des Zutrauens und der freien ungekünstelten Ehrfurcht, eine Betonung dessen, was Männer an Männern am höchsten stellen müssen: Führerschaft. Selbst Goethe gegenüber, selbst ihm gegenüber sind es einzelne, die sich diese Haltung in sich selbst erobern, und diesen einzig möglichen, einzig würdigen Ton in sich ausbilden, welcher nicht der Ton von Schulmeistern ist, sondern der Ton von Gentlemen. Denn vor allem ist es unter der Würde toter wie lebendiger Dichter, ein anderes Lob anzunehmen als das reelle des Zutrauens lebendiger Menschen. Aber das Wesen unserer Epoche ist Vieldeutigkeit und Unbestimmtheit. Sie kann nur auf Gleitendem ausruhen und ist sich bewußt, daß es Gleitendes ist, wo andere Generationen an das Feste glaubten. Ein leiser chronischer Schwindel vibriert in ihr. Es ist in ihr vieles da, was nur wenigen sich ankündigt, und vieles nicht da, wovon viele glauben, es wäre da. So möchten sich die Dichter zuweilen fragen, ob sie da sind, ob sie für ihre Epoche denn irgend wirklich da sind. Ob, bei so manchem hergebrachten, schematischen Lob, das für sie abfällt, das einzige reelle Lob, das anzunehmen nicht unter ihrer Würde ist, das Zutrauen der lebendigen Menschen, die Anerkennung irgend einer Führerschaft in ihnen, irgendwo für sie bereitliegt. Aber es könnte auch sein, und das wäre um so schöner, wäre einer Zeit, die jede Ostentation und jede Rhetorik von sich abgetan hat, um so würdiger, daß dieses einzige reelle Lob den Dichtern gerade in unserer Zeit unaufhörlich dargebracht würde, aber in einer so versteckten, so indirekten Weise, daß es erst einigen Nachdenkens, einiger Welterfahrung bedürfte, um dies versteckte Rechnen mit dem Dichter, dies versteckte Ersehnen des Dichters, dies versteckte Flüchten zu dem Dichter wahrzunehmen. Und es ist heute an dem, daß die Dinge so liegen, wenn ich nicht irre. Und hier zwingt mich meine Art, wie ich diese Dinge sehe, Sie zunächst sicherlich zu befremden durch die Behauptung, daß das Lesen, die maßlose Gewohnheit, die ungeheuere Krankheit, wenn Sie wollen, des Lesens, dieses Phänomen unserer Zeit, das man zu sehr der Statistik und Handelskunde überläßt und dessen subtilere Seiten man zu wenig betrachtet, nichts anderes ausdrückt als eine unstillbare Sehnsucht nach dem Genießen von Poesie. Dies muß Sie befremden und Sie sagen mir, daß in keiner früheren Zeit das Poetische eine so bescheidene Rolle gespielt hätte, als es in der Lektüre unserer Zeit spielt, wo es verschwindet unter der ungeheueren Masse dessen, was gelesen wird. Sie sagen mir, daß meine Behauptung vielleicht auf die Zuhörer der arabischen Märchenerzähler passe oder allenfalls auf die Zeitgenossen der »Prinzessin von Clèves« oder die Generation des Werther, doch sicherlich gerade am wenigsten auf unsere Zeit, die Zeit der wissenschaftlichen Handbücher, der Reallexika und der unzählbaren Zeitschriften, in denen für Poesie kein Raum ist. Sie erinnern mich, daß es die Kinder und die Frauen sind, die heute Dramen und Gedichte lesen. Aber ich habe um die Erlaubnis gebeten, von Dingen zu sprechen, die nicht ganz an der Oberfläche liegen, und ich möchte, daß wir für einen Augenblick daran denken, wie verschieden das Lesen unserer Zeit von dem ist, wie frühere Zeiten gelesen haben. Um so ruheloser, zielloser, unvernünftiger das Lesen unserer

Zeit ist, um so merkwürdiger scheint es mir. Wir sind unendlich weit entfernt von dem ruhigen Liebhaber der schönen Literatur, von dem Amateur einer populären Wissenschaft, von dem Romanleser, dem Memoirenleser einer früheren, ruhigeren Zeit. Gerade durch sein Fieberhaftes, durch seine Wahllosigkeit, durch das rastlose Wieder-aus-der-Hand-Legen der Bücher, durch das Wühlende, Suchende scheint mir das Lesen in unserer Epoche eine Lebenshandlung, eine des Beachtens werte Haltung, eine Geste.

Ich sehe beinahe als die Geste unserer Zeit den Menschen mit dem Buch in der Hand, wie der kniende Mensch mit gefalteten Händen die Geste einer anderen Zeit war. Natürlich denke ich nicht an die, die aus bestimmten Büchern etwas Bestimmtes lernen wollen. Ich rede von denen, die je nach der verschiedenen Stufe ihrer Kenntnisse ganz verschiedene Bücher lesen, ohne bestimmten Plan, unaufhörlich wechselnd, selten in einem Buch lang ausruhend, getrieben von einer unausgesetzten, nie recht gestillten Sehnsucht. Aber die Sehnsucht dieser, möchte es scheinen, geht durchaus nicht auf den Dichter. Es ist der Mann der Wissenschaft, der diese Sehnsucht zu stillen vermag, oder für neunzig auf hundert unter ihnen der Journalist. Sie lesen noch lieber Zeitungen als Bücher, und obwohl sie nicht bestimmt wissen, was sie suchen, so ist es doch sicherlich keineswegs Poesie, sondern es sind seichte, für den Moment beruhigende Aufschlüsse, es sind die Zusammenstellungen realer Fakten, es sind faßliche und zum Schein neue »Wahrheiten«, es ist die rohe Materie des Daseins. Ich sage dies so, wie wir es geläufig sagen und leichthin glauben; aber ich glaube, nein ich weiß, daß dies nur der Schein ist. Denn sie suchen mehr, sie suchen etwas anderes, diese Hunderttausende, in den Tausenden von Büchern, die sich von Hand zu Hand weiter geben, bis sie beschmutzt und zerlesen auseinanderfallen: sie suchen etwas anderes als die einzelnen Dinge, die in der Luft hängenden kurzatmigen Theorien, die ihnen ein Buch nach dem anderen darbietet: sie suchen, aber es ist ihnen keine Dialektik gegeben, subtil genug, um sich zu fragen und zu sagen, was sie suchen; keine Übersicht, keine Kraft der Zusammenfassung: das einzige, wodurch sie ausdrücken können, was in ihnen vorgeht, ist die stumme beredte Gebärde, mit der sie das aufgeschlagene Buch aus der Hand legen und ein neues aufschlagen. Und dies muß so weitergehen: denn sie suchen ja von Buch zu Buch, was der Inhalt keines ihrer tausend Bücher ihnen geben kann: sie suchen etwas, was zwischen den Inhalten aller einzelnen Bücher schwebt, was diese Inhalte in eins zu verknüpfen vermöchte. Sie schlingen die realsten, die entseelteste aller Literaturen hinunter und suchen etwas höchst Seelenhaftes. Sie suchen immerfort etwas, was ihr Leben mit den Adern des großen Lebens verbände in einer zauberhaften Transfusion lebendigen Blutes. Sie suchen in den Büchern, was sie einst vor den rauchenden Altären suchten, einst in dämmernden von Sehnsucht nach oben gerissenen Kirchen. Sie suchen, was sie stärker als alles mit der Welt verknüpfe, und zugleich den Druck der Welt mit eins von ihnen nehme. Sie suchen ein Ich, an dessen Brust gelehnt ihr Ich sich beruhige. Sie suchen, mit einem Wort, die ganze Bezauberung der Poesie. Aber es ist nicht ihre Sache, sich dessen Rechenschaft zu geben, noch auch ist es ihre Sache, zu wissen, daß es der Dichter ist, den sie hinter dem Tagesschriftsteller, hinter dem Journalisten suchen. Denn wo sie suchen, dort finden sie auch, und der Romanschreiber, der sie bezaubert, der Journalist, der ihnen das eigene Leben schmackhaft macht und die grellen Lichter des großen Lebens über den Weg wirft, den sie täglich früh und abends gehen – ich habe wirklich nicht den Mut und nicht den Wunsch, ihn von dem Dichter zu sondern. Ich weiß keinen Zeilenschreiber, den elendsten seines Metiers, auf dessen Produkte nicht, so unwürdig er dieses Lichtes sein mag, für ein völlig unverwöhntes Auge, für eine in der Trockenheit des harten Lebens erstickende Phantasie etwas vom Glanz der Dichterschaft fiele, einfach dadurch, daß er sich, und wäre es in der stümperhaftesten Weise, des wundervollsten Instrumentes bedient: einer lebendigen Sprache. Freilich, er erniedrigt sie wieder, er nimmt ihr soviel von ihrer Hoheit, ihrem Glanz, ihrem Leben als er kann; aber er kann sie niemals so sehr erniedrigen, daß nicht die zerbrochenen Rhythmen, die Wortverbindungen, die seiner Feder, ihm zu Trotz, zur Verfügung stehen, die Bilder, die in seinem Geschreibe freilich das Prangerstehen lernen, noch da und dort in eine ganz junge, eine ganz rohe Seele wie Zauberstrahlen fallen könnten. (Und gibt es nicht ihrer mehr Jugendschicksale, die denen Kaspar Hausers gleichen, als man ahnen möchte, in den ungeheueren Einöden, die unsere menschenwimmelnden Städte sind?)

Da ich an das mächtige Geheimnis der Sprache erinnert habe, so habe ich mit einem Mal das enthüllt, worauf ich Sie führen wollte. Vermöge der Sprache ist es, daß der Dichter aus dem Verborgenen eine Welt regiert, deren einzelne Glieder ihn verleugnen mögen, seine Existenz mögen vergessen haben. Und doch ist er es, der ihre Gedanken zueinander und auseinander führt, ihre Phantasie beherrscht und gängelt; ja noch ihre Willkürlichkeiten, ihre grotesken Sprünge leben von seinen Gnaden. Diese stumme Magie wirkt unerbittlich wie alle wirklichen Gewalten. Alles, was in einer Sprache geschrieben wird, und, wagen wir das Wort, alles, was in ihr gedacht wird, deszendiert von den Produkten der wenigen, die jemals mit dieser Sprache schöpferisch geschaltet haben. Und alles, was man im breitesten und wahllosesten Sinn Literatur nennt, bis zum Operntextbuch der vierziger Jahre, bis hinunter zum Kolportageroman, alles deszendiert von den wenigen großen Büchern der Weltliteratur. Es ist eine erniedrigte, durch zuchtlose Mischungen bis zum Grotesken entstellte Deszendenz, aber es ist Deszendenz in direkter Linie. So sind es doch wirklich die Dichter, immer nur die Dichter, die Worte, die ihr Hirn für immer vermählt, für immer zu Antithesen auseinander gestellt hat, die Figuren, die Situationen, in denen sie das ewige Geschehen symbolisierten, so sind es immer nur die Dichter, mit denen es die Phantasie der Hunderttausende zu tun hat, und der Mann auf dem Omnibus, der die halbgelesene Zeitung in der Arbeiterbluse stecken hat, und der Ladenschwengel und das Nähmädchen, die einander den Kolportageroman leihen, und alle die unzähligen Leser der wertlosen Bücher, ist es nicht seltsam zu denken, daß sie doch irgendwie in diesen Stunden, wo ihr Auge über die schwarzen Zeilen fliegt, mit den Dichtern sich abgeben, die Gewalt der Dichter erleiden, der einsamen Seelen, von deren Existenz sie nichts ahnen, von deren wirklichen Produkten ein so tiefer Abgrund sie und ihresgleichen trennt! Und deren Seelenhaftes, deren Wärme, bindend die auseinanderfliegenden Atome, deren Magie doch das einzige ist, was auch noch diese Bücher zusammenhält, aus jedem von ihnen eine Welt für sich macht, eine Insel, auf der die Phantasie wohnen kann. Denn ohne diese Magie, die ihnen einen Schein von Form gibt, fielen sie auseinander, wären tote Materie und auch nicht die Hand des Rohesten griffe nach ihnen.

Aber nach den Büchern, in denen die Wissenschaft die Ernte ihrer arbeitsamen Tage und Nächte aufhäuft, greifen Tausende von Händen unaufhörlich; diese Bücher und ihre Deszendenz scheinen es vor allen zu sein, die aus den feineren, den zusammengesetzteren Köpfen ihre Adepten gemacht haben. Und gehe ich nicht zu weit, wenn ich hier abermals eine versteckte Sehnsucht nach dem Dichter wahrzunehmen behaupte, eine Sehnsucht, die, so widersinnig wie manche Regungen der Liebe, von dem Gegenstand ihres heimlichen Wünschens sich gerade abzukehren, ihm für immer den Rücken zu wenden vorgibt? Aber sind es denn nicht wirklich nur und allein die wenigen, welche in einer Wissenschaft arbeiten, die ihr wirkliches Wesen in ihr suchen, ihr strenges, abgeschlossenes, von einem Abgrund ewiger Kälte umflossenes Dasein – und wäre für die unerprobten suchenden Seelen der vielen diese Kälte nicht so fürchterlich, daß sie sich daran verbrennen würden, und für ewig diesen Ort meiden?

Daß es Menschen gibt, die zu leben vermögen in einer Luft, die von der Eiseskälte des unendlichen Raumes beleckt wird, ist ein Geheimnis des Geistes, ein Geheimnis, wie es andererseits die Existenz der Dichter ist und daß es Geister gibt, die unter dem ungeheueren Druck des ganzen angesammelten Daseins zu leben vermögen – wie ja die Dichter tun. Aber es ist nicht die Sache der vielen, es kann nicht ihre Sache sein. Denn sie stehen im Leben und aus der Wissenschaft, in ihrem reinen strengen Sinn genommen, führt kein Weg ins Leben zurück. Ihr wohnt ein Streben inne, wie den Künsten ein Streben innewohnt, reine Kunst zu werden, wofür man (aber es ist nur gleichnisweise zu verstehen) gesagt hat: sie streben danach, Musik zu werden. Dies Streben, sich zur Mathematik emporzuläutern, dies, wenn Sie wollen, ist das einzig noch

Menschliche an den Wissenschaften, dies ist, wenn Sie wollen, ihre bleibende Durchseelung mit Menschlichkeit: denn so tragen sie das menschliche Messen ins Universum, und es bleibt, wie in dem alten Axiom, der Mensch das Maß aller Dinge. Aber hier auch schon schwingt sich der Weg ins Eisige und Einsame. Und nicht nach glühendem Frost der Ewigkeit treibt es die vielen, die nach diesen Büchern greifen und wiederum greifen; sie sind keine Adepten und auf ewig sind ihrem ruhelosen fragenden begierigen Gewimmel die Vorhöfe zugewiesen. Wonach ihre Sehnsucht geht, das sind die verknüpfenden Gefühle; die Weltgefühle, die Gedankengefühle sind es, gerade jene, welche auf ewig die wahre strenge Wissenschaft sich versagen muß, gerade jene, die allein der Dichter gibt. Sie, die nach den Büchern der Wissenschaft und der Halbwissenschaft greifen, so wie jene anderen nach den Romanen greifen, nach dem Zeitungsblatt, nach jedem bedruckten Fetzen, sie wollen nicht schaudernd dastehen in ihrer Blöße unter den Sternen. Sie ersehnen, was nur der Dichter ihnen geben kann, wenn er um ihre Blöße die Falten seines Gewandes schlägt. Denn Dichten, das Wort steht irgendwo in Hebbels Tagebüchern, Dichten heißt die Welt wie einen Mantel um sich schlagen und sich wärmen. Und an dieser Wärme wollen sie teilhaben und darum sind es die Trümmer des Dichterischen, nach denen sie haschen, wo sie der Wissenschaft zu huldigen meinen; nach fühlendem Denken, denkendem Fühlen steht ihr Sinn, nach Vermittlung dessen, was die Wissenschaft in grandioser Entsagung als unvermittelbar hinnimmt. Sie aber suchen den Dichter und nennen ihn nicht.

So ist der Dichter da, wo er nicht da zu sein scheint, und ist immer an einer anderen Stelle als er vermeint wird. Seltsam wohnt er im Haus der Zeit, unter der Stiege, wo alle an ihm vorüber müssen und keiner ihn achtet. Gleicht er nicht dem fürstlichen Pilger aus der alten Legende, dem auferlegt war, sein fürstliches Haus und Frau und Kinder zu lassen und nach dem Heiligen Lande zu ziehen; und er kehrte wieder, aber ehe er die Schwelle betrat, wurde ihm auferlegt, nun als ein unerkannter Bettler sein eigenes Haus zu betreten und zu wohnen, wo das Gesinde ihn wiese. Das Gesinde wies ihn unter die Treppe, wo nachts der Platz der Hunde ist. Dort haust er und hört und sieht seine Frau und seine Brüder und seine Kinder, wie sie die Treppe auf und nieder steigen, wie sie von ihm als einem Verschwundenen, wohl gar einem Toten sprechen und um ihn trauern. Aber ihm ist auferlegt, sich nicht zu erkennen zu geben, und so wohnt er unerkannt unter der Stiege seines eigenen Hauses.

Dies unerkannte Wohnen im eigenen Haus, unter der Stiege, im Dunkel, bei den Hunden; fremd und doch daheim: als ein Toter, als ein Phantom im Munde aller, ein Gebieter ihrer Tränen, gebettet in Liebe und Ehrfurcht; als ein Lebendiger gestoßen von der letzten Magd und gewiesen zu den Hunden; und ohne Amt in diesem Haus, ohne Dienst, ohne Recht, ohne Pflicht, als nur zu lungern und zu liegen und in sich dies alles auf einer unsichtbaren Waage abzuwiegen, dies alles immerfort bei Tag und Nacht abzuwiegen und ein ungeheueres Leiden, ungeheures Genießen zu durchleben, dies alles zu besitzen wie niemals ein Hausherr sein Haus besitzt – denn besitzt der die Finsternis, die nachts auf der Stiege liegt, besitzt er die Frechheit des Koches, den Hochmut des Stallmeisters, die Seufzer der niedrigsten Magd? Er aber, der gespenstisch im Dunkeln liegt, besitzt alles dies: denn jedes von diesen ist eine offene Wunde an seiner Seele und glüht einmal als ein Karfunkelstein an seinem himmlischen Gewand – dies unerkannte Wohnen, es ist nichts als ein Gleichnis, ein Gleichnis, das mir zugeflogen ist, weil ich vor nicht vielen Wochen diese Legende in dem alten Buch »Die Taten der Römer« gelesen habe, – aber ich glaube, es hat die Kraft, uns hinüberzuleiten, daß ich Ihnen von dem spreche, was nicht minder phantastisch ist und doch so ganz zu dem gehört, was wir Wirklichkeit, was wir Gegenwart zu nennen uns beruhigen: zu dem, wie ich den Dichter wohnen sehe im Haus dieser Zeit, wie ich ihn hausen und leben fühle in dieser Gegenwart, dieser Wirklichkeit, die zu bewohnen uns gegeben ist.

Er ist da, und es ist niemandes Sache, sich um seine Anwesenheit zu bekümmern. Er ist da und wechselt lautlos seine Stelle und ist nichts als Auge und Ohr und nimmt seine Farbe von den Dingen, auf denen er ruht. Er ist der Zuseher, nein, der versteckte Genosse, der lautlose Bruder aller Dinge, und das Wechseln seiner Farbe ist eine innige Qual: denn er leidet an allen Dingen, und indem er an ihnen leidet, genießt er sie. Dies Leidend-Genießen, dies ist der ganze Inhalt seines Lebens. Er leidet, sie so sehr zu fühlen. Und er leidet an dem einzelnen so sehr als an der Masse; er leidet ihre Einzelheit und leidet ihren Zusammenhang; das Hohe und das Wertlose, das Sublime und das Gemeine; er leidet ihre Zustände und ihre Gedanken; ja bloße Gedankendinge, Phantome, die wesenlosen Ausgeburten der Zeit leidet er, als wären sie Menschen. Denn ihm sind Menschen und Dinge und Gedanken und Träume völlig eins: er kennt nur Erscheinungen, die vor ihm auftauchen und an denen er leidet und leidend sich beglückt. Er sieht und fühlt; sein Erkennen hat die Betonung des Fühlens, sein Fühlen die Scharfsichtigkeit des Erkennens. Er kann nichts auslassen. Keinem Wesen, keinem Ding, keinem Phantom, keiner Spukgeburt eines menschlichen Hirns darf er seine Augen verschließen. Es ist als hätten seine Augen keine Lider. Keinen Gedanken, der sich an ihn drängt, darf er von sich scheuchen, als sei er aus einer anderen Ordnung der Dinge. Denn in seine Ordnung der Dinge muß jedes Ding hineinpassen. In ihm muß und will alles zusammenkommen. Er ist es, der in sich die Elemente der Zeit verknüpft. In ihm oder nirgends ist Gegenwart.

Aber die Gewebe sind durchsetzt mit noch feineren Fäden, und wenn kein Auge sie wahrnimmt, sein Auge darf sie nie verleugnen. Ihm ist die Gegenwart in einer unbeschreiblichen Weise durchwoben mit Vergangenheit: in den Poren seines Leibes spürt er das Herübergelebte von vergangenen Tagen, von fernen nie gekannten Vätern und Urvätern, verschwundenen Völkern, abgelebten Zeiten; sein Auge, wenn sonst keines, trifft noch – wie könnte er es wehren? – das lebendige Feuer von Sternen, die längst der eisige Raum hinweggezehrt hat. Denn dies ist das einzige Gesetz, unter dem er steht: keinem Ding den Eintritt in seine Seele zu wehren, und was ein Mensch ist, ein lebendiger, der die Hände gegen ihn reckt, das ist ihm, nichts Fremderes, der flimmernde Sternenstrahl, den vor dreitausend Jahren eine Welt entsandt und der heute das Auge ihm trifft, und im Gewebe seines Leibes das Nachzucken uralter, kaum mehr zu messender Regung. Wie der innerste Sinn aller Menschen Zeit und Raum und die Welt der Dinge um sie her schafft, so schafft er aus Vergangenheit und Gegenwart, aus Tier und Mensch und Traum und Ding, aus Groß und Klein, aus Erhabenem und Nichtigem die Welt der Bezüge.

Er schafft. Dumpfe Schmerzen, eingeschränkte Schicksale können sich für lange auf seine Seele legen und sie mit Leid innig durchtränken und zu einer anderen Stunde wird er den gestirnten Himmel in seiner aufgeschlossenen Seele spiegeln. Er ist der Liebhaber der Leiden und der Liebhaber des Glücks. Er ist der Entzückte der großen Städte und der Entzückte der Einsamkeit. Er ist der leidenschaftliche Bewunderer der Dinge, die von ewig sind, und der Dinge, die von heute sind. London im Nebel mit gespenstigen Prozessionen von Arbeitslosen, die Tempeltrümmer von Luxor, das Plätschern einer einsamen Waldquelle, das Gebrüll ungeheuerer Maschinen: die Übergänge sind niemals schwer für ihn und er überläßt das vereinzelte Staunen denen, deren Phantasie schwerfälliger ist – denn er staunt immer, aber er ist nie überrascht, denn nichts tritt völlig unerwartet vor ihn, alles ist, als wäre es schon immer dagewesen, und alles ist auch da, alles ist zugleich da. Er kann kein Ding entbehren, aber eigentlich kann er auch nichts verlieren, nicht einmal durch den Tod. Die Toten stehen ihm auf, nicht wann er will, aber wann sie wollen, und immerhin, sie stehen ihm auf. Sein Hirn ist der einzige Ort, wo sie für ein Zeitatom nochmals leben dürfen und wo ihnen, die vielleicht in erstarrender Einsamkeit hausen, das grenzenlose Glück der Lebendigen zuteil wird: sich mit allem, was lebt, zu begegnen.

Die Toten leben in ihm, denn für seine Sucht, zu bewundern, zu bestaunen, zu begreifen, ist dies Fortsein keine Schranke. Er vermag nichts, wovon er einmal gehört, wovon ein Wort, ein Name, eine Andeutung, eine Anekdote, ein Bild, ein Schatten je in seine Seele gefallen, jemals völlig zu vergessen. Er vermag nichts in der Welt und zwischen den Welten als non avenu zu betrachten. Was ihn angehaucht hat und wäre es aus dem Grab, darum buhlt er im stillen. Es ist ihm natürlich, Mirabeau um seiner Beredsamkeit willen und Friedrich den Zweiten um seiner grandiosen Einsamkeit willen und Warren Hastings um seines Mutes willen und den Prinzen von Ligne um seiner Höflichkeit willen zu lieben, und Maria Antoinette um des Schafottes willen und den heiligen Sebastian um der Pfeile willen. Aber daneben läuft seine Phantasie noch jedem obskuren Abenteuerer, von dem das Zeitungsblatt meldet, um seiner Abenteuer willen nach, dem Reichen um seines Reichtums, dem Armen um seiner Armut willen. Jeder Stand wünscht seinen Pindar, aber er hat ihn auch. Der Dichter, wenn er an dem Haus des Töpfers vorüberkommt oder an dem Haus des Schusters und durchs Fenster hineinsieht, ist so verliebt ins Handwerk des Töpfers oder des Schusters, daß er nie von dem Fenster fortkäme, wäre es nicht, weil er dann wieder dem Jäger zusehen muß oder dem Fischer oder dem Fleischhauer.

Ich höre manchmal im Gespräch oder in einer Zeitung klagen, daß einzelnes, was des Schilderns wert wäre, von den Dichtern unserer Zeit nicht geschildert werde, zum Beispiel die Inhalte mancher Industrien oder dergleichen. Aber wofern in diesen Betrieben das Leben eine eigene Form annimmt, einen neuen Rhythmus durch ein besonderes Zusammensein oder ein besonderes Isoliertsein der Menschen, wofern in diesen Betrieben die einzelnen Menschen oder viele zugleich in ein besonderes Verhältnis zur Natur treten, besondere Lichter auf sie fallen, die unendliche Symbolhaftigkeit der Materie neue unerwartete Schatten und Scheine auf die Menschen gießt, so werden sich die Dichter auf dies neue Ding, auf dies neue Gewebe von Dingen stürzen, vermöge der tiefen Leidenschaft, die sie treibt, jedes neue Ding dem Ganzen, das sie in sich tragen, einzuordnen, vermöge ihrer unbezähmbaren Leidenschaft, alles was da ist in ein Verhältnis zu bringen. Denn sie sind solche Schattenbeschwörer ohne Maß, sie machen ihren Helden nicht mehr bloß aus Alexander und Cäsar, nicht mehr bloß aus der neuen Heloise und dem Werther, nein: das unscheinbarste Dasein, die dürftigste Situation wird ihren immer schärferen Sinnen seelenhaft; wo nur aus fast Wesenlosem die schwächste Flamme eines eigenen Daseins, eines besonderen Leidens schlägt, sind sie nahe und weben sich das Unbelebte und den Dunstkreis, der es umschwimmt, zu einer gespenstigen Wesenheit zusammen.

[Da ich ein Kind war, ich denke es wie heute, brachte ich meine Einbildung oft stundenlang nicht los von der Qual von Tieren, von mißhandelten Pferden, eingesperrten Tieren, großen traurig blickenden Gefangenen, die immer herumgehen zwischen dem Gitter und der Wand. Und ich sann etwas aus, aber vergaß es später wieder völlig, von einem Tierbändiger, der seine Löwen tötet, ihnen vergiftetes Fleisch hinwirft. Es geschah in einer solchen Sphäre des kinderhaften dumpfen, starken Fühlens, dies Aussinnen, es war auch nicht so deutlich wie diese Worte es darstellen, es war nichts als ein dumpfer Schmerz und das mitleidige halb grausende Ausmalen einer Situation, in der etwas Quälendes und etwas Erlösendes sich mischten. Es kamen andere Jahre und ich vergaß dies völlig. Tausende von Kindern leiden mehr als sie jemals ahnen lassen unter der Qual von Tieren. Solche dumpfe Schmerzen liegen in der Zeit wie andere in anderen Zeiten. Aber ist es nicht seltsam, daß sie alle ihren Ausdruck finden, alle den Dichter, der sie erlöst, früher oder später? Dies dumpf Ausgesonnene des Kindes sollte ich auf einmal wiederfinden, ausgedrückt in einem Buch, die ganze unbeschreibliche Traurigkeit des Löwenbändigers, der seine Tiere tötet, seine Tiere, die er liebt. (Eines Abends wirft er ihnen vergiftetes Fleisch hin – aus irgendeinem Grunde ist er gezwungen dies zu tun und sie verenden langsam in dem menschenleeren Zirkus beim Schein einer Gasflamme.) Es ist das Buch eines dänischen Schriftstellers, und es hätte mir sehr leicht niemals in die Hand kommen können – aber es geschah nur das Selbstverständliche, daß ein Dichter sich weidete an einer unbeschreiblichen, unfaßlichen Traurigkeit, deren Wirkliches gegeben ist in dem Leben, das wir leben. Es sind noch andere ähnliche Dinge in dem gleichen Buch. Das Häßliche und Triste an der Existenz von Kellnern, das Entwürdigende darin, das Groteske – jeder Mensch denkt das irgendeinmal und es verwischt sich wieder in ihm. In diesem dänischen Buch ist auch daraus eine solche Erzählung gemacht. Diese Erzählungen sind wie seltsame, konzentrierte Destillate, gewonnen aus den Giften, die der Körper der Gesellschaft in sich absondert, seine Ermüdungsgifte, seine leisen chronischen Vergiftungen. Aber der Liebhaber aller Dinge, der Liebhaber aller Schmerzen muß diese Dinge pflücken wie Blumen, er kann nicht anders, es ist stärker als er. Das Sterben der vergifteten Tiere, der sonderbare gierige Hunger des Kellners, ihn locken sie, wie einen andern die Taten des Achilles gelockt haben und die Fahrten und Leiden des vielerfahrenen Odysseus. An welchem menschlichen Tun könnte der Dichter auf die Dauer stumpf und ungerührt vorübergehen, er, der unaufhörlich dem eigenen ewig unverkörperten Tun ein Gleichnis sucht. Mit einer Sicherheit, die seiner Begabung proportional ist, wird er das an der Betätigung weglassen, was Materie ist, aber an dem Eigentlichen, dem Seelenhaften, dem Schöpferischen, an dem Abenteuer, dem Heldentum, dem Leiden, dem Schicksal, das in jeder Arbeit liegt, an dem Abenteuer und dem eigentlichen magischen Erlebnis im Leben des Kaufmannes, des Chemikers, des Geldmenschen – wie könnte er an denen vorüber?)]*

Er kann ja an keinem noch so unscheinbaren Ding vorüber: daß es etwas in der Welt gibt wie das Morphium, und daß es je etwas gegeben hat wie Athen und Rom und Karthago, daß es Märkte von Menschen gegeben hat und Märkte von Menschen gibt, das Dasein Asiens und das Dasein von Tahiti, die Existenz der ultravioletten Strahlen und die Skelette der vorweltlichen Tiere, diese Handvoll Tatsachen und die Myriaden solcher Tatsachen aus allen Ordnungen der Dinge sind für ihn immer irgendwie da, stehen irgendwo im Dunkel und warten auf ihn und er muß mit ihnen rechnen. Er lebt, und das unaufhörlich, unter einem Druck unmeßbarer Atmosphären, wie der Taucher in der Tiefe des Meeres, und es ist die seltsamste Organisation einer Seele, daß sie diesem Druck standhält. Er darf nichts von sich ablehnen. Er ist der Ort, an dem die Kräfte der Zeit einander auszugleichen verlangen. Er gleicht dem Seismographen, den jedes Beben, und wäre es auf Tausende von Meilen, in Vibrationen versetzt. Es ist nicht, daß er unaufhörlich an alle Dinge der Welt dächte. Aber sie denken an ihn. Sie sind in ihm, so beherrschen sie ihn. Seine dumpfen Stunden selbst, seine Depressionen, seine Verworrenheiten sind unpersönliche Zustände, sie gleichen den Zuckungen des Seismographen, und ein Blick, der

* [...] Nur im Erstdruck.

tief genug wäre, könnte in ihnen Geheimnisvolleres lesen als in seinen Gedichten. Seine Schmerzen sind innere Konstellationen, Konfigurationen der Dinge in ihm, die er nicht die Kraft hat zu entziffern. Sein unaufhörliches Tun ist ein Suchen von Harmonien in sich, ein Harmonisieren der Welt, die er in sich trägt. In seinen höchsten Stunden braucht er nur zusammenzustellen, und was er nebeneinanderstellt wird harmonisch.

Aber Sie wollen diese Harmonie genießen, und die Dichter dieser Zeit, möchte es Ihnen manchmal scheinen, bleiben sie Ihnen schuldig. Die Dichter, hören Sie mich versichern, führen alle Dinge zusammen, sie reinigen die dumpfen Schmerzen der Zeit, unter ihnen wird alles zum Klang und alle Klänge verbinden sich: und doch – Sie haben allzu viele dieser Bücher gelesen, es waren dichterische Bücher, es war die Materie des Dichters in ihnen, aber nichts von dieser höchsten Magie. Den zersplitterten Zustand dieser Welt wollten Sie fliehen und fanden wieder Zersplittertes. Sie fanden alle Elemente des Daseins bloßgelegt: den Mechanismus des Geistes, körperliche Zustände, die zweideutigen Verhältnisse der Existenz, alles wüst daliegend wie den Materialhaufen zu einem Hausbau. Sie fanden in diesen Büchern die gleiche Atomisierung, Zersetzung des Menschlichen in seine Elemente, Disintegration dessen, was zusammen den hohen Menschen bildet, und Sie wollten doch in den Zauberspiegel sehen, aus dem Ihnen das Wüste als ein Gebautes, das Tote als ein Lebendiges, das Zerfallene als ein Ewigblühendes entgegenblicken sollte. Das Dichterische in allen diesen Versuchen fühlen Sie wohl, aber wie, fragen Sie sich, wäre damit schon Dichterschaft beglaubigt?

Geht nicht von diesen dichterischen Seelen noch größere fieberhaftere Unruhe aus, anstatt Beruhigung? sind sie nicht wie sensible Organe dieses großen Leibes, vermöge welcher die disparaten anstürmenden Forderungen noch wilder die Seele zerwühlen? schaffen sie nicht Phantome, wo sie hinblicken, und beseelen verwirrend und unheimlich auch die zerfallenden Teile der Gebilde? Dies fragen Sie sich immer lauter, während Sie das Geschriebene aufnehmen, und mit Ungeduld, und fühlen sich gewaltsam herausgefordert, »auf die dürftige Geburt der Zeit den Maßstab des Unbedingten anzuwenden« und von denen, die die Dichter ihrer Zeit sein möchten, die höchste, die einzig unerläßliche dichterische Leistung zu verlangen, die Synthese des Inhaltes der Zeit. Dem dichterischen Element, der dichterischen Essenz, womit, Sie gestehen es mir gerne zu, diese Epoche nicht minder durchsetzt sein mag als eine andere, wollen Sie nicht länger Ihr bloßes Vorhandensein zugute halten – und Sie verlangen Resultate.

Sie finden in dem Werke Schillers, Sie finden, wenn auch minder leicht zu dechiffrieren, in dem Werk Hebbels jeweils die Summe einer Epoche gezogen, Sie sind nahe dem Punkte, wo Sie dem geheimnisvollen Novalis das gleiche zugestehen werden – und Sie begreifen es durchaus, daß ich von Goethe in diesem Zusammenhang nur darum nicht spreche, sein Werk nicht zuerst hier genannt habe, weil es nicht bloß die Synthese einer begrenzten Epoche, sondern zweier zusammenstoßender Zeitalter vollzieht und in diesem Betracht uns heute noch unabsehbar ist. Aber ein Gleiches, wohin Sie sich wenden, bleiben die Dichter dieser Zeit Ihnen schuldig. Und es möchte Ihnen scheinen, als wäre diesem Schuldigbleiben noch ein eigentümlich leichter Trotz beigemengt, ein bewußter Egoismus der Haltung, ein Sich-Wegwenden von dem, was die lautesten Fragen der Zeit zu sein scheinen, ein Versteckenspiel. Sie sehen, und sehen mit Befremden, wie wenig sich die Dichter ihres Amtes zu erinnern scheinen; wie sie es, mit einem Hochmut, an dem etwas wie Verachtung haftet, anderen Personen überlassen, für Augenblicke den Anwalt und den Rhetor der Zeit zu spielen. Es ist, als läge ein Abgrund zwischen ihrer Haltung und der Haltung Schillers, der so sehr der beredte, der bewußte Herold seiner Epoche war, zwischen ihrer Haltung und der Hebbels, der, schlaflosen Auges im Dunkel stehend, stets die Waage der Werte in seiner Hand auf und nieder gehen fühlte. Es ist, als seien sie sich in einer seltsamen Begrenztheit nur des unerschöpflichen Erlebnisses ihrer Dichterschaft bewußt und nie und nimmer des Amtes, das auf sie gelegt ist. Als sei ihnen, wenn sie ihre Werke schaffen, nur und einzig um die allergeheimnisvollste persönlichste Lust zu tun, um ein hastiges Baden im Leben, ein Ansichreißen und Wiederfahrenlassen der funkelnden Welle des Lebens. Als suchten sie in ihrem Schaffen – wenn wir die abgewandte, geheimnisvoll beleuchtete Seite dieser Dinge betrachten wollen – nur ein Ausruhen, ein krankhaftes Sich-in-irgendein-Bett-Werfen, nach endlosem Umhergewirbeltwerden; wie der Satan Karamasows sich sehnte, im Leib einer dicken dritthalb Zentner schweren Kaufmannsfrau sich zu verkörpern und an alles zu glauben, woran sie glaubt.

Diese Art, dies zu sehen, diese mehr gefühlte als gedankenhafte Abneigung – mir ist manchmal, als fühlte ich sie schweben, diese leise Spannung der Ungeduld, dies unausgesprochene Urteil einer Zeit über ihre Dichter, die da sind und die doch nicht für sie da zu sein scheinen. Die unaufhörlich in den Elementen der Zeit untertauchen und sich niemals über die Elemente zu erheben scheinen. Deren ewige Hingabe an den Stoff (und es macht so wenig Unterschied, ob es sich um den Stoff der äußeren Welt oder der inneren handelt) etwas ausdrückt wie ein Verzichten auf Synthese, ein Sich-Entziehen, eine unwürdige und unbegreifliche Resignation.

Mir ist manchmal, als ruhte das Auge der Zeit, ein strenger, fragender, schwer zu ertragender Blick, auf dem Dasein der vielen Dichter wie auf einer seltsamen unheimlichen Vision. Und als fühlten die Dichter diesen Blick auf sich, fühlten ihre Vielzahl, ihre Gemeinsamkeit, ihre Schicksalsverkettung und die Unbegreiflichkeit und doch die dumpfe Notwendigkeit ihres Tuns. Und diesem Tun ist keine Formel zu finden, aber es steht unter dem Befehl der Notwendigkeit, und es ist, als bauten sie alle an einer Pyramide, dem ungeheueren Wohnhaus eines toten Königs oder eines ungeborenen Gottes. Denn sie sind nun einmal da. Sind da und sind auf eine Sache in der Welt gestellt: die Unendlichkeit der Erscheinungen leidend zu genießen und aus leidendem Genießen heraus die Vision zu schaffen; zu schaffen in jeder Sekunde, mit jedem Pulsschlag, unter einem Druck, als liege der Ozean über ihnen, zu schaffen, von keinem Licht angeleuchtet, auch von keinem Grubenlämpchen, zu schaffen, umtost von höhnenden, verwirrenden Stimmen; zu schaffen aus keinem anderen Antrieb heraus als aus dem Grundtrieb ihres Wesens, zu schaffen den Zusammenhang des Erlebten, den erträglichen Einklang der Erscheinungen, zu schaffen wie die

Ameisen, wieder verstört, wieder schaffend, zu schaffen wie die Spinne, aus dem eigenen Leib den Faden hervorspinnend, der über den Abgrund des Daseins sie trägt.

Aber dies ist, was jeder für sich zu geben hat – doch ihrer sind viele und sie fühlen einander (wie könnten sie einander nicht fühlen, da sie jeden Druck der Luft fühlen, da sie das Wehen des Atems von einem fühlen, der seit tausend Jahren tot ist?), sie fühlen einander leben, fühlen ihrer aller Hände gemeinsam an einem Gewebe, ihrer tausend Hände nebeneinander im Dunkeln, ziehend an einem endlosen Seil. Und diesem Tun ist keine Formel zu finden, aber es steht unter dem Befehl der Notwendigkeit. Und auf diesem ganzen lautlosen Tun und Treiben ruht, möchte es uns scheinen, der strenge fragende Blick der Zeit... Wie aber, wenn niemand diesen Blick zu erwidern hätte, niemand nicht heute und nicht späterhin dieser Frage eine Antwort schuldig wäre?

Wachen wir nicht manchmal aus dem Schlaf auf, meinen aufzuwachen, hören alles, sehen alles, und sind doch im Tiefsten betäubt, von den geheimen heilsamen Giften des Schlafes erfüllt, und liegen eine kurze Weile und unser zum Schein so waches Denken starrt in irgend eine Tiefe unseres Daseins mit einem furchtbaren eisernen qualvollen Blick? Nichts hält diesem Blicke stand. Wie trag ich das? fragt eine Stimme gräßlich in uns. Wie leb ich und trage das und mache nicht ein Ende mit mir? Denn es gibt keine erträgliche Antwort. Der Tag wird kommen, mit Morgenglocken und Vogelstimmen, das Licht wird lebendig werden, doch dies wird nicht anders sein. Aber ein einziges Wiedereinschlafen und dies ist fort, weggetilgt mit süßem Balsam des Lebens. So ist es mir, als schlüge aus einem Schlaf, im Innersten von geheimnisvoll wirksamen Giften betäubt, nur dann und wann die Zeit die Augen auf und heftete diesen furchtbaren fragenden Blick auf dies alles. Aber es ist der bohrende Blick eines Schlafenden und niemand, weder heute noch späterhin, wird ihm Antwort schuldig sein.

Niemals wieder wird eine erwachte Zeit von den Dichtern, weder von einem einzelnen, noch von ihnen allen zusammen, ihren erschöpfenden rhetorischen Ausdruck, ihre in begrifflichen Formeln gezogene Summe verlangen. Dazu hat das Jahrhundert, dem wir uns entwinden, uns die Phänomene zu stark gemacht; zu gewaltig angefacht den Larventanz der stummen Erscheinungen; zu mächtig hat sich das wortlose Geheimnis der Natur und der stille Schatten der Vergangenheit gegen uns hereinbewegt. Eine erwachte Zeit wird von den Dichtern mehr und Geheimnisvolleres verlangen. Ein ungeheuerer Prozeß hat das Erlebnis des Dichters neu geprägt und damit zugleich das Erlebnis jenes, um dessen Willen der Dichter da ist: des einzelnen. Der Dichter und der, für den Gedichtetes da ist, sie gleichen beide nicht mehr denselben Figuren aus irgendwelcher vergangenen Epoche. Ich will nicht sagen, wieweit sie mehr dem Priester und dem Gläubigen zu gleichen scheinen oder dem Geliebten und dem Liebenden nach dem Sinne Platons oder dem Zauberer und dem Bezauberten. Denn diese Vergleiche verdecken soviel als sie enthüllen von einem unfaßlichen Verhältnis, in dem die so verschiedenen Magien aller dieser Verhältnisse sich mischen mit noch anderen namenlosen Elementen, die dem heutigen Tag allein gehören.

Aber dies unfaßliche Verhältnis ist da. Das Buch ist da, voll seiner Gewalt über die Seele, über die Sinne. Das Buch ist da und flüstert, wo Lust aus dem Leben zu gewinnen ist und wie Lust zerrinnt, wie Herrschaft über die Menschen gewonnen wird und wie die Stunde des Todes soll ertragen werden. Das Buch ist da und in ihm der Inbegriff der Weisheit und der Inbegriff der Verführung. Es liegt da und schweigt und redet und ist um soviel zweideutiger, gefährlicher, geheimnisvoller, als alles zweideutiger, machtvoller und geheimnisvoller ist in dieser über alle Maßen unfaßlichen, dieser im höchsten Sinne poetischen Zeit. Es hat keinen Sinn, eine wohlfeile Antithese zu machen und den Büchern das Leben entgegenzustellen. Denn wären die Bücher nicht ein Element des Lebens, ein höchst zweideutiges, entschlüpfendes, gefährliches, magisches Element des Lebens, so wären sie gar nichts und es wäre nicht des Atems wert, über sie zu reden. Aber sie sind in der Hand eines jeden etwas anderes, und sie leben erst, wenn sie mit einer lebendigen Seele zusammenkommen. Sie reden nicht, sondern sie antworten, dies macht Dämonen aus ihnen. Die Zeit kommt um ihre Synthese, aber in tausend dunklen Stunden versagen sich dem einzelnen nicht die tiefentsprungenen Quellen, – und ich weiß es schon nicht mehr, wenn ich diese Dinge in ihrem geheimen, schöneren Zusammenhang betrachte, ob ich noch von dürftigen Geburten sprechen darf, wo immerhin nach öden Zeiten aus der Seele Geborenes wiederum auf die Seele wirkt. Nie haben vor diesen Tagen Fordernde so ihr ganzes Ich herangetragen an Gedichtetes; so wie auf den Dichtern selbst liegt auch auf ihnen der Zwang, nichts draußen zu lassen. Es ist ein Ringen, ein Chaos, das sich gebären will in denen, die sich gierigen Auges auf die Bücher niederbeugen, wie in denen, die die Bücher hervorgebracht haben. In den Lesenden, von denen ich rede (den Einzelnen, Seltenen und doch nicht so Seltenen, wie man denken möchte), auch in ihnen will, als wäre es in einem Lebensbade, alles Dunkle sich erlösen, alles Zwiespältige sich vergessen, will alles zusammenkommen. Auch ihnen erlöst sich, wie dem Schaffenden, die Seele vom Stofflichen, nicht indem sie es verschmäht, sondern indem sie es mit solcher Intensität erfaßt, daß sie hindurchdringt. Auch ihnen ist in ihren höchsten Augenblicken nichts fern, nichts nah, kein Stand der Seele unerreichbar, kein Niedriges niedrig. Auch ihnen widerfährts wie dem Dichter und ihr Atmen in solchen Augenblicken ist schöpferische Gewalt. Auch sie lesen in diesen seltenen Stunden, die ein Erlebnis sind, und die nicht gewollt werden können, nichts, woran sie nicht glauben, wie die Dichter es nicht ertragen, zu gestalten, woran sie nicht glauben. Ich sage »glauben« und ich sage es in einem tieferen Sinn, als indem es, fürchte ich, in der Hast dieser ihrem Ende zustrebenden Rede zu Ihnen hinklingt. Ich meine es nicht als das Sich-Verlieren in der phantastischen Bezauberung des Gedichteten, als ein Vergessen des eigenen Daseins über dem Buche, eine kurze und schale Faszination. Es ist das Gegenteil, was ich zu sagen meinte: ich dachte das Wort in der ganzen Tiefe seines Sinnes zu nehmen. In seiner vollen religiösen Bedeutung meine ich es: als ein Fürwahrhalten über allen Schein der Wirklichkeit, ein Eingreifen und Ergriffensein in tiefster Seele, ein Ausruhen im Wirbel des Daseins. So glauben die Dichter das was sie gestalten, und gestalten das was sie glauben. Das All stürzt dahin, aber ihre Visionen sind die Punkte, die ihnen das Weltgebäude tragen. Dies Wort

Visionen aber hinzunehmen, wie ich es gebe, es an keinen vorgefaßten Begriff zu binden, die wahre Durchdringung der engsten Materie ebenso unter diesen Begriff zu fassen wie das ungeheuere zusammenfassende Schauen des kosmischen Geschehens – dies muß ich Ihnen anvertrauen: denn Sie sitzen vor mir, viele Menschen, und ich weiß nicht, zu wem ich rede: aber ich rede nur für die, die mit mir gehen wollen, und nicht für den, der sich sein Wort gegeben hat, dies alles von sich abzulehnen. Ich kann nur für die reden, für die Gedichtetes da ist. Die, durch deren Dasein die Dichter erst ein Leben bekommen. Denn sie sind ewige Antwortende und ohne die Fragenden ist der Antwortende ein Schatten. Freilich, es handelt sich vor allem um das Leben und um die Lebendigen, um die Männer und Frauen dieser Zeit handelt es sich, die einzigen, die für uns wirklich sind; um deren willen allein die Vergangenheit und Zukunft da zu sein scheint; um deren willen Sonnen verglüht sind und Sonnen sich gebildet haben; um deren willen Urzeiten waren und ungeheuere Wälder und Tiere ohne Maß; um deren willen Rom hingestürzt ist und Karthago, damit sie heute leben sollten und atmen wie sie leben und atmen, und gehüllt sein in dies lebendige Fleisch und das Feuchte ihrer Augen glänzend an ihnen und ihr Haar um ihre Stirn in solcher Weise gelegt, wie es nun gelegt ist. Um diese handelt es sich und ihre Schmerzen und ihre Lust, ihre Verschlingungen und ihre Einsamkeiten. Aber es ist eine sinnlose Antithese, diesen, die leben, das Gedichtete gegenüberzustellen als ein Fremdes, da doch das Gedichtete nichts ist als eine Funktion der Lebendigen. Denn es lebt nicht: es wird gelebt. Für die aber, die jemals hundert Seiten von Dostojewski gelebt haben oder gelebt die Gestalt der Ottilie in den »Wahlverwandtschaften« oder gelebt ein Gedicht von Goethe oder ein Gedicht von Stefan George, für die sage ich nichts Befremdliches, wenn ich ihnen von diesem Erlebnis spreche als von dem religiösen Erlebnis, dem einzigen religiösen Erlebnis vielleicht, das ihnen je bewußt geworden ist. Aber dies Erlebnis ist unzerlegbar und unbeschreiblich. Man kann daran erinnern, aber nicht es dem Unberührten nahebringen. Wer zu lesen versteht, liest gläubig. Denn er ruht mit ganzer Seele in der Vision. Er läßt nichts von sich draußen. Für einen bezauberten

Augenblick ist ihm alles gleich nah, alles gleich fern: denn er fühlt zu allem einen Bezug. Er hat nichts an die Vergangenheit verloren, nichts hat ihm die Zukunft zu bringen. Er ist für einen bezauberten Augenblick der Überwinder der Zeit. Wo er ist, ist alles bei ihm und alles von jedem Zwiespalt erlöst. Das einzelne ist ihm für vieles: denn er sieht es symbolhaft, ja das eine ist ihm für alles, und er ist glücklich ohne den Stachel der Hoffnung. Er vergißt sich nicht, er hat sich ganz, diesen einzigen Augenblick: er ist sich selber gleich.

Ich höre des öfteren, man nennt irgendwelche Bücher naturalistische und irgendwelche psychologische und andere symbolistische, und noch andere ebenso nichtssagende Namen. Ich glaube nicht, daß irgend eine dieser Bezeichnungen den leisesten Sinn hat für einen, der zu lesen versteht. Ich glaube auch nicht, daß ein anderer Streit, mit dem die Luft erschüttert wird, irgend eine Bedeutung für das innere Leben der lebendigen Menschen hat, ich meine den Streit über die Größe und die Kleinheit der einzelnen Dichter, über die Abstufungen unter ihnen, und darüber, ob die lebendigen Dichter um so viel geringer sind als die toten. Denn ich glaube, für den einzelnen, für den, der das Erlebnis des Lesenden kennt, für ihn wandeln tote Dichter mitten unter den Lebendigen und führen ihr zweites Leben. Für ihn gibt es ein Zeichen, das dem dichterischen Gebilde aufgeprägt ist: daß es geboren ist aus der Vision. Sonst kümmern ihn keine Unterscheidungen. Er wartet nicht auf den großen Dichter. Für ihn ist immer der Dichter groß, der seine Seele mit dem Unmeßbaren beschenkt. Die einzige Unterscheidung, die er fällt, ist die zwischen dichterischen Büchern und den unzähligen anderen Büchern, den sonderbaren Geburten der Nachahmung und der Verworrenheit. Aber auch in ihnen noch ehrt er die Spur des dichterischen Geistes und die Möglichkeit, daß aus ihnen in ganz junge, ganz rohe Seelen ein Strahl sich senke. Er wartet nicht, daß die Zeit in einem beredten Dichter, einem Beantworter aller Fragen, einem Herold und einem Anwalt, ihre für immer gültige Synthese finde. Denn in ihm und seinesgleichen, an tausend verborgenen Punkten vollzieht sich diese Synthese: und da er sich bewußt ist, die Zeit in sich zu tragen, einer zu sein wie alle, einer für alle, ein

Mensch, ein einzelner und ein Symbol zugleich, so dünkt ihm, daß, wo er trinkt, auch das Dürsten der Zeit sich stillen muß. ja, indem er der Vision sich hingibt und zu glauben vermag an das, was ein Dichter ihn schauen läßt – sei es menschliche Gestalt, dumpfe Materie des Lebens, innig durchdrungen, oder ungeheuere Erscheinung orphischen Gesichtes –, indem er symbolhaft zu erleben vermag die geheimnisvollste Ausgeburt der Zeit, das Entstandene unter dem Druck der ganzen Welt, das, worauf der Schatten der Vergangenheit liegt und was zuckt unter dem Geheimnis der drängenden Gegenwart, indem er es erlebt, das Gedicht, das seismographische Gebilde, das heimliche Werk dessen, der ein Sklave ist aller lebendigen Dinge und ein Spiel von jedem Druck der Luft: indem er an solchem innersten Gebilde der Zeit die Beglückung erlebt, sein Ich sich selber gleich zu fühlen und sicher zu schweben im Sturz des Daseins, entschwindet ihm der Begriff der Zeit und Zukunft geht ihm wie Vergangenheit in einzige Gegenwart herüber.

DEUTSCHE ERZÄHLER

Ich habe diese Erzählungen nur um der besonderen Schönheit willen zusammengetragen, mit der sie mein Herz in früherem oder späterem Alter berührt haben und mir unvergeßlich geworden sind, so daß ich, um sie aneinanderzureihen, keines Hilfsmittels bedurfte als meines Gedächtnisses. Alles, was ich später sagen werde, bin ich erst allmählich an ihnen gewahr geworden. Sie schienen mir stets die schönsten unter allen deutschen Erzählungen, die ich kannte, und indem ich sie mir schon früher wenigstens in Gedanken oder im Wunsch zu einer Kette zusammenfügte, so folgte ich einem Drange, der jedem Menschen innewohnt und in den Kindern und den Menschen des alten reinen Zeitalters deutlich hervortritt: daß wir von dem Harmonischen ergriffen werden, ihm uns einzuordnen oder zu dienen, das Reiche noch reicher zu machen oder, wie die Schrift es ausdrückt, dem der hat noch dazu zu geben. So räumen die Kinder Erde und Sand hinweg, damit eine Wasserader in die andere überlaufen könne und das Klare zum Klaren komme, so ehrten die Perserkönige einen schönen alten Baum mit goldenem Gehänge, noch heute schenkt der reisende Monarch für einen schönen Garten eine Statue oder schmückt einen schönen Hügel mit einer Kapelle, der einsame Wanderer erhöht die Schönheit einer schweigenden Bergwiese mit einem Gebet oder einem erhobenen Gedanken, und ich kannte einen Mann, der weiter keinen Grundbesitz hatte, aber einen verlassenen kleinen Friedhof kaufte und so das verbriefte Recht erwarb, die Ruhe dieser umgestürzten Grabkreuze, auf denen wechselweise der Schnee lag oder Schmetterlinge saßen, und die schönen über den Weg wuchernden Blumen zu bewachen und gleichsam etwas von seiner Seele dem stummen Weben dieses Friedensortes zuzugießen.

Worin die besondere Schönheit lag, durch welche mein Gemüt ergriffen werden mußte, gerade diese zu seinen Lieblingen zu machen und sie in eine Reihe zu bringen, die aus so verschiedenen

Seelen dreier aufeinanderfolgenden Geschlechter hervorgewachsen sind, das kann erst allmählich der Betrachtung klar werden. Alle, deren Erzählungen hier vereinigt liegen, sind von einer reinen, schöpferischen Liebe zum Darstellen irgendeiner Seite des Daseins getrieben worden; irgend etwas in der Welt, irgendein Zusammenhang zwischen dem Menschenwesen und der Welt, hatte sich in ihnen besonders offenbart. So macht sich in allen diesen Hervorbringungen eine höhere Eigenart geltend, nicht die dürftige des Verstandes oder der Fertigkeit, sondern eine tiefe, unkäufliche des Gemüts, und da sie etwas wahrnehmen und sagen mußten, was nur ihnen so lebendig und besonders war, so war auch ihre Sprache von innen heraus gereinigt und gesondert. Zugleich aber geschah es, daß das deutsche Gesamtwesen, das nur durch viele einzelne sich offenbaren kann, in jedem von diesen Erzählern eine Seite mit besonderer Kraft heraustrieb: in *Goethe* ein großes, frommes Anschauen des menschlichen Daseins, so wie man von einem hohen Berge herab die Welt unter sich liegen sieht, daß man glauben würde, es gäbe in ihr nichts Niedriges, noch Widriges – in *Jean Paul*, diesem gerade entgegengesetzt, das äußerst zart verhäkelte Kleine, Widerstreitende und scheinbar Niedrige, Nichtige des Lebens, gleichsam der zarte Dunst, der um jedes Lebende herum ist, und von der zartesten, persönlichsten Wärme durchstrahlt. In *Eichendorff* wieder das Beglänzte, Traumüberhangene, das Schweifende, mit Lust Unmündige im deutschen Wesen, worin etwas Bezauberndes ist, das aber ein Maß in sich haben muß, sonst wird es leer und abstoßend. In *Brentano* und *Hauff* das reine, unzerstörte Volkswesen, mit seinen geistigen und Seelenmächten, bis zum Aberglauben, seinen Begriffen von Recht und Ehrbarkeit, in denen es festgebunden ist – oder soll ich sagen war? – denn die neuere Zeit hat dies alles aufgelockert, und nur da und dort hält das uralt Gegründete ihr noch stand. In *Tieck* und *Hoffmann* das Geheimnisvolle der Seele, der innere Abgrund, Einsamkeit und Hinüberlangen nach einer anderen Welt. Dann das einsame Kind *Hebbel*, der zerrüttete Jüngling *Lenz* im öden Bergtal, der *Hagestolz* abgesperrt von den Menschen auf seiner Insel, der *arme Spielmann* einsam mitten unter den Menschen mit seiner Musik, lauter Arme-Reiche, und was für deutsche Figuren in ihrer Armut und ihrem Reichtum. In *Gotthelf* dann, aus einer Landschaft hervorgesponnen, ein einfaches Leben, ein einfaches Glück, in der *Droste* ein unheimliches Geschick und auch aus dem Weben der Landschaft hervorgesponnen: hält man diese beiden nebeneinander, so fühlt man, wie groß Deutschland ist. Es ist, als höre man, zu Bremen auf der Weser fahrend, in den Salzhauch der Nordsee das Läuten von Kühen herein, die in Tirol von der Alpe gehen: aber innerlich ist es ein noch weiteres Land. *Arnim* und *Kleist* sind wahre Novellisten, das Große und Einmalige, Nichtwiederkehrende der Begebenheit ist ihr Gegenstand. Es ist seltsam und bedeutungsvoll, daß sie beide ihre Begebenheit in fremdes romanisches Land verlegen; aber wie der Verlauf der Erzählung das Herz der Hauptfiguren bloßlegt, ob einer duldenden Frau, oder eines heldenmütigen Jünglings, so sind es deutsche Herzen, die den Figuren in die Brust gelegt sind. Im »Geisterseher« sind große Verhältnisse dargestellt, weit angelegte Staatsintrigen, vielerlei Menschen in ein großes Geschick verknüpft, dafür hatte *Schiller* ein Auge, damit steht er fast allein unter den Deutschen, diese Seite ist sonst ihre Stärke nicht; in ihrem größten Dichter blitzt freilich da und dort auch das Politische auf, als gediegenes Metall, mitten unter dem sonstigen Weltwesen: so das Gespräch der Regentin mit dem Machiavell in Egmont. In *Sealsfield* ist etwas vorgebildet und nichts Geringes: der deutsche Amerikaner. Die Seele ist deutsch, aber durch eine fremde große Schule durchgegangen. Er reiht sich an die andern, und ist doch besonders. Haben sie ihn drüben vergessen, so ist es traurig, hier durfte er nicht fehlen, er erzählt in einer Weise, daß keiner ihn vergißt, der ihm einmal zugehört hat. Einen sehe ich immer vor mir, von dem doch hier nichts gebracht wird: *Immermann.* Die kleineren Erzählungen sind unter den schwächern seiner Arbeiten; die Romane sind groß angelegt und von einem seltenen Reichtum des Geistes, Kraft, Zartheit, eindringendem Weltverstand, Übersicht, Lauterkeit; er suchte einen Übergang herzustellen: die Anfänge dessen, was unserer damals beginnenden Zeit den Stempel aufdrückte, des Fabrikwesens, des alles überwuchernden Geldwesens, stellte er hin und zeigte das deutsche Seelenhafte im Kampf damit. Dem einen großen Roman ist die westfälische Dorfschulzengeschichte eingeflochten, diese herauszureißen erschien mir frevelhaft; manche habens getan, doch wer es nachtut, bezeigt, daß ihm keine Ehrfurcht innewohnt, und wo wäre Ehrfurcht am Platz, wenn nicht gegen eine hoheitsvolle, reine Seele wie Immermann? So wollte ich auch den *Chamisso* nicht gerne missen, der nicht als ein Deutscher geboren ist, aber sich mit schönen Werken eingekauft hat in die deutsche Dichterschaft. Sein »Schlemihl« ist freilich wundervoll angefangen, die Erfindung ist von hohem Rang, doch fällt die Erzählung ab, wird trüb und matt. Wäre es auch äußerlich ein Bruchstück, wie es innerlich gebrochen ist, ich hätte eher gewagt, es den anderen anzureihen.

So sind es die *älteren* deutschen Erzähler, die ich hier gesammelt habe, und unsere Zeit will doch nur von sich selber wissen und treibt eine Abgötterei mit dem wesenlosen Begriff des Gegenwärtigen. Im einzelnen Menschen gibt es nichts schlechthin Gegenwärtiges, Entwicklung ist alles, eins wirkt sich ins andere, spreche ich mit einem neunzigjährigen Freund, den ich habe, befrage ich ihn nach einer Zeit seines Lebens, den Vierziger- oder Sechzigerjahren des verflossenen Jahrhunderts, so werde ich gewahr, wie für ihn eins ins andere eingeht, der hingeschwundene Zeitraum im nächsten weiterlebt und alles ein und dasselbe Wesen bleibt: so für den einzelnen, so für das ganze Volk. Die Gegenwart ist breit, die Vergangenheit tief die Breite verwirrt, die Tiefe ergetzt, warum sollten wir immer nur in die Breite gehen? Von einem treuen Freund, einer lieblichen Freundin will ich die Kindheit erforschen, hören, was sie waren, bevor ich sie fand und kannte, – nicht nach tausend gleichgültigen Menschen fragen, denen sie am heutigen Tage begegnet sind.

In diesen Erzählungen ist ein Deutschland, das nicht mehr ganz da ist: der Wald steht nicht mehr so uralt und dicht, auf der Landstraße ist ein anderes und geringeres Leben, in den Dörfern sind es nicht bloß die Dächer, die sich verändert haben; es ist alles da und nichts da, es ist dieselbe Heimat und doch eine andere. So ists auch mit dem, was sich nicht mit Augen sehen und nicht mit Händen greifen läßt. Lebensformen, geistige Formen unseres geheimnisvollen, undeutlich erkennbaren Volks sind hier kristallisiert, eine ältere deutsche Atmosphäre umfängt uns, nehmen wir sie in uns ein, so wird die herrschende Atmosphäre aufgehoben oder wenigstens gereinigt. Der Menschen waren weit weniger im Lande und doch die Verhältnisse zwischen ihnen dichter; schärfer hoben sich die Stände voneinander ab und waren doch enger verbunden als heute. Sprichwörter, volksmäßige Redensarten kommen den Figuren viel in den Mund, alter Brauch und alter Glaube haftet an den Menschen, an den Häusern und Geräten, zuweilen ist es Aberglaube, aber alles aus einem redlichen, ungebrochenen Gemüt. Unsere Atmosphäre dagegen ist dick voller Vorurteile, die aber nicht ehrliche Vorurteile sind wie die der Alten und vergeblich der Aufhebung durch die Kräfte des Gemüts harren; alles bedarf der Klärung, überall ist Zwiespalt, Zerspaltenheit, innerer Vorbehalt, die Nervenübel sind die letzten Ausläufer. Der tiefsinnige Lichtenberg schrieb sich aus seinem Addison ein Wort heraus: The whole man must move together – der ganze Mensch muß sich *auf eins* regen –, er sagte: das müsse sich jeder Deutsche auf den Fingernagel schreiben, das war vor hundertundfünfzig Jahren, aber heute gilt es mehr als je.

In diesen Geschichten ist ein unmeßbarer Reichtum geistiger und gemütlicher Beziehungen darin gegeben, wie die Figuren zueinander stehen; die Liebe ist überall drinnen, aber nicht allein die des Mannes zum Weib, des Jünglings zur Jungfrau, sondern auch des Freundes zum Freund, des Kindes zu den Eltern, des Menschen zu Gott, auch des Einsamen zu einer Blume, zu einer Pflanze, zu einem Tier, zu seiner Geige, zur Landschaft; es ist eine verteilte Liebe, das ist die deutsche Liebe. Nirgends in diesen vielen Geschichten ist es die wilde, ausschließende Besessenheit vom Mann zum Weib, nie das völlig dunkle, erdgebundene Trachten, das in den Geschichten der Romanen so mächtig und unheimlich hervortritt.

Würde man französische Erzähler zusammenstellen, so ergäbe sich, daß es innerlich ein älteres Volk ist, alles ist scharf begrenzt, diesseitig, hier in den deutschen Erzählern ist über alles Wirkliche hinaus ein beständiges Einatmen des Jenseitigen, Verborgenen. Das Wunderhafte der Märchen ist nirgends ganz abgestreift, es ist, als wären beständig unter den Kohlen und der Herdasche Edelsteine versteckt. Ein junges Gemüt des Volkes offenbart sich, ein ahnungsvolles, und ein namenloser Zug dorthin, wo alle Wölkchen unter der Hand des Schöpfers sich lösen. Auch wo der Tod gemalt wird, wie beim Sterben des Schulmeisterlein Wuz, bleibt ein inniges, sanftes Gefühl zurück, kein beklommenes. Das schöne Annerl und der brave Kasperl sterben freilich jäh, aber es ist ein Glanz um ihren Tod, der den Tod selber besiegt. So wird in der *Novelle* der Löwe glorreich besiegt, in *Mozart* die Schwere des Lebens, im *Invaliden* der Teufel und der Wahnsinn, in *Barthli* die Finsternis und Härte der Armut, im *Hagestolz* der Menschenhaß. Für das kalte Herz wird dem *Kohlenmunkpeter* sein warmes fühlendes wieder in die Brust gelegt, im Kind *Hebbel* wächst eine starke, funkelnde Seele aus dem Dunkel ans Licht empor, ja auch im *armen Spielmann* liegt Auflösung und Verklärung. Des unglücklichen *Lenz* Geschichte bricht finster ab, aber hinter diesem Finsteren dämmert ein Höheres, und seine Seele, fühlen wir, streift nur die Verzweiflung, verfällt ihr nicht. So sind alle diese Geschichten wie Gesichter, aus denen kein kalter, gottfremder Blick uns trifft. Es sind liebevolle Gesichter, die zu unserer großen Freundschaft gehören: mit diesem Wort nennt das Volk ja die Verwandtschaft, wie sie sich zu feierlicher Gelegenheit, Geburt und Tod, in einem Hause zusammenfindet. In den reifsten, bedeutendsten Gesichtern tritt der Familienzug am schärfsten heraus, und überfliegt man diese bedeutenden Deutschen, so sieht man, daß Verwandte einander gegenübersitzen. So kommen sie den heutigen Deutschen zur Weihnacht ins Haus, ein liebevoller Zug von Männern, eine Frau auch darunter im weißen Kleid mit tiefen dunklen Augen: die Zeiten sind ernst und beklommen für die Deutschen, vielleicht stehen dunkle Jahre vor der Tür. Vor hundert Jahren waren auch die Jahre dunkel, und doch waren die Deutschen innerlich nie so reich wie im ersten Jahrzehnt des neunzehnten Jahrhunderts, und vielleicht sind für dies geheimnisvolle Volk die Jahre der Heimsuchung gesegnete Jahre.

Unser Volk hat ein schlaffes Gedächtnis und eine träumende Seele, trotz allem; was es besitzt, verliert es immer wieder, aber es ruft sich nachts zurück, was es am Tage verloren hat. Den Reichtum, der ihm eignet, zählt es nicht und ist fähig, seiner Krongüter zu vergessen, aber zuzeiten sehnt es sich nach sich selber, und niemals ist es reiner und stärker als in solchen Zeiten.

SHAKESPEARE UND WIR

ZUM 23. APRIL 1916

Es sind nun hundertunddrei Jahre her, daß Goethe seinen Aufsatz »Shakespeare und kein Ende« veröffentlichte. Darin stellt er seine Ansicht von Shakespeare »als Dichter überhaupt« und Shakespeare »als Theaterdichter«, welche beide er scharf auseinanderhält, dem enthusiastischen Betreiben der von Tieck geführten Romantiker gegenüber, Shakespeares Werke unverkürzt auf die Bühne zu bringen. Er lobt mit Nachdruck die Schauspielerbearbeitungen von der Art der Schröderschen, »welche sich ganz allein ans Wirksame halten und alles übrige wegwerfen«, und nennt es ein Vorurteil, das sich in Deutschland eingeschlichen habe, »daß man Shakespeare auf der deutschen Bühne Wort für Wort aufführen müsse, und wenn Schauspieler und Zuhörer daran erwürgen sollten«. Zum Schluß weist er darauf hin, nach welchen Grundsätzen man »Romeo und Julia« für das Weimarsche Theater redigiert habe, ein Stück, dessen tragischer Gehalt beinahe ganz zerstört wird durch die zwei komischen Figuren Mercutio und die Amme. »Betrachtet man«, fährt er fort, »das Stück recht genau, so bemerkt man, daß diese beiden Figuren, und was an sie grenzt, nur als possenhafte Intermezzisten auftreten, die uns bei unserer folgerechte Übereinstimmung liebenden Denkart auf der Bühne unerträglich sein müssen.« Es bedarf keiner Weisheit, auszusprechen, daß dem größten Mann hier von dem Geschmack der Nation widersprochen wird, der von Generation zu Generation immer deutlicher bis auf den heutigen Tag für die entgegengesetzte Richtung manifestiert hat. Aber, was Goethe zu wahren strebte: das Gehobene und Unvermischte auf dem Theater, auch diesem ist in anderer Weise eine Tendenz des Publikums treu geblieben und hat die hohe Geltung und Popularität der großen oder tragischen Oper herbeigeführt, welcher Goethe selber, als Schöpfer und Urteilender, nicht weniger geneigt war, der, von den vielen Singspielen und Halbopern zu schweigen, die gelegentlich aus seiner Feder kamen, an drei Epochen der großen dramatischen Musik als Dichter teilnahm, wenn er für Gluck die herrliche, Fragment gebliebene »Proserpina« dichtete, durch die Fortsetzung der »Zauberflöte« sich post mortem Mozart als Textdichter darbot und für seinen zweiten Teil des »Faust« einen Mann wie Spontini oder Meyerbeer als unerläßliche Gesellschafter – sofern das Werk aufs Theater sollte – herbeizuziehen sich vorsetzte. Dies aber beiseite, so ist auf der rezitierenden Bühne das Gemischte, wie es eben in Shakespeare grandios uns entgegentritt, zur unbestrittenen Herrschaft gekommen. Die Träger dieser erobernden Vorwärtsbewegung waren von Generation zu Generation ganz unzweifelhaft die großen Schauspieler, von jenen älteren, Schröder und Anschütz, herab bis auf die, welche unter uns, indem sie sich in Lear oder Falstaff verwandeln, etwas ihnen selbst Verborgenes ihrer Natur zu enthüllen und darzubringen verstehen. Von den beiden, die Goethe mit bestimmter Absicht antithetisch behandelte, dem »Dichter überhaupt« und dem »Theaterdichter«, ist der letztere oder, um es anders zu sagen, von dem einmaligen Naturphänomen des größten Dichterschauspielers Shakespeare ist das schauspielerische Element zu einer unvergleichlich großen um sich greifenden Macht innerhalb des deutschen geistigen Lebens gekommen, und wenn wir heute ein deutsches Theater in einem höheren Sinne besitzen, welches als eine Art Verwirklichung der von den großen Geistern des achtzehnten Jahrhunderts geträumten »deutschen Nationalbühne« gelten kann, so ist Shakespeare in zweifacher Weise für den Urheber dieses unseres Theaters anzusehen: einmal, wie es oft und einläßlich in bedeutenden Darstellungen ausgeführt worden ist, als einer jener wahrhaftigen Schöpfergeister, die sich »keineswegs nach vollbrachtem Tageswerk zur Ruhe begeben, sondern fortwährend wirksam sind in höheren Naturen, um geringere zu sich heranzuziehen«; so hat sein Geist, in immer neuen Formen gleichsam indirekter Zeugung, uns vom »Götz« und der »Emilia Galotti« angefangen bis zu dem dramatischen Zaubermärchen Ferdinand Raimunds so ziemlich das meiste dessen hervorgerufen, was als höheres Repertorium den Bestand dieses deutschen Theaters ausmacht; zum zweiten aber, indem er von Individuum zu Individuum und von Geschlecht zu Geschlecht immer das Höchste der schauspielerischen Begabung auf sich gezogen und dem deutschen schauspielerischen Dasein mit einer unauflöslichen Aufgabe zugleich ein geistiges Zentrum geschenkt hat. Der französische Schauspieler lebt, eine Generation auf die andere, das gesellschaftliche Leben seines Volkes mit. Nicht so der deutsche, denn die Nation hat selber kein ausgeprägtes, und die wertvolleren dichterischen Produkte entstammen nicht dieser Sphäre. Aber an Shakespeare hat sich das deutsche schauspielerische Dasein unter stets aufs neue problematischen Verhältnissen immer wieder emporgehoben, hier besteht im allseits Abgebrochenen, stets Traditionslosen sogar eine Art von Kontinuität. Der Schauspieler ist es, der die Herrschaft Shakespeares auf dem deutschen Theater unablässig ausgebreitet und vertieft hat, und ein Mann wie Reinhardt, der Schauspieler-Direktor, handelt ebenso unter geschichtlicher Konsequenz wie aus eigener Leidenschaft, wenn er, was Generationen von Schauspielern, zuerst im Wetteifer mit Garrick und Kemble, dann mit Salvini und Rossi, dem deutschen Theater einverleibt haben, zu seiner hohen Blüte und damit zu einem zeitweisen Abschluß treibt.

Der Schauspieler ist es, der nach und nach dem Publikum eben jenes Gemischte annehmbar gemacht hat, sowohl innerhalb jedes Stückes, wie innerhalb der Figuren; zunächst das Komische hart neben dem Tragischen, dann aber auch das Tragische im Komischen, eine Figur wie den Narren in »Lear« etwa, oder das Melancholische im »Falstaff«. Und nur wenn diese Mischung, anstatt zu befremden, als Genuß empfunden wird, kann ein Stück wie »Was ihr wollt« auf der Bühne bestehen, das in der Tat vor hundert Jahren, als die Romantiker es zuerst aufs Theater brachten, vom Publikum fallen gelassen wurde, jetzt aber in Wien, wie vor ein paar Jahren in Berlin, für eine Weile die erste Stelle im Repertoire einnimmt. Denn sein ganzer Reiz ruht auf einer solchen Mischung von derbkomischen, grotesken und ganz zarten Figuren, die zu einer Gruppe verbunden sind; eine ähnliche Gruppe ist Prospero und Miranda, Ariel und Caliban.

Das deutsche Theater, indem es sich Shakespeare ergab und ihm diente, hat auch wieder zu eigenem höchstem Nutzen gehandelt; die Möglichkeiten, die für den Schauspieler hier liegen, sind kaum auszuschöpfen und führen immer tiefer und höher. Hand in Hand mit der theatralischen Unternehmung ging die dramaturgische und sonstige gelehrte Betrachtung; die einzelnen Stücke, das, was man, mit einem Körnchen Salz, die Idee jedes einzelnen nennen kann, die Figuren in sich selber betrachtet und die Bezüge zwischen den Figuren, Hamlet mit Horatio, Brutus mit Cassius, Antonio mit Bassanio, die Landschaften, welche freilich Landschaften der Seele sind, und das, was man die Hintergründe und Ausblicke nennen könnte, alles dies ist an den Tag gebracht, analysiert, gesammelt und in Sammlung über Sammlung wieder gesichtet, verglichen, registriert usf. in infinitum. Einst trat diese Zauberwelt plötzlich an einzelne heran, und der Eindruck war überwältigend. So ist das Erlebnis Goethes. »Die erste Seite, die ich von Shakespeare las, machte mich auf zeitlebens ihm eigen, und wie ich mit dem ersten Stück von ihm fertig war, stand ich wie ein Blindgeborener, dem eine Wunderhand das Gesicht in einem Augenblick schenkt. Ich erkannte, ich fühlte meine Existenz um eine Unendlichkeit erweitert.« Noch Ferdinand Raimund bekommt erst als reifer Mann den Shakespeare in die Hand, der ihn umwirft, und datiert von da an Epoche in seinem Leben. Das Glück, diese Welt dämonisch im schicksalsvollen Augenblick ins eigene Dasein hereinbrechen zu fühlen, müssen die darauffolgenden Generationen mehr und mehr entbehren.

Für sie ist Shakespeare immer schon da. Tausendfach ausgedeutet, wenn auch im Tiefsten unausdeutbar, liegen diese Gebilde zutage, die inneren Spannungen und die Strahlungen, die von ihnen ausgehen, sind aufgezeichnet und tabelliert. Alle Hilfsmittel zu einer beständigen Schwelgerei sind dem Heranwachsenden vorgerichtet, und heilig muß seine Scheu sein, wenn er zu einem höheren als schwelgerischen Verhältnis sich erhebt. Das Theater ruft ihn zu Shakespeare, sich schwelgerisch in Natur aufzulösen, wie der Schauspieler selbst sich auflöst; so ruft ihn leider auch der stets offene Musiksaal zu Beethoven. Der Reichtum unendlicher Bezüge, Hamlet und Ophelia, Macbeth und seine Frau, Coriolan und der Pöbel, Prospero und die Geister, Brutus und Cäsar, alles dies liegt am Tage, ist dem geistigen Sammelbesitz der Nation einverleibt. Höchst problematisch aber wird der Begriff des Besitzes, wo es sich um Geistiges handelt, ja es kann das Geistige seiner Natur nach in das alltägliche Dasein nicht einbezogen werden: denn es will und soll ja dieses Dasein aufheben. So kann ein zweideutiges Verhältnis entstehen, ein schlaffes und trübes Haben und Nichthaben. In der Jugend aber, von Geschlecht zu Geschlecht, ist ein heiliger Drang nach dem Unentweihten. Hier fällt den Generationen wahrhaftig ein verschiedenes Los. Die Jugend von 1770 wollte nichts als zu sich selber kommen, und in Shakespeare fand sie sich selber, die glühende Welt des Herzens und der Einbildung. Aus diesem beglückenden Verhältnis heraus sind Goethes obige Worte ausgesprochen. Eine andere Zeit wollte sich in die Welt auflösen, und ihr waren Shakespeares Werke das allermächtigste Lösungsmittel. Dieser Generation, der romantischen, danken wir Schlegels Übersetzung, in der das fremde ungeheure Werk für uns nochmals aus der eigenen Sprache wiedergeboren ist.

Die heutige Zeit kennt keinen tieferen Drang, als über sich selber hinauszukommen. Der Lebende fühlt sich überwältigt durch die Gewalt der Umstände; das schweifende, schwelgende Genießen, das fühlt er, ist kein Ausweg, der Genuß zieht ihn nur tiefer in die Sklaverei hinein, und der Besitz unterjocht. Nach oben hin ist die Idee der Freiheit in den Äther entschwunden, nach innen zu die Idee der Tugend leer und wesenlos geworden. Begriffe, Namen verdüstern die Pfade des Lebens mehr, als sie sie erleuchten, die Handlung hat sich zur Begebenheit erniedrigt. Wo ist eine Offenbarung des Höchsten? Ebendort, wo Wirklichkeit ist, antwortet die innere Stimme, die untrüglich ist.

Menschen, zu allen Zeiten, suchen Wirklichkeit begierig, überall. Bei den Geistern und Gespenstern noch, unter deren Anhauch sich eine neue Seite ihres Selbst ihnen offenbart, im Krater der Wollust, ja am Spieltische, wie im Gebet und im Gedicht. Kaum geahnt wird die Wirklichkeit der Mitlebenden, ja noch geliebter naher Wesen, dem trägen Blick bleibt sie auch im Leiden noch verschleiert, bis sie uns plötzlich anweht: Ahnung, daß das Einmalige alles sei, nichts wiederkomme, nichts sich gleiche, alles im Augenblicke unendlich, ungeheuer, begrifflos, vor Gott ewig. In der Leidenschaft wird diese Sprache begriffen, so liegt in der Leidenschaft, nicht in der niedrigen, sondern der hohen, die eigentliche Weihe des individuellen Daseins. Nur in der geistigen Spannung der Leidenschaft wird das Individuelle, das Einmalige wesenhaft: es ist das, wessen sonst der ruhig Hinlebende kaum gewahr wird. Dieses Einmaligen ist die Welt Shakespeares voll, nirgend sind die inneren Spannungen so wie in »Hamlet«, »Macbeth«, »Othello«.

In jeder seiner Figuren ist ein unsagbarer Bezug auf sich selbst, eine schauerliche und erhabene Konzentration. Die Einsamkeit dieser Leidenschaftlichen, jeder in seine Welt hineingebannt, dies und nicht mehr die wunderbare Vielfalt des glühenden Geschehens, nicht die romantische Uferlosigkeit des Widerspieles, bannt die Blicke einer neuen Jugend, der die Zusammenfassung und Erhöhung ihres Selbst über alles gehen muß. Und wenn Goethes Shakespeare der Geist ist, der die Welt durchdringt und keines ihrer Geheimnisse bewahrt, dem alles von den Lippen fließt, was bei einer großen Weltbegebenheit heimlich durch die Lüfte säuselt, was in Momenten ungeheurer Ereignisse sich in den Herzen der Menschen verbirgt, was ein Gemüt ängstlich versteckt, so wird einem anderen Geschlechte ein stummer Shakespeare entgegentreten, und er wird abermals wahr sein, so wahr als jener, »der die Geheimnisse des Weltgeistes verschwätzt«. Denn wo jedes Wort im ungeheuersten Bezug auf sich selber steht, alle Worte zusammen zu der Rune sich verbinden, die das Individuelle als das Einmalige ausspricht, nichts vom Individuum hinaus in die Welt weist, in die Geselligkeit der Begriffe, dort waltet etwas wie Stummheit, und mit dieser bannt sein unerforschlicher Geist ein neues Geschlecht, wie ein früheres mit der Magie schrankenloser Beredtheit.

Wie komme ich aber, indem ich in Gedanken Shakespeare und eine neue Generation zueinander halten will, dazu, das, was gemeinhin dunkel und trübe erscheint: Leidenschaft, und die reinen Gebilde der Kunst zusammenzustellen? In der Leidenschaft wie in der Kunst ist das Schöpferische wirksam: das vom höchsten, ersten Schöpfer Entsprungene, Hergeleitete, in den Geschöpfen, womit sie gegen das Chaos sich zur Wehr setzen.

DIE SALZBURGER FESTSPIELE

I

Was bedeutet das: »Salzburger Festspiele«?

Musikalisch-dramatische Aufführungen, welche zu Salzburg in einem eigens dafür gebauten Festspielhaus stattfinden werden.

Warum sollen solche Festspiele stattfinden?

Alljährlich im Sommer, dann und wann aber auch zu andern Zeiten, etwa um Weihnachten, oder sonst im Winter, auch zu Ostern und Pfingsten.

Um was handelt es sich da, um Oper oder Schauspiel oder um Musikfeste?

Um Oper und Schauspiel zugleich, denn die beiden sind im höchsten Begriff nicht voneinander zu trennen.

Wie denn das, man trennt sie doch allerorten?

Die Trennung ist gedankenlos oder nach der bloßen Routine. Die höhere Oper, die Opern Mozarts vor allem, auch die Glucks, Beethovens »Fidelio«, von Wagners Werken nicht zu sprechen, sind dramatische Schauspiele im stärksten Sinn, das große Schauspiel aber setzt entweder eine begleitende Musik voraus, wie sie etwa Goethe für seinen »Faust« verlangte, oder er strebt dem musikhaften Wesen in sich selbst entgegen, wie Shakespeares phantastische Schauspiele, Schillers romantische Dramen oder Raimunds Zaubermärchen.

Wollt ihr also ein Schauspielhaus oder ein Opernhaus bauen?

Beides in einem. Wir bauen ein Haus für eine Zuhörerschaft von etwa zweitausend Menschen; man kennt Mittel und Wege, die innere Gestaltung, die Bedingungen des Zuschauens und Zuhörens von Abend zu Abend so zu verändern, wie es einmal für die Oper, das andre Mal für das große Schauspiel am tauglichsten ist.

Gut denn, was stellt ihr nun aber in die Mitte eures Vorhabens, die Oper oder das Schauspiel?

Beides und von beiden das Höchste. Wir stellen in die Mitte

Mozarts sämtliche Opern und Goethes »Faust« so vollständig, wie er noch nie auf der Bühne war. Daneben Grillparzer so wie Schiller, Gluck so wie Weber.

Also ein deutsches nationales Programm?

Deutsch und national in dem Sinn, wie sich die großen Deutschen zu Ende des achtzehnten und zu Anfang des neunzehnten Jahrhunderts, die gültigen Lehrer der Nation, die nationale Schaubühne dachten: es war ihnen selbstverständlich, die Antike einzubeziehen, und selbstverständlich, den Shakespeare wie den Calderon und den Moliere nicht außen zu lassen.

Wollt ihr für die Gebildeten spielen oder für die Masse?

Wer den Begriff des Volkes vor der Seele hat, weist diese Trennung zurück.

Mozart ist Rokoko – das Publikum verlangt nach Neuem!

Mozart ist über und unter den Zeiten. Das Volk rechnet mit Jahrhunderten. Für den Kern des Volkes ist das Große immer neu.

Der »Faust« ist ein schweres Werk, eine Speise für die Gebildeten, was wollt ihr damit?

Das ist ein Irrtum, der »Faust« ist das Schauspiel aller Schauspiele, zusammengesetzt aus den theatralischen Elementen vieler Jahrhunderte, und reich genug an Sinnfälligem, Buntem und Bewegtem, um das naivste Publikum ebenso zu fesseln wie den Höchstgebildeten.

Wo ist das erprobt?

In Wien und in Berlin und anderswo; aber immer noch in beengter Weise durch Raum und Zeit; in Salzburg soll es sich ohne Fesseln erproben.

So wollt ihr das bunt Theatralische mit dem Geistigen mischen?

Ein so gemischtes Repertoire entspricht den tiefsten in Jahrhunderten ausgeformten Gewöhnungen des mittleren Europa; wir wollen nicht neue Forderungen aufstellen, sondern die alten einmal wirklich erfüllen.

Sie werden doch an hundert städtischen und ehemals höfischen Theatern erfüllt!

Vielfach mit bestem Willen, aber meist mit unzulänglichen Kräften; darum wollen wir Festspiele schaffen, damit das Richtige und der Nation Gemäße hier in zulänglicher Weise getan werde.

So wollt ihr euch auf das deutsche Publikum beschränken?

Im höchsten Maß hoffen wir, daß die Angehörigen anderer Nationen zu uns kommen werden, um das zu suchen, was sie nicht leicht anderswo in der Welt finden könnten.

Finden sie nicht sehr Ähnliches in München und an mancher anderen Stelle?

Schwerlich so wie hier, wo alles aus der einen Absicht erschaffen, alles von vornhinein ihr untergeordnet wird.

Aber Bayreuth, wie stehts damit?

Bayreuth bleibe wie es ist, aber es dient einem großen Künstler; Salzburg will dem ganzen klassischen Besitz der Nation dienen.

Und Oberammergau?

Bleibt einzig in seiner Art, ein ehrwürdiges Überbleibsel alter Kunstübung; aus dem gleichen Geist soll in Salzburg gebaut werden, auf anderen Fundamenten.

Warum dann nicht gleich in Wien, wenn schon nicht in Berlin?

Die Großstadt ist der Ort der Zerstreuung, eine festliche Aufführung bedarf der Sammlung, bei denen, die mitwirken, wie bei denen, die aufnehmen.

II

Wenn schon Festspiele, warum gerade in Salzburg?

Der bayrisch-österreichische Stamm war von je der Träger des theatralischen Vermögens unter allen deutschen Stämmen. Alles, was auf der deutschen Bühne lebt, wurzelt hier, so das dichterische Element, so das schauspielerische.

Wie würdet ihr das begründen?

Durch einen Nachweis, der bis in die Werke Goethes und Schillers hineinreichte wenn es sein muß, die ihren eigentlich theatralischen Gehalt lauter süddeutschen Elementen verdanken, vom Mysterienspiel und Puppentheater bis zur Barockoper.

Was hat das aber mit der Stadt Salzburg zu tun?

Das Salzburger Land ist das Herz vom Herzen Europas. Es liegt halbwegs zwischen der Schweiz und den slawischen Ländern, halbwegs zwischen dem nördlichen Deutschland und dem lombardischen Italien; es liegt in der Mitte zwischen Süd und Nord, zwischen Berg und Ebene, zwischen dem Heroischen und dem Idyllischen; es liegt als Bauwerk zwischen dem Städtischen und dem Ländlichen, dem Uralten und dem Neuzeitlichen, dem barocken Fürstlichen und dem lieblich ewig Bäuerlichen: Mozart ist der Ausdruck von alledem. Das mittlere Europa hat keinen schöneren Raum, und hier mußte Mozart geboren werden.

III

Wer unternimmt es, diese Festspiele ins Leben zu rufen?

Die Salzburger und die übrigen Österreicher nach ihren Kräften.

Was hat der österreichische Staat damit zu schaffen?

Da er nicht reich genug ist, sie allein ins Leben zu rufen, fördert er die Festspiele durch die jährliche Zuwendung einer bedeutenden Summe und durch alle denkbaren Maßnahmen der Verkehrspolitik.

Was hat das Land und die Stadt Salzburg zum Unternehmen beigetragen?

Vor allem durch die Schenkung eines Bauplatzes von unvergleichlicher Schönheit.

Wo liegt dieser Bauplatz?

Im Park des Hellbrunner Schlosses, im Angesicht des Unterberges.

Was gibt den Salzburgern und Österreichern den Mut dazu, im jetzigen Augenblick?

Die Tatsache, daß alle Menschen jetzt nach geistigen Freuden verlangen.

Worauf ruht ihr Anspruch, daß ein Unternehmen dieser Art gerade auf salzburgisch-österreichischem Boden sich verwirklichen müsse?

Auf der durch fünf Jahrhunderte ungebrochenen Theatertradition des bayrisch-österreichischen Stammes, als dessen Blüte sich die Wiener Theaterkultur den höchsten europäischen Rang neben der Pariser errungen hat.

Neuerdings sind es aber Berliner Theater, welche innerhalb Deutschlands und auch im internationalen Kulturleben als führend gelten?

Der Leiter des vorzüglichsten dieser Theater, Max Reinhardt, ist ein Österreicher, sein Wirken ist genau aus der Wiener theatralischen Tradition hervorgegangen, und er gehört zu denen, welche sich dem Salzburger Unternehmen aufs festeste verbunden haben.

Ist das Unternehmen auf Gewinn berechnet?

Zunächst bedarf es der kraftvollen Zusammenwirkung vieler Gönner im Inland und im ganzen Europa, damit in würdiger Weise das Geplante verwirklicht werde. Sollte sich späterhin ein Gewinn ergeben, so wird dieser verwendet werden, um die Darbietung noch zu steigern, den ihr dienenden Apparat zu vervollkommnen.

IV

Was vollbringt oder leistet jeder Gönner und Förderer dieses Unternehmens?

Er stärkt den Glauben an einen Europäismus, der die Zeit von 1750 bis 1850 erfüllt und erhellt hat.

Liegen solche Zeiten nicht auf ewig hinter uns?

Die Entwicklung vollzieht sich in Spiralen.

Wer glaubt heute noch an Europa?

Herder und Napoleon haben diesen Glauben besessen, Goethe und die Französische Revolution begegneten sich in ihm. Er ist das geistige Fundament unseres geistigen Daseins. Ihn mit deutlichen Worten zu verleugnen, hätte niemand den Mut, so kommt alles darauf an, daß er durch aufbauende Taten immer wieder bekannt werde.

Tragen Zehntausende von Kilometern Eisenbahn nicht mehr dazu bei, daß die Nationen einander kennen, als alle Theater und Bibliotheken der Welt?

Umgekehrt: die Eisenbahnen haben die Menschen einander fremd gemacht. Die Nationen sollen einander in ihrem Höchsten erkennen, nicht in ihrem Trivialsten.

REDE AUF BEETHOVEN

1770–1920

Einhundertundfünfzig Jahre sind ein gewaltiger Zeitraum, gemessen am Leben des Menschen. Die Nation aber mißt mit anderen Maßen, und jenes Damals ist ihr ein Gestern. Damals war über der deutschen Nation eine Zeit wie junger Morgen, aufsteigend gegen hohen Mittag. Die Stunde im Leben des Volkes, die heute geschlagen hat, wüßten wir kaum zu benennen. Aber wir müssen sie auswarten und fest und ruhig in ihr stehen: das ist unser Teil.

Mozart war da, und hier in diesen Gemarken, wo sich das neue und alte Europa berühren, an diesem Grenzstrich zwischen römischem, deutschem und slawischem Wesen, hier war die Musik entstanden, die deutsche Musik, die europäische Musik, die wahre, ewige Musik unseres Zeitalters, die volle Erfüllung, natürlich wie die Natur, unschuldig wie sie. Aus den Tiefen des menschlichsten der deutschen Stämme hervorgestiegen, trat sie vor Europa hin, schön und faßlich wie eine Antike, aber eine christliche, gereinigte Antike, unschuldiger als die erste. Aus den Tiefen des Volkes war das Tiefste und Reinste tönend geworden; es waren Töne der Freude, ein heiliger, beflügelter, leichter Sinn sprach aus ihnen, kein Leichtsinn; seliges Gefühl des Lebens; die Abgründe sind geahnt, aber ohne Grauen, das Dunkel noch durchstrahlt von innigem Licht, dazwischen die Wehmut wohl – denn Wehmut kennt das Volk –, aber kaum der schneidende Schmerz, niemals der Einsamkeit starrendes Bewußtsein.

Für ewig hatte dieses junge Volk der Deutschen, das späteste in Europa, das neugeborene aus dem Grab eines dunkeln Jahrhunderts, seine Stimme gewonnen, und ihr Wohllaut fließe ewig durch die aufeinanderfolgenden Geschlechter hin und sei gesegnet, und das Volk erkenne in ihm den innersten Klang seiner frommen und freudigen Seele: aber wer ist Beethoven, daß wir trotz Mozart ihn heute feiern, in der dunklen, ungewissen Stunde, als einen, der keinem weicht; daß wir heute sagen: Jener war der Einzige, Er aber war der Gewaltige?

Nicht länger in diesen neueren Zeiten bleiben die Nationen eine Einheit in sich, wie wir uns die Alten denken oder die großen Völker des Orients: wie ein einziger metallener Stab das ganze Volk, einen vollen Ton gebend unterm Hammerschlag des Schicksals; am wenigsten sie, die zerklüftete von Anbeginn, die deutsche. Myriaden Seelen lösen sich von der innigen Gemeinschaft und bleiben, Gelöste, ihr doch schwebend verbunden: unantiken Gepräges, die neueren Menschen, Vorväter uns und Brüder zugleich, denn wir sind für dieses Geschlecht wiederum, was sie für ihres waren: die Geistigen; nicht die Blüte der Nation – wer wagte das zu sagen ohne Scham? – auch nicht das Herz, aber doch wohl ihr Flügel, mit dem sie sich hebt über den Abgrund der Sonne entgegen. Nichts war würdig an ihnen, zu bestehen, wofern sie sich abtrennten im Letzten von der Wesensart des Volkes, und doch war Vereinzelung ihnen auferlegt. Furchtbar war und ist ihr Geschick, an ihnen aber hängt doch das Geschick der Nation, und sie sind die Erbvollstrecker der Jahrhunderte. Hin und her geworfen zwischen großem Stolz und Schwachmut, zuzeiten dünken sie sich Göttersöhne – Schöpfer, das ungeheure, fast lästerliche Wort dünkt ihnen nicht zu groß, die Fülle zu malen, die sie in sich tragen; dann aber stürzen sie wieder dahin wie Ikarus. Das Stumme, Ungesellige der Nation, in ihnen ward und wird es zur glühenden Qual. Sie verzehrten sich im Gefühl der unmitteilbaren Fülle. Mitten unter den Menschen waren sie einsam wie die Eremiten. Ihrem Drang zu genügen, kam Werther, der maßlos Liebende, Faust, der maßlos Begehrende; für sie warf Schiller Gestalt auf Gestalt in die Welt, die dem Gesetz der Welt das Gesetz des eigenen einzelnen Herzens entgegenstellte, und hieß in kühnen Reden hochsinnig Gestalt die Gestalt überbieten; für sie horchte Herder, begabt mit maßloser Gewalt des Ohres, in die Jahrhunderte und in die Völker. Aber ihrem Drang war der »Werther« unzulänglich, der »Faust« gab ihnen nicht das Letzteste; über Herders Ohr ging ihre Begierde hinaus, das Unhörbare zu erhorchen, und Schillers Gestalten waren die Beredsamkeit ihrer Träume, nicht der Nerv ihrer Taten. Denn dieser Beredsamkeit letztes Ziel war Politik, und danach stand ihnen nicht im tiefsten der Sinn, dazu waren sie zu unreif und zu überreif immer wieder. Sie ringen um das lebendige Wort und um die lebendige Tat, sehnen sich nach dem Unerreichlichen: daß das Wort und die Tat eins sei. Mozarts Klänge waren ihren drangvollen Herzen zu erhaben in ihrer Harmonie und zu irdisch friedevoll. Sie wollten den Redner, der ihr Zerklüftetes in eins brächte und das Übermaß der Empfindung reinigte und heiligte; den Priester, der ihr Herz hinauftrüge vor Gott wie ein verdecktes Opfergefäß; den Wortführer – aber wie sage ich es? sie wollten den Priester ohne Tempel, den Wortführer gewaltig wie Moses und doch beschwerten, behinderten Mundes; sie wollten den Redner, das Unsägliche zu sagen. Ihre ganze Inbrunst ging auf das, was unerfüllbar schien. Da rief der Genius der Nation noch einen: da trat Beethoven hervor.

Er trat herein in Haydns und Mozarts Welt, wie Adam hereintrat zwischen die vier Ströme des Paradieses. Er glich den Engeln und war nicht ihresgleichen, frommen, aber störrischen Gesichtes: er war der erste Mensch. Sein Verhältnis zur Musik war nicht mehr unschuldig, es war wissend. Das singende, gleichsam mit Menschenstimme sprechende Orchester unter seinen Händen sang nicht mehr reinen Wohllaut, verklärte Harmonie der Schöpfung: es sang eigensinnig des einzelnen Menschen Lust und Weh. Jeder Musiksatz war ein Thron der Leidenschaft. Ihm war Brust und Stimme gegeben, das Heilige aus seinen geheimen Wohnsitzen zu rufen, und er rief es zu sich, dem Einsamen, mit ihm zu ringen und mit ihm zu spielen. Einsam führte er ein tönendes Gespräch mit dem eigenen Herzen, mit der Geliebten, mit Gott, ein stockendes Gespräch, oft ein erhaben-verwirrtes. Aus unzerbrochenem, im Aufruhr noch frommem Gemüt ward er der Schöpfer einer Sprache über der Sprache. In dieser Sprache ist er ganz: mehr als Klang und Ton, mehr auch als Symphonie, mehr als Hymnus, mehr als Gebet: es ist ein nicht Auszusagendes: eines Menschen Gebärde ist darin, der dasteht vor Gott. Hier war ein Wort, aber nicht das entweihte der Sprache, hier war das lebendige Wort und die lebendige Tat, und sie waren eins.

Sein Werk ist nicht volkstümlich und wollte es nicht sein. Aber es ist darin das, was vom Volk emporsteigt in die Einzelnen und dort aufs neue Wesen wird, so wie das ganze Volk ein Wesen ist; darum kann sich zwar das Volk in seinen Werken nicht erkennen, aber die Einzelnen, die vom Volk abgelöst sind und zu ihm gehören, können ihr und ihres Volkes Wesen in ihm erkennen. Dem Mann aus dem Volk gleichend, hatte er eine unzerbrochene, unzerklüftete Seele. Aber er hatte, was das Volk als Ganzes nicht kennt und was die Vielen nicht kennen, die das Wort meist trüglich im Munde führen: geistige Leidenschaft, und aus ihr machte er den Sitz der Musik. Stark war er und beherzt und mutig und unschuldig wie ein Kind; aber in Ahnung und Aufschwung konnte er sich erheben, wohin kaum je ein Mensch gedrungen war. Aufrichtig war er und wahr; alles im Bereich des Geistes hat er gefühlt und gekannt, nur nicht den Zweifel. Jede Bewegung des Gemüts hat er auszusprechen vermocht, nur nicht den Leichtsinn. Ganz war er: was ihn traf, das traf den ganzen Menschen. Sein Leib war stark und kraftvoll bis zur Derbheit und ausgestattet zu leiden, wie eines Propheten und Mittlers Leib. An dem Sinn, der ihm das Übersinnliche zubrachte, traf ihn die Prüfung und machte ihn ärmer als den gewöhnlichsten Menschen. Darin gleicht er dem Moses, der reden mußte mit Gott für sein Volk und ein Stammler war. Sein Leib und sein Geist waren eins, schließlich blickte sein gewaltiges, störrisches Antlitz genau wie seine Werke, und wo sein Leib ruht, da ist wahrlich eine geheiligte Stätte und das Grab eines Heroen. Ehre uns und Erhebung auf immer, die wir es umwohnen. Denn ihn trugen, so war es bestimmt, vom fernen Rhein zu uns her die Schritte; Mozart und Haydn, die Unseren, traten ihm entgegen; unsere Landschaft hat ihm mit Rauschen der Bäume und Singen der Vögel das Herz gesänftigt, solange noch ein Laut der Welt in sein Inneres drang; auf unseren Boden hat er sich hingeworfen, in sich hineinzuhorchen, und Grillparzer und Schubert haben seinen Sarg zu Grab getragen.

Feierlich ist dieser Augenblick, da wir eines solchen Menschen gedenken, und wie er unter uns herumging und wie wir den Fuß in die Stapfen seiner Füße setzen – und erhöht dadurch, daß er ein großes Volk in der Erniedrigung trifft. In der lichtlosen Stunde erglänzen die Geschmeide des Himmels, und unter diesen ist er. Es ist nicht die Stunde, Feste zu feiern, aber es ist die Stunde, sich zu sammeln und sich aufzuerbauen. Angegriffen ist diese Nation in ihrem Tiefsten, und unzerbrochen dennoch trägt sie, und trägt nicht knirschend, sondern in tiefen Gedanken. Verschuldung fühlt sie gegen den eigenen Genius und will ihr Herz emporheben über die Verschuldung. In den Einzelnen sucht sie sich wieder herzustellen, der eigenen unerschöpflichen Tiefe dunkel bewußt, und wieder hängt an den Einzelnen das Geschick und an der Jugend, ob sie sich würdig erweise. Abermals zeigt sich das Zeichen der im Tiefsten ungeselligen, unberedsamen Nation. Das Wort der gemeinsamen Sprache, das alle binden sollte zur Einheit, hält alle tausendfach auseinander wie Ketzer und Widerketzer. Die Nation hat im Geistigen nicht einerlei Sprache, so hat sie keinerlei. Ihr fehlt aber- und abermals der Seelenmittelpunkt, so liegt sie da, ihres eigenen Daseins nicht mächtig und mit fremden, verworrenen Gedanken wie ein Krankes. Aber die Einzelnen sind des Hohen noch eingedenk, und noch tragen sie in sich aufgebaut den Thron der geistigen Leidenschaft, von wo der glühende Gedanke, nach allen Seiten ausladend, hineilt, zu umfassen ein Ewiges, nie ganz zu Umfassendes. Dem Wort mißtrauend, sind sie unberedsam aus Keuschheit; in ihrem Herzen aber ist sprachlose Sprache, die über allen Sprachen ist, ist Wissen um alle Finsternisse des Daseins und dennoch Hoffnung bis an die Sphären.

In diesem feierlichen Augenblick treten sie ernst zueinander, und wo ihrer nur zwei oder drei beisammen sind, da ragt über ihnen ein Haupt, unausdeutbaren Ausdruckes, störrisch und fromm zugleich – templum in modum arcis – ein Gottestempel in Gestalt einer Burg: Beethovens Haupt.

Wir gedenken seiner in dieser Stunde. Möge er in der gleichen Stunde unser gedenken und durch uns hinziehen mit dem Wehen seiner Kraft und seiner Reinheit.

DEUTSCHES LESEBUCH

VORREDE DES HERAUSGEBERS ZUR ERSTEN AUFLAGE

Es ist nichts Geringes, ob eine Nation ein waches literarisches Gewissen besitze oder nicht, und gar die unsere: denn wir haben nicht die Geschichte, die uns zusammenhalte – da sind bis ins sechzehnte Jahrhundert zurück keine allen Volksteilen gemeinsamen Taten und Leiden, und auch das Geistige, das hinter den Leiden noch steht, und diese zu einem Besitz machen könnte, ist nicht gemeinsam – die ferne Geschichte aber, die des Mittelalters, ist zu schattenhaft: mit alten Märchen kann man eine Nation nicht zusammenbinden. Nur in der Literatur finden wir unsere Physiognomie, da blickt hinter jedem einzelnen Gesicht, das uns bedeutend und aufrichtig ansieht, noch aus dunklem Spiegelgrund das rätselhafte Nationalgesicht hervor.

Wie pflegen die Franzosen ihr »großes Jahrhundert«! Das achtzehnte hat erst das siebzehnte recht erkannt und es in ein genaues und zugleich ehrfürchtiges Licht gestellt; Molière und Lafontaine, Racine und Pascal haben durch das Zeitalter Voltaires ihre Festigung erfahren, und die Sprache ist in aufmerksamer Bewunderung für das vergangene Zeitalter zu dem großen Bewußtsein ihres Selbst erwacht, woraus sie den Anspruch auf Weltherrschaft ableitete und noch heute festhält. Ihr großes Jahrhundert? und haben wir denn keines? – Es ist an dem, daß wir die Zeit von 1750 bis 1850 dafür erkennen, und ich habe sie von einem bedeutenden Mann unter unseren Zeitgenossen mit einem schönen Wort »das Jahrhundert deutschen Geistes« nennen hören, und anders, aber ähnlich werden viele für sich diese drei Menschenalter von Lessings Hervortreten bis gegen das Jahr 1848, das in vielem die Wende war, vor sich hinstellen.

Seit damals ist deutsches geistiges Wesen neuerdings in der Welt erkannt – ein hoher Begriff, von dem wir noch heute zehren; denn noch sind wir nicht ohne Freunde in der Welt, und wo wir nur recht in uns selber wohnen und Geist und Gemüt in einem Haus zusammenfassen, da geht Gewalt davon aus, aber es ist freilich, als hätten wir seit damals unseren Schwerpunkt verloren.

Damals ist der Sprachquell hervorgebrochen, aus dem wir unser ganzes geistiges Leben schöpfen, aber manchmal mit allzu flachen oder durchlöcherten Gefäßen – oder gar mit unreinen: die neuere deutsche Prosa. Aus dieser Zeit haben wir nun prosaische Stücke zusammengetragen, zum überwiegenden Teil in sich geschlossene, nicht einem größeren Ganzen entnommene, von über siebzig Autoren. Ob es lauter große Schriftsteller sind, die wir ausgewählt haben? Der gute Matthias Claudius und Uli Braeker aus Toggenburg möchten dagegen eingewandt werden, aber ganz gering sind auch sie nicht: wie vermöchten sie sonst, sich nach hundertundfünfzig Jahren in der Gesellschaft der Großen zu behaupten?

Wir haben nicht wie die Franzosen einen Kanon; wie wir uns nie zu festen Regeln der Beurteilung durchfinden, so wird auch der Rang des Einzelnen bei uns immer ein schwankender sein, nicht von den Lebenden, sondern sogar noch von den Toten. Wir haben solche ausgesucht, deren Sprache und Tonfall uns besonders wahr schien, solche, bei denen der ganze Mensch die Feder geführt hat. So meinten wir mit einem Griff die zu fassen, welche ein eigenes Herz haben – wovon Goethe sagte, es seien ihrer unter Tausenden kaum zweie, und in ihnen zugleich die, welche man wahrhafte Stilisten, wahrhafte Prosaisten nennen kann. Sie haben gut geschrieben, weil sie gut gedacht und rein gefühlt haben, und indem sie uns sich selbst auszusprechen meinen, wird das Volksgemüt in ihnen redend. Die Worte und Wendungen der Sprache an sich sind herzlich und geistreich; dem einfachen Sprachgeist ist die Überhebung fremd, aber auch die Schwächung, die widerfährt durch Unruhe und das ungesammelte gierige Gemüt. Es ist Volksweisheit darin, die alles an seinen Platz stellt, von allem das rechte Gewicht fühlt. Die besten Schriftsteller scheinen oft nur die Wörter hinzustellen und ihnen so viel Raum zu lassen, daß sie sich auswirken können: dann wirkt aus ihnen die unzerstörbare Wirkung der Sprache.

So schreibt die bloße Ehrfurcht und Zucht schon gut, und ein Jung-Stilling mag unter großen Schriftstellern in Ehren mitgehen, weil er das keusche Sprachwesen gewähren läßt, das gibt dann einen zarten Rhythmus aus sich selber, tausend Meilen entfernt von dem abgehackten oder kraft- und fühllos aneinandergehängten Zeug, das unserer Tage in den Zeitungen und Büchern zu finden ist. Herrlich aber – wenn das Herz eines großen Schriftstellers in Zutrauen und Selbstgefühl anschwillt und seine Feder einen wahrhaft persönlichen Rhythmus anhebt, der mit der allgemeinen Sprache schaltet wie der Wind mit dem Ährenfeld: wie Lessings mannhafter Ton, dessen ganze Spannung kein Deutscher wieder erreicht hat, oder Schillers Schwung oder Kants Klarheit, die uns anmutet, wie es Goethe aussprach: »als träten wir in ein helles Zimmer«.

Von jedem haben wir ein Stück aufgenommen, von Goethe allein ihrer dreie; denn er scheint uns als ein lang und gewaltig Lebender dreien Geschlechtern zuzugehören, und in jedem aufs neue steht er als das Haupt der Seinigen. In ihm waltet der Sprachgeist wie in keinem zweiten: was ihn leibhaft anrührt durchs Auge, durchs Ohr oder durch das Gemüt, worin alle Sinnenreiche unmittelbar einmünden, das verwandelt er, es ausredend, in Geist. Ja, man darf es sagen: er redet als der Volksgeist selber, indem er doch nur meint, sein einziges volles Herz auszusprechen. – In einem Volk, das lebt, arbeitet und träumt, bilden sich vielerlei Sprachen aus: es war an den Höfen und in den Kanzleien eine weltmännische Sprache in Gebrauch gekommen, sie merkte der französischen viele Wendungen ab, aber in Wielands Mund wurde sie wahrhaftig mündig und durfte der Schwester als ebenbürtig gelten; die deutsche Gelehrtensprache war durch Lessing zu ihrem Höchsten gelangt, Herder wandte die Sprache der Prediger und Schriftdeuter und noch darüber hinaus die zärtlich innige Redeweise der Frommen Einzelnen von Gott, ihrer alleinigen Beschäftigung, hinweg auf die größten und mannigfaltigsten irdischen Gegenstände – ihrer aller gesonderte Sprachen aber raffte Goethes Genius zusammen und warf noch vieles Element dazu, das er aus den Liedern und Reden der Handwerker und geringen Leute nahm, oder das aus alten Büchern ihm zutrat, in denen vergessene Menschen, Goldsucher und Sterndeuter, ihren Tiefsinn in besondere Worte altertümlichen Gepräges eingelegt hatten.

So rührte sein jugendlicher Zugriff den ganzen Reichtum der

Sprache auf bei denen dann, die von ihm abhingen, ist es wie eine heftig angeschlagene Leier, deren Saiten alle durcheinanderklingen. Sie sind groß, wo sie in der enthusiastischen Beschreibung ein aufgeregtes empfindendes Innere zeigen, mehr als den Gegenstand, den sie darzustellen meinen. Es ist ein Schwall angreifender, zerstäubender innerer Kräfte, gegenüber der früheren bürgerlichen Verständigkeit oder eingeschränkten Träumerei. Goethe inzwischen hatte sich mit leiser Wandlung ganz gegen die Welt gewandt. Es dringt nun als seines reifen Alters Rede kein Wort aus seinem Mund, das nicht im Draußen seinen ruhigen Gegenstand hätte. Die ganze Welt liegt in seinem Geist wie im Licht eines Frühherbsttages mit ihren Anhöhen und ihren Klüften, ihren Lieblichkeiten und ihren Furchtbarkeiten, mit allen ihren Sonderungen und Bindungen, durch die Schatten und Licht an ihr schaffend werden. In dieser Epoche übt seine Sprache ihren größten Einfluß: noch in den Denkschriften der Generale und Staatsmänner, eines Gneisenau, eines Gentz, eines Erzherzog Karl, erkennen wir mit Staunen, wie sein Geist und der schöne gelassene Anstand seiner Darstellung, unter dem sich ein gewaltiges Weltverhältnis verbirgt, über alle bedeutenden Köpfe seiner Zeit mächtig wird. Die letzte Periode dann ist völlig unnachahmlich. Ohne den Thron des Betrachtenden zu verlassen, schwebt er doch in seinem Sprach-Denken nun an alle Lagen der Existenz dicht heran, wie das Licht selber: auch noch an das stumme unredbare Wesen der Gesteine. Daß dieses letzte Phänomen seines Geistes unmittelbar auf die Welt einwirke, war nicht möglich; aber es ging davon ein leiser ungeheurer Anstoß aus, der noch heute nicht zur Ruhe gekommen ist: doch gehört dieser kaum mehr in die literarische Sphäre, sondern in die höhere, religiöse. Sehen wir aber, wie etwa in der Seele des zarten Stifter, dessen Prosastück wir an das Ende des zweiten Bandes gestellt haben, jener Anstoß geheim und herrlich fortwirkt, so geht wieder eine Einheit durch das Ganze, und wir können das, was notgedrungen als eine Abfolge geordnet ist, als einen Zusammenklang und consensus fassen – so daß das Ganze doch zur Orgel wird, die mit einem einzigen Schall unser Gemüt umarmt.

Es werden aber, durfte uns bedünken, neben Goethe, dem Größten, auch viele andere sich so schön und stark behaupten, daß jeder an seiner Stelle für den Augenblick alle übrigen werde aufzuwiegen scheinen. So schien uns, es wäre niemals politisch-sittlicher gedacht worden als von Georg Forster in seinen Briefen aus dem Paris von 1793, es sei ein hohes Kunstgebilde nie mit größerem Ernst und größerer Liebe auseinandergelegt worden als die »Wahlverwandtschaften« in Solgers Kritik, kein aus Wirklichkeit und Träumerei gemischtes Phantasiestück irgendeiner Nation, schien uns, könne herzlicher sein und schönere Farben aufweisen als Jean Pauls »Tag eines schwedischen Pfarrers«, nicht Engländer noch Franzosen noch Italiener, ja überhaupt niemand seit Platons Mythen, habe ein so nettes von Verstand und Anmut glänzendes Stück Philosophie hervorgebracht wie Kleists Aufsatz über die Marionetten, und keine männliche Feder habe jemals, unahnend eines fremden Blickes, so unsägliche, das Herz ergreifende Zeilen hingeschrieben als die Hölderlins.

Indem wir uns aber dessen rühmen, was dargeboten ist, werden einzelne unserer Leser, deren Sinn auf das Vollständige und die Ordnung im Überlieferten geht, es übel vermerken, daß sie den einen und den anderen nicht erblicken, den vorzufinden sie erwartet haben. Wie wollen wir es aber wirklich rechtfertigen, daß Seume nicht so gut seinen Platz erhielt wie Jung-Stilling, oder ein Abschnitt aus Johann Jacob Mosers Beschreibung des eigenen Lebens nicht so gut wie ein Stück aus dem »Anton Reiser«? daß wir dem Thümmel und dem H. P. Sturz ihren Platz verkümmert, von Goethes Freunden späterhin den Knebel und den Zelter zu Worte kommen lassen, Merck, dem Freund der Jugend, aber nicht so viel vergönnen? Ja daß wir es nicht über uns brachten, Schelling einen Platz zu gewähren, und daß wir fast auch Hegel aufzunehmen zögerten: und dies darum, weil sie uns zwar als große folgenreiche Denker sich darstellen, nicht eigentlich aber als große deutsche Prosaisten; uns war, als wäre hier etwas von der wahren Würde des großen Autors abgefallen; es habe nicht mehr der ganze Mensch die Feder geführt, sondern etwa nur ein großer seltener Verstand: Stil aber ist unzerteilte Einheit des höheren Menschen.

Wir wollen uns aber in bezug auf alle diese Fortlassungen mit einem Gleichnis entschuldigen. Wer ein paar Jahre vor dem Krieg eine der ersten deutschen Gemäldegalerien wieder betrat, die von einem befugten Kenner eben neu geordnet war, der empfing einen Eindruck, den er nicht leicht vergessen wird: ihm blickten die alten Bildertafeln wie neu entgegen, die ganzen Säle strahlten in einem neuen Schmuck, und doch war nirgend etwas von Ausschmückung oder auf den ersten Blick auch nur von Veränderung zu gewahren. Es war nichts geschehen, als daß der neue Vorsteher die dem eigenen Blick vertrauende Kühnheit gehabt hatte, von den an den Wänden gedrängten Gemälden weit über die Hälfte abzunehmen und in die Magazine zu legen, nicht ganz geringe oder übermalte Bilder etwa nur, sondern auch solche, die eben nur nicht völlig vom ersten Range waren und deren Zahl insgesamt stärker gegen ihr Verbleiben sprach als ihr Unwert im einzelnen. Denn sein für das Schöne wahrhaft empfindliches Gefühl hatte erkannt, daß von einer gewissen Zahl an nur noch der Gelehrte oder der stumpfe Beschauer auf seine Rechnung komme, nicht mehr der mit Feuer genießende Liebhaber. An das Beispiel dieses Mannes haben wir uns gehalten: die durch unsere Hand von den Saalwänden unseres Lesebuches weggehängten Bilder waren des Platzes nicht unwürdig, aber die Bleibenden waren es wert, daß jene um ihretwillen entfernt wurden, bevor wir einem empfindenden Leser die Tür öffneten.

So sind wir denn beim Leser angelangt, den in seiner Einbildungskraft mitzuschaffen die oberste gesellige Pflicht dessen ist, der ein Buch macht. Denn eine Gabe kann nicht dargereicht werden, ohne daß zum voraus des Empfängers gedacht werde. Am wenigsten nun wünschen wir uns den Leser, der alles historisch nimmt. Denn wir sehen alles, was im geistigen Leben der Nation einmal wesenhaft hervorgetreten ist, für bleibend an und nehmen die Gegenwart zu hoch, als daß wir die noch greifbaren Schätze der Vergangenheit nicht in sie einbegriffen. Viel haben wir gewonnen, wenn ein Leser unser Buch als Hinweisung auf den Reichtum unserer älteren Literatur ansieht, deren Autoren noch den heute Sechzigjährigen vertraute lebendige Namen waren, seitdem aber wie durch einen Riß aus dem lebendigen Bewußtsein entfernt sind; ihm wird das Schlußverzeichnis mit seinen Angaben dienlich sein. Aber noch schöner, wenn jemand in dem Buch selber unmittelbar den Reichtum findet, den wir meinen darin wahrgenommen zu haben. Einen solchen Reichtum fanden vor Zeiten viele alte und junge Menschen, denen das Zeitungsblatt zu schal und der ausgesponnene Roman zu weit ab von ihrem eigentlichen Bedarf war, in ihrem Kalender. Darin hatten sie ihre Lieblingsstücke, zu denen sie wieder und wieder zurückkehrten, und sie hätten nicht zu sagen vermocht, ob es das immer wieder Neue war, das sie daran anzog, oder das immer wieder Alte, und ob sie das suchten, was ihnen schon ewig vertraut war, oder das, was sie ewig befremdete. Die geistige Lage ist seitdem freilich eine andere geworden. Aber es gibt viele, ja unzählige Menschen, die nach einem Buch wie dies hier zu greifen fähig und reif wären, und die darin für ihr inneres Jahr die schönen ewig wiederkehrenden Gezeiten, die hohen Feiertage und noch vieles andere eingezeichnet fänden, das nicht auf den ersten Blick sich ergibt, sondern als ein jeder liebevollen Zusammenstellung eigenes Geheimnis sich erst dem, der mit einem Buch wahrhaft vertraut ist, erschließen würde. Denn ein Buch ist zur größeren Hälfte des Lesers Werk, wie ein Theater des Zuschauers.

DAS SCHRIFTTUM ALS GEISTIGER RAUM DER NATION

REDE, GEHALTEN IM AUDITORIUM MAXIMUM
DER UNIVERSITÄT MÜNCHEN AM 10. JANUAR 1927

Zugeeignet Karl Vossler, dem Rektor der Universität

Nicht durch unser Wohnen auf dem Heimatboden, nicht durch unsere leibliche Berührung in Handel und Wandel, sondern durch ein geistiges Anhangen vor allem sind wir zur Gemeinschaft verbunden. Hierdurch unterscheiden sich unsere alten europäischen Nationen von jenem jungen, nach außen mächtigen amerikanischen Staatswesen, in dem wir eine Nation in diesem Sinne noch nicht zu erkennen vermögen. In einer Sprache finden wir uns zueinander, die völlig etwas anderes ist als das bloße natürliche Verständigungsmittel; denn in ihr redet Vergangenes zu uns, Kräfte wirken auf uns ein und werden unmittelbar gewaltig, denen die politischen Einrichtungen weder Raum zu geben, noch Schranken zu setzen mächtig sind, ein eigentümlicher Zusammenhang wird wirksam zwischen den Geschlechtern, wir ahnen dahinter ein Etwas waltend, das wir den Geist der Nation zu nennen uns getrauen. Alles Höhere, des Merkens Würdige aber, seit vielen Jahrhunderten, wird durch die Schrift überliefert; so reden wir vom Schrifttum und meinen damit nicht nur den Wust von Büchern, den heute kein einzelner mehr bewältigt, sondern Aufzeichnungen aller Art, wie sie zwischen den Menschen hin und her gehen, den nur für einen oder wenige bestimmten Brief, die Denkschrift, desgleichen auch die Anekdote, das Schlagwort, das politische oder geistige Glaubensbekenntnis, wie es das Zeitungsblatt bringt, lauter Formen, die ja zuzeiten sehr wirksam werden können.

Das Wort Literatur bezeichnet wohl annähernd das gleiche, aber es ist uns zweideutiger in seinem Klang: der unglückliche Riß in unserem Volk zwischen Gebildeten und Ungebildeten tritt uns gleich ins Gefühl, wenn wir dieses Wort brauchen, wir sind sogleich in seinem Bildungsbereich – der Abglanz aber von Goethes Geist, der vor hundert Jahren auf diesem Worte lag, ist verblaßt.

Nicht die gleiche Bewandtnis aber hat es mit dem gleichen Begriff, wenn wir uns anderen benachbarten Nationen zuwenden. Von den drei romanischen Nationen, welche seit dem sechzehnten Jahrhundert eine nach der anderen die kulturelle Führerschaft innehatten, ist uns die französische ihren Grenzen nach und durch Schicksalsverbundenheit die nächste. Sie nun besitzt eine Literatur im wahren Sinne des Wortes. Das Große, seit Beginn der neueren Ära, das ist seit etwa dreihundertfünfzig Jahren, Hervorgetretene erscheint fortwirkend. Das Mittlere, zu jenem Großen in klar abgestuftem Verhältnis, tritt nach gemessener Zeit ins Dunkel zurück und steigt in neuen geistreichen Formen wieder hervor. Selbst das Geringe, für den Tag Bestimmte, nimmt für die Spanne seiner Wirksamkeit teil an einer gewissen Würde durch die Sorgfalt, mit welcher es eine reine Sprache anstrebt und die Gedanken klar und wohlgeordnet und faßlich wiedergeben will. Mode belebt die Tradition, Tradition adelt die Mode. Innerhalb solchen beharrenden Wechsels ist der Ehrgeiz nicht darauf gerichtet, abzustechen, sondern: die traditionellen Forderungen zu erfüllen. Ein großer Beobachter hat es ausgesprochen, daß bei jenem Volk die Zucht des persönlichen Ausdruckes über das Hinreißende der Einmaligkeit gestellt wird, und dem Kunstwerke gegenüber richtet sich die Aufmerksamkeit nicht auf das biographische Mysterium, sondern auf das aus der Leistung abnehmbare Gesetz. Die Blüte dieser Tendenz ist die Sprachnorm, welche die Nation zusammenhält und innerhalb ihrer dem Spiel widerstreitender Tendenzen – der aristokratischen wie der nivellierenden, der revolutionären wie der konservativen – Raum gewährt. In dieser geselligsten Nation entwickelt sich auch innerhalb der Literatur jenes vor allem gesellige Element, dessen Grundlage eine nie schlummernde wechselseitige Aufmerksamkeit und Rivalität ist. Bei einer ungeheuren geselligen Reizbarkeit, deren Quälendes nur durch eine fast unbegrenzte soziale Erfahrung erträglich wird, erscheint es mehr versprechend, seine Grenzen zu erkennen als sie zu überschreiten. Eben diese große Aufmerksamkeit sichert der unauffälligen Schönheit, dem glücklichen einzelnen Zug, der Eleganz ihren Triumph. Die Originalität gilt nur bedingt, jedenfalls gilt sie nur in bezug auf die anderen – der Deutsche statuiert eine Originalität an und für sich –, aber eine relative Überlegenheit, das Überragen um ein Geringes, wird hoch gewertet. Auch die Einsamkeit, bei uns der natürliche Spielraum des Geistigen, wird nur in der Spiegelung des Geselligen überhaupt wahrgenommen. Sei es Rousseau, sei es sein Vorläufer, jener Misanthrop des Molière, ihre Einsamkeit ist wie die Verbannung des Ovid nur das Widerspiel der Geselligkeit. Ihr Dortsein, wo die anderen nicht sind, ist der Quell ihres Stolzes und ihres Zürnens, und sein Objekt sind immer die, welche, obwohl abwesend, ihm als gegenwärtig stets vorschweben. Die Scheu vor dem unverstandenen Alleinsein ist größer als die vor dem Tode, und noch die Unsterblichkeit erscheint als die Vision eines geselligen Fortlebens. Das einzelne Talent wird streben, sich mit Grazie in seinen Grenzen zu bewegen, wissend, daß diese Bescheidung ihm am meisten einträgt. Nirgends hat die grobe geistige Scharlatanerie weniger Aussichten, dagegen ist das geistige Gewebe so dicht, die Aufmerksamkeit aller auf alles so groß, daß auch der bescheidenen Leistung ein Mittönen noch der höheren Regionen des Geistigen zuteil werden kann: denn in der Tat tönt dort alles überein mit allem. Was Selbstzucht allein nicht wirken könnte, wirkt die eherne Disziplin des Geschmacks und der Übereinkunft. Der Möglichkeiten, lächerlich zu sein, sind unzählige, die Resonanz jedes Fehlers fast unbegrenzt, der witzige Kommentar immer parat und bis zur Vernichtung scharf. In der Medisance wird die ganze Nation zum Autor und zum geistig Genießenden. »Geschlossen ist der Ring, nicht der Formen selber, sondern gerade durch die Weltlichkeit, die Soziabilität der Formen ist der Ring geschlossen zwischen Dichter und Nation, Schriftsteller und Leser, Sprecher und Hörer«, um mich der Worte des Mannes zu bedienen, der von diesen Dingen und ihren Zusammenhängen öfter und meisterhaft gehandelt hat und auch noch den zartesten Flaum um sie, den Lebenshauch, der die geistige Form umgibt, uns tausendfach zugemittelt hat – um mich der Worte Karl Vosslers zu bedienen.

In solchem Kontext, in welchem die Dinge nur im flüchtigen Umrisse erscheinen, kann auf die Übereinstimmung gerade nur hingedeutet werden, in welcher diese Seite des Lebens durchaus und auf jede Weise mit der politischen steht. Eng ist der Zusammenhang zwischen der skeptischen Geisteshaltung, als einer für diese Nation charakteristischen – wenngleich nicht ihrer einzigen –, mit jener politischen Möglichkeit, fruchtbare, die Nation aufrüttelnde, nicht sie zerrüttende Revolutionen zu entfesseln. Vollständig ist die Übereinstimmung einer gewissen Grundtendenz des sprachlichen Gehabens mit dem Schwung der Diesseitigkeit, dessen stärkste Entladung in der Französischen Revolution zu einem solchen, in seinen Folgen noch nicht erledigten materiellen und zugleich geistigen Einbruch in die deutsche Welt führte.

Genug: Die Literatur der Franzosen verbürgt ihnen ihre Wirklichkeit. Wo geglaubte Ganzheit des Daseins ist – nicht Zerrissenheit –, dort ist Wirklichkeit. Die Nation, durch ein unzerreißbares Gewebe des Sprachlich-Geistigen zusammengehalten, wird Glaubensgemeinschaft, in der das Ganze des natürlichen und kultürlichen Lebens einbeschlossen ist; ein Nationstaat dieser Art erscheint als das innere Universum und von Epoche zu Epoche immer aufs neue als »das gedrungene Gegenstück zur deutschen Zerfahrenheit«.

Der Raumbegriff, der aus diesem geistigen Ganzen emaniert, ist identisch mit dem Geisterraum, den die Nation in ihrem eigenen Bewußtsein und in dem der Welt einnimmt. Nichts ist im politischen Leben der Nation Wirklichkeit, das nicht in ihrer Literatur als Geist vorhanden wäre, nichts enthält diese lebensvolle, traumlose Literatur, das sich nicht im Leben der Nation verwirklichte. Auf den Literaten in diesem »Paradies der Worte« strahlt eine Würde ohnegleichen. Der Journalist noch, und wäre er der kleinste, darf sich neben Bossuet und La Bruyère stellen, der Schullehrer ist der Gefährte Montaignes; Molière und Lafontaine, Voltaire und Montesquieu sprechen noch heute für alle, alle sprechen aus ihnen. Auch hier ist der Ring geschlossen.

Wenden wir uns der eigenen Nation zu, so tönt uns freilich geradezu das Gegenteil jener Einhelligkeit entgegen. Von einer Zusammenfassung aller produktiven Geisteskräfte der Nation im Gebiete der Literatur kann keine Rede sein; oder wir müßten uns darauf einlassen, unter dem Begriff Literatur hier etwas völlig anderes zu verstehen als dort. Jener Kreislauf zwischen dem Geistigen und dem Gesellschaftlichen, auf den dort alles hindrängt, in den schließlich alles einmündet, ihm wirkt hier der tiefste Instinkt entgegen. Statt daß dort noch in der Abweichung vom Allgemeinen der Hinweis auf das Allgemeine fühlbar wird, bedarf es hier keiner Abweichung, damit sich das Bezuglose enthülle. Kein Zusammenhang in der Ebene der Gleichzeitigkeit, kein Zusammenhang in der Tiefe der Geschlechterfolge. Jenes Fortwirken dort des einmal Geleisteten, wodurch eine gleichzeitige geistige Präsenz von zwölf Generationen erreicht wird, hier ist von ihr, strenggenommen, keine Spur. Der ganze Begriff geistiger Tradition erscheint nur höchst bedingungsweise anerkannt. Daß beispielsweise eine Nation ihre zwei größten Historiker, Geister von der Kraft Johannes von Müllers und Rankes, die wahren großen deutschen Epiker der neueren Zeit, bei einer Wendung ihres Weges völlig aus dem Auge verlieren könne, erscheint – wenn es zufällig ins Bewußtsein tritt – fast unbegreiflich. Und selbst in bezug auf ein solches Phänomen wie Goethe, fahndet man nach einem Konsensus, will man herab in eine tiefere Strömung als das oberflächliche Gerinnsel der Bildungstradition, sieht man ab von der nicht ganz angenehmen Goethevertraulichkeit der Philologen und der Goethepietät der Einzelnen, so kommt man zu der Einsicht: daß sein Wirken als ein schlechthin gegebenes, das durch alle Schichten hin fortwirke, als Besitz, als ein Haben, als eine Immanenz im geistigen Bestehen nicht gelten kann; höchstens könnte man in bezug auf ihn sich auf die Formel einigen, die Rudolf Pannwitz ausgesprochen hat: daß Goethe für den Deutschen in seinem Verhältnis zur Welt zwar nicht der Standpunkt sein könne, aber ein Punkt, auf den bezogen andere Punkte Figuren werden. Aber auch dies gilt doch nur für die Reifsten unter den Gebildeten, und über das Verhältnis der Nation zu ihrem größten Individuum ist damit nichts ausgesagt.

Die Grundhaltung drüben ist diese: teilhaben am nationalen Besitz, mitinbegriffen sein in die Repräsentanz der Nation, als welche sich vollendet in der vollkommenen und allen zugänglichen Sprachschönheit – Klarheit, schöne Nüchternheit, zuchtvolle Nachdenklichkeit –, welche ein Sichhaben ist, ein Selbstbesitz und Genießen dieses Selbstbesitzes, gleichweit vom »Barocken« und vom »Gotischen«. Hüben aber ist dies die Grundhaltung: das National-Gesellschaftliche ist nicht das Primäre, sondern die Widerlegung des Gesellschaftlichen ist das Primäre. Von einem Etwas im geistigen Bestande der Nation, dem eine verkappte, aber kaum bestrittene Macht zukommt, wird jene Ebene negiert, durch deren Setzung sich die Gesamtheit der geistigen Erzeugnisse erst zur Literatur zusammenfassen würde. Wir haben eine Literatur im uneigentlichen, konventionellen Sinne, die aufzählbar, aber nicht wahrhaft repräsentativ noch traditionbildend ist. Und wir haben neben ihr, außer ihr, unter ihr, über ihr eine geistige Regsamkeit, die in dem Begriff Literatur nicht einbegriffen sein will, aber alle Ansprüche, das geistige Leben der Nation zu bestimmen, in sich faßt, die sich weder an die Gegenwart als die verantwortliche Geselligkeit der Lebenden, noch an die Geschichte als die verantwortliche Geselligkeit der Nation zu binden, die überhaupt nichts zu verantworten begehrt und doch nach den tiefsten, ja nach kosmischen Bindungen und den schwersten, ja religiösen Verantwortungen für die Gesamtheit begierig, durchaus nur in der einzelnen Persönlichkeit wirksam sein will.

Wie nun bezeichne ich Ihnen diese Geistigen und doch nicht durch das Werk Gedeckten und im Werke Aufgehenden, diese Verantwortungsbeladenen und doch Verantwortungslosen, diese durchaus Vereinzelten, aber um die höchsten Bindungen Bemühten, diese fast Unbekannten und doch da und dort heimlich und hinterrücks Autoritativen – diese ungreifbaren Vielen oder Wenigen, ohnmächtig Mächtigen, geheim Wirksamen? Ich weiß kein treffenderes Wort, sie zu bezeichnen, als daß ich sie mit dem Worte nenne, mit dem Nietzsche in der ersten »Unzeitgemäßen Betrachtung« diese deutsche Geisteshaltung bezeichnet hat: daß ich sie Suchende nenne, unter welchem Begriffe er alles Hohe, Heldenhafte und auch ewig Problematische in der deutschen Geistigkeit zusammenfaßte und es gegenüberstellte allem Satten, Schlaffen, Matten, aber in der Schlaffheit Übermütigen und Selbstzufriedenen: dem deutschen Bildungsphilister.

Jener deutsche Bildungsphilister meinte damals nach einem siegreichen Ringen endgültig triumphieren zu dürfen. Er meinte, es sei an dem, daß man sich als die Nation der stärksten Kultur betrachte; es sei an dem, daß man das ewige Suchen und Wollen und Ringen in ein Sein und Haben verwandle, daß man sich behaglich niederlasse auf dem Fundament einer Bildung, die man besitze, geschaffen wie sie nun einmal sei durch die Leistung unserer Klassiker, die man ja habe, als einen festen Besitz, der nicht verlorengehen könne und der zusammen mit anderen irdischen Besitztümern eben die Wirklichkeit ausmache. Wie freilich eine solche übermütig satte Geisteshaltung im überwiegenden Teile der großen tragisch veranlagten Nation Platz greifen konnte, so daß nur ein Einzelner, eine so gespannte Seele wie Nietzsche, diesem Sichgebärden entgegenzutreten da war, das nimmt uns heute fast wunder. Wir müssen darüber staunen, daß es einen Moment geben konnte, in welchem jene verkappte, aber kaum bestrittene Macht sich so wenig Geltung zu verschaffen wußte, jene verkappte Macht, welche innerhalb der Nation die Spannungen und Beklemmungen hervorruft, an denen wir alle mitleiden, diesen Spannungen zeitweise durch Ausbrüche und Umstürze ein Ende macht, Scheinautoritäten stürzt, herrschende Zeitgedanken abwirft und unser schattenhaftes Dasein immer wieder ans Ewige bindet, und die ich nicht anders benennen kann als das geistige Gewissen der Nation. Wenn dieses Gewissen nun, geweckt und geschärft durch allerdings furchtbare Erfahrungen, heute mit solcher Entschiedenheit die dem Bildungsphilister entgegengesetzte Partei nimmt, wenn es die Autorität, die es zu vergeben hat, heute so entschieden und unbedenklich hinüberwirft von den Behausten zu den Unbehausten, von denen die haben zu denen die suchen, von der Literatur zum außer der Literatur stehenden, ringenden Sektierertum, von der geistigen Besitzordnung zur Anarchie – und wie sehr dies der Fall ist, das zu bezeugen rufe ich Ihr eigenes Gefühl an, das untrügliche Gefühl der Zeitgenossen, Ihre tägliche Erfahrung, die Atmosphäre geistiger Beunruhigung und Fragwürdigkeit, in der wir leben –, so vermag ich darin nur eines zu erkennen: die Kraft und Gesundheit dieses Gewissens, seine deutsche Kühnheit, daß es wieder einmal die Schiffe hinter sich verbrennt, wie jener tollkühne Agathokles von Syrakus, als er in Afrika gelandet war, um den Angriff auf Karthago aufzunehmen – die große Art auch dieses Gewissens, daß es mit großen Zeiträumen rechnet und des Gefährlichen, der Romantik und jener nicht unverschuldeten Verödung und Entgötterung, die auf sie folgte, nur als eines Intermezzos, eines leichten Zwischenwellenspieles gedenkt und darüber hinweggeht und mit neuem Mut und Glauben die Anarchie legitimiert und dadurch zu erkennen gibt, sie halte diese für die gültige Erscheinungsform des Produktiven in unserem geistigen Handel und Wandel.

Die Träger nun dieser produktiven Anarchie – wenn anders als eine produktive diese Anarchie von uns begrüßt und gläubig hingenommen werden soll –, diese Suchenden, da wir sie mit dem einzigen Worte als eine Gemeinschaft begreifen können, – was sie denn suchen, um was sie denn ringen, vielleicht können wir dem späterhin auf Blickweite uns annähern. Aber zuvor wollen wir sie doch selber vor uns sehen, wir wollen diese Geister zitieren, daß sie uns für einen Augenblick hier Erscheinung werden. Wo, fragen wir da, in welchem Randbezirk unseres Lebens siedeln denn diese Suchenden, in welchem Geklüfte unserer vielzerklüfteten Kultur haben sie denn ihre Wohnstätten aufgeschlagen, wo begegnete denn, wer ihnen begegnen wollte, am schnellsten diesen schweifenden, verlorenen Söhnen, die doch den Fahnenwagen ihrer Nation in ihrer Mitte führen? – so wissen Sie darauf die Antwort so wohl als ich sie weiß. Auf Schritt und Tritt begegnen wir ihnen, niemals aber als einem dichten Haufen, sondern einzeln schweifend durchdringen sie diese Nation der Einzelnen. Ihre Nächsten, die Sie da vor mir sitzen, wo nicht Sie selber, Ihre Kinder, Ihre jüngeren Brüder und Schwestern, Ihre Freunde und die Freunde Ihrer Freunde sind in dies schweifende Treiben verstrickt. Ich versuche es und rede Ihnen zusammenfassend von dem, was im einzelnen in der täglichen Erfahrung ist, die unser Leben mit fragwürdigen Lichtern überspielt. Dies Suchen und Treiben und Drängen ist überall da, es manifestiert sich in jedem Wort höherer geistiger Rede, das zwischen uns hin und her geht. Es ist da als ein Schwindel unter unseren Füßen, es bringt dies Gefährliche und Abwegige, mit Überraschungen und Zweifeln Schwangere in jede Unterhaltung, es durchsetzt die Atmosphäre mit der Ahnung, daß beständig alles möglich ist – mit diesem Knistern wie vom Zerfall ganzer Welten, diesem hahlen Heranwehen eines ewig Morgigen...

Wem ist nicht, und mehr als einmal, die Gestalt begegnet, die diese Zeichen trug und von solcher Luft umweht war? Der schweifende, aus dem Chaos hervortretende Geistige, mit dem Anspruch auf Lehrerschaft und Führerschaft – mit noch verwegeneren Ansprüchen – mit dem Anhauch des Genius auf der hohen Stirn, mit dem Stigma des Usurpators im scheulosen Auge oder im gefährlich geformten Ohr? Er, der darum revolutionär in der geistigen Welt ist, weil ihm, als einem wahren Deutschen und Absoluten, die Formen der gesellschaftlichen, der geschichtlichen Welt nicht des Zerbrechens wert erscheinen, so wenig nimmt er ihr Gewaltiges wahr, so wenig gilt ihm ihr Gewaltiges für wirklich, und der nun für seinen Kriegszug Gefährten wirbt, Adepten, solche die sich ihm unbedingt unterwerfen, denn so sehr alles in seinem titanischen Beginnen auf Alleinsein gestellt ist, die völlige, starrende Einsamkeit erträgt er doch auf die Dauer nicht. Er ist auch Dichter, dieser unser Ungenannter, dessen Umrisse ich Ihnen in die Luft hinzeichne, als eines für viele – vielleicht ist er mehr Prophet als Dichter, vielleicht ist er ein erotischer Träumer – er ist eine gefährliche hybride Natur, Liebender und Hassender und Lehrer und Verführer zugleich. Wenn er es zuzeiten nicht verschmäht, Dichter zu sein, so geschieht es nicht um des Werkes willen. Das Werk würde ihn in die Ordnung hineinbeziehen, um ihn aber in seiner empedokleischen Nacktheit schlägt unrealisierte Dichtung ihren Mantel, sein Hauptwerk ist ein nie geschriebenes, dem alles was er von sich gibt nur Prolegomena sind, als solche belanglos, bedeutsam nur in der von ihm und den Seinen erahnten Relation zum Hauptwerk, jenem, das einer Umschöpfung seines Ich und damit einer Umschöpfung der Welt gleichkommt. Um die Sprache ringt er zuzeiten wirklich – aber nicht mitzuwirken an der Schöpfung der Sprachnorm, in der die Nation zur wahren Einheit sich bindet, sondern als die magische Gewalt, die sie ist, will er sich sie dienstbar machen, seine geistige Leidenschaft ist so groß, in den höchsten Momenten wird er wirklich ein leidenschaftlich Erschautes bis in den Rhythmus seines Leibes in sich nachzittern fühlen und dann wahrhaft Dichter sein. Zuzeiten wieder wird er die Herablassung des Sprechens verschmähen, wird er durch Krisen einer Sprachbezweiflung durchgehen, die ihre furchtbaren Spuren bis in die flackernden Züge seines Gesichtes zurücklassen wird, und wieder zuzeiten sich emporschwingen zu einer Ahnung der heilenden Funktion der Sprache, zur Erschauung verwirklichbarer Maßgestalten. Er wird sich gelegentlich auch der literarischen Formen bedienen: des Dramas, des Romans, der Parabel, aber wo er sich ihrer bedient, wird es nur geschehen, um sie zu transzendieren. Sein Drama wird ihm zum Mythos des eigenen Ich aufschwellen, sein Roman wird kosmische Geheimnisse umschließen, wird Märchen, Historie, Theogonie und Bekenntnis zugleich sein wollen. Je großartiger, fragmentarischer er sich gibt, um so großartiger wird er verlangen, als ein Ganzes, als das einzige Ganze dieser zerrissenen Welt genommen zu werden... Er wird viele kennen und vielen sich verstricken, wird erschüttern und verwirren, Entwicklungen mit sich reißen und verschütten: aber es wird keiner ihm begegnet sein, der nicht von dieser Begegnung in seinem inneren Leben Epoche datierte.

Denn er hat dieses Gesetz über sich gesetzt, daß alles mit ihm, mit seiner Seelenwallung neu anfangen müsse – und so meint jeder von seinen jungen Begegnenden; für ihn ist alles überwunden und so wie es zu gelten scheint nicht gültig, sondern muß zu neuer Gültigkeit aus ihm wiedergeboren werden – und so meint es jeder; er schleppt sich aus der Ferne der Zeiten die widerspenstigsten Blöcke herbei, seinen Tempel zu bauen, Urworte von da und dort, sibyllinische Sprüche der vorplatonischen Denker, Orpheus oder Hamann, Lionardo oder Laotse – und so hält es jeder; er verschmäht es, gemäß Ordnungen zu empfangen, und will gemäß Ordnungen, die von ihm gesetzt sind, austeilen – und so will es im Herzen jeder.

Ist Ihnen aber der Umriß dieser Gestalt zu scharf und zu unheimlich, so lassen Sie mich einen anderen Umriß hinzeichnen; völlig kontrastierend mit diesem in der Grundgebärde. Auch ihm sind wir im Gewühl der Suchenden begegnet, der so zuchtvoll war, als jener erste voll Überhebung, so gebunden bis zur Qual, als jener frei bis zur Zerrüttung. Waren die Ränder unserer Geisteswelt der

Wohnbereich jenes Schweifenden, so suchen wir das Bild dieses an einer der hohen, strengen Stätten der Wissenschaft, inmitten des aufgehäuften Geisteserbes; und dieses Erbe selbst und die Berufung es zu wahren wird ihm zum dunkelsten Geschick. Ein schwermütiger Ernst umfließt diese Gestalt, aber geistige Leidenschaft ist auch in ihr der dunkelglühende Kern, etwas Heroisches ist in ihr, heroisch der nie entspannte Wille, dem Überschwellen geistiger Erkenntnis immer wieder die sittliche Norm, das absolute Maß zu entreißen, tragisch die höchste, letzte Einsicht, jene, die direkt zur Aufopferung führt, daß »die Dignität der sittlichen Norm uns erst im Vollzug zu erkennen gegeben sei«.

Eine Hybris ist auch hier: im Überspannen der Kräfte – als ein Einzelner – die hybrid gewordene Wissenschaft, dies Weggebrochene vom Leben, das nicht mehr da sein will, daß es dem Menschen diene, sondern daß der Mensch ihm diene, mit seinen, eines Individuums, Kräften zurückbiegen zu wollen und koste es das Leben – in dieses Klaffende sich mit seinem Individuum hereinzustürzen, damit die Kluft sich schließe. Wunderbar pathetisch vollzieht sich diese Hybris als die Gebärde eines kraftvollen, von Fesseln und Banden umschnürten raumlosen Gefangenen – wie dort als eines fast Rasenden, im allzu freien Raume Lechzenden, daß ihn etwas berühre und begrenze. War in jenem Tun die Hybris des Herrschenwollens, fußend auf erträumten, vorweggenommenen Ordnungen, so ist in diesem eine Hybris des Dienenwollens, überkommenen Ordnungen das Blutopfer zu bringen; klingt hinter jenem Sichaufrecken ein Wildes, Heidnisches wie Tubaklänge, so tönen hinter dieser heldenhaften Strenge mit eherner Schwermut die Töne des Zinzendorfischen Kirchenliedes:

Wir wollen nach Arbeit fragen,
Wo welche ist,
Nicht an dem Amt verzagen
Und unsere Steine tragen
Aufs Baugerüst.

Aber sie sind nur Schatten und Schemen, diese beiden, und der wirklichen unserer Suchenden ist Legion und Legion die Zahl unserer Begegnungen mit ihnen. Die Gestalt des Suchenden ist an keine Altersstufe gebunden: wie wir jenem zum frühen Tode bestimmten Jüngling begegnet sind und in verwandelter Gestalt ihm wieder begegnen werden, dessen Gespräche so hoch waren, daß es den Überlebenden bedünken mochte, aus diesem früh verschlossenen Munde habe der Genius der Nation zu ihm gesprochen, so führt uns ein anderer Schicksalstag den Sechzigjährigen entgegen, der mit fast Gleichalterigen sich zusammengefunden hat, daß sie mit Jünglingseifer ihre Erfahrung aufeinanderlegen, die Erfahrung ihrer Wissenschaft, ihres Arzttums, ihres geistlichen Amtes, ihrer Jugendbildnerschaft, ihres Künstlerstrebens, und daß sie aller dieser Dinge Wesenheit erkennen, als die »verstreuten Glieder einer Idealität, die sich nicht zu sehen, nur zu suchen gibt«, und ringen, aus ihnen die eine Wissenschaft zu ziehen, die not tut.

Dieser Gruppen gibt es viele im innerlich so weiten Raume unseres großen Landes, vom Bodensee bis an die Kurische Nehrung, von der Weser bis ins steirische Gebirge, und ihr geheimer Konsensus – all dieser Abseitigen, Ungekannten, von Geistesnot sich selber berufen Habenden – ist die wahre und einzig mögliche deutsche Akademie.

Deuter sind sie in ihren höchsten Augenblicken, Seher – das witternde, ahnende deutsche Wesen tritt in ihnen wieder hervor, witternd nach Urnatur im Menschen und in der Welt, deutend die Seelen und die Leiber, die Gesichter und die Geschichte, deutend die Siedlung und die Sitte, die Landschaft und den Stamm; Schriftleser, Handleser, Sternleser – und die Wucht der Erfahrung oder die Not der Jugend löst ihnen das Wort vom Munde, der Wirbel der Vielheit oder die Ergriffenheit vor dem Einzelnen. Um sie ist ein Kreisen von Begegnenden und Mitgerissenen, von Sektierern aller Sorten – da spukt allerlei aus drei oder vier Jahrhunderten, nicht ganz Abgelebtes, da zuckt Paracelsus auf und Jacob Böhme, das zerrissene Gesicht von Reinhold Lenz, Lavaters physiognomisches Prophetenauge und die flackernde Miene jenes Christoph Kauffmann, den seine Zeitgenossen den Spürhund Gottes nannten – dies alles kreist mit – aber wo Wirbel sind, dort ist Kraft wirksam, Wirbel ziehen Wirbel an sich zu stärkerem Kreisen, und es gibt den Geist nicht, der sich der saugenden Kraft dieses Feldes von ringenden Wirbeln entzöge, er wäre denn ein Abgestorbener.

Worin liegt denn aber das Neue, das diese unsere Suchenden bezeichnet als die Unsrigen, wodurch denn unterscheiden sie sich vom romantischen und von jenem Treiben um 1770? Denn wirklich Vieles ist ihnen mit diesen Vorfahren gemeinsam. Wer keinen sehr genauen Blick hinwürfe, nicht scharf hinhorchte, könnte glauben, es ginge doch abermals um dieses verwirrende Gemisch von Begriffsgespinsten, um diesen Kultus des Gemütes über alles, diese Suprematie des Traumes über den Geist, um diese schwärmerisch-sehnsüchtige, diese träumerische Pietät gegen das Gewesene, um dieses fast wollüstige Sichverlieren in das Naturhafte, um diesen ganzen raffinierten Sensualismus, mit dem sich die romantischen Geister wie ein Insektenschwarm über alle Lebensblüten des Morgen- und des Abendlandes gestürzt haben, ihre trunkenmachende Süßigkeit abzuweiden, es ginge um das Genießen – das Genießen seines Selbst als Geist im Aufbau von Begriffen, seines Selbst als Gemüt im Sehnsüchtigen und Träumerischen, zuletzt in der Musik, es ginge um das Musikmachen aus allem und mit allem, das das letzte Wort der Romantik ist – dieses Weiche und Vage, alles in allem Auflösende, welches das Stigma ist, womit die Romanen diese Geistesart als die deutsche bezeichnen zu dürfen meinen und uns als Knaben, gleichsam schwärmende und schwelgende, unmündige, von ihrem Reich der Klarheit und männlichen Festigkeit absondern.

Uns aber, den Zeitgenossen nicht nur, sondern den Genossen schlechtweg dieser Geistesbedrängnis, den Mitleidenden unter diesen Zerklüftungen, Parteiungen, zeitweisen Verdunkelungen und Verfitzungen, uns, die wir in der Welt zu leben haben, die für das Auge der romanischen Nationen ein undurchdringliches Dickicht ist, uns sind noch unbetrüglichere Organe gegeben als das Auge und das Ohr, um zu erkennen und zu werten, was hier vorgeht. So dürfen wir es wohl aussprechen, daß es doch noch anders steht um unsere Suchenden als um ihre älteren Brüder, jene Generationen von 1780 und 1800, wenngleich sie diesen schicksalsverbunden sind, als Glieder schmerzvoller Entwicklung. An Stelle jenes damaligen verantwortungslosen Wesens – und es mag dahingestellt bleiben, ob es von Kraft oder von Schwäche trunken war, denn es war viel jäher Übergang darin von der überheblichen Selbstbehauptung zur fast wollüstigen Prostration –, an Stelle eines Rausch- und Schwärmerwesens ist bei unseren Suchenden ein strengeres, männlicheres Gehaben unverkennbar getreten, eine Bescheidung, in der Tapferkeit liegt, eine fast grimmige Festigkeit gegenüber der Verführung, sowohl ans Begriffliche als an das Schwärmerische sich zu verlieren – ein Mißtrauen gegen das unverantwortlich Spekulative und ein Mißtrauen auch gegen das unverantwortlich Musikantische, etwas Fanatisches und Asketisches, ein die Hast verschmähendes, ausdauernd resigniertes Wesen, wie es jene früheren Zeiten nicht gekannt haben. Denn nicht Freiheit ist es, was sie zu suchen aus sind, sondern Bindung. Dies besagt die bis zum Krampf energische große Gebärde, die wir an ihnen wahrnehmen, daß sie sich festbinden wollen an der Notwendigkeit, aber an der höchsten, an der, die über allen Satzungen und gleichsam der geometrische Ort aller denkbaren Satzungen ist. Nie war ein deutsches Ringen um Freiheit inbrünstiger und dabei zäher, als dieses in tausenden Seelen der Nation vor sich gehende Ringen um wahren Zwang und Sichversagen dem nicht genug zwingenden Zwang. Wenn Lichtenberg einmal schrieb: Dies sei das englische Wort, das sich jeder Deutsche auf den Fingernagel schreiben müsse: »Als ein Ganzes muß der Mann sich regen« – heute ist dieser Samen in den Besten der Nation aufgegangen; denn um die Ganzheit, auf die jenes Wort hindeutet, daß sich Seele und Geist, daß sich das ganze Gemüt auf eins rege, um das geht es heute, wenn es um etwas geht. Jenes »Gib mir wo ich stehe, und ich werde dir die Welt aus den Angeln heben« tönt aus ihren Sendschreiben, aus ihren Unterredungen und auch aus ihren einsamen Meditationen mit einem finster festen Klang, der, wenn ich meinem Ohre trauen darf, mehr von innerem Metall zeugt als die titanischen Ausbrüche und melodischen Romantismen jener früheren Epochen.

Wohl ist die Form, in der sich dieses neue Suchen und Ringen vollzieht, scheinbar die gleiche geblieben: der leidenschaftlich-einsame Dienst an der eigenen Seele als einziger Daseinsinhalt, einzige Pflicht, die alles aufzehrt – jener Geisteszustand des einsamen weltlosen Deutschen, seit ihn die Revolution zu Ende des achtzehnten Jahrhunderts von der Sitte, dem Herkommen, dem Väterglauben jäh losgerissen und ihm nur die schrankenlose Orgie des weltlosen Ich anheimgegeben hatte. Auch unseren Suchenden ist die Tiefe des Ich, die dunkle, eigene Seelenwallung das einzig Gegebene, und einzige Aufgabe dieses titanische Beginnen: jenes Ganze da außen mit den bloßen zwei Händen auszureißen aus seinem Stand, den es einnimmt in der Welt scheingeistiger Ordnungen, und es mit sich hinabzureißen in die tiefere Lebenswoge und von da es wieder emporzureißen zu neuer Wirklichkeit.

Aber auch diese titanische Grundhaltung, dieses furchtbar angespannte, tragische Sichübernehmen der einzelnen Seele – bleibe es die Grundform der schöpferischen Anspannung beim Deutschen – es ist an ihr viel und entscheidend Veränderndes geschehen, denn zwischen diesem suchenden Geschlecht und jenem früheren liegt das furchtbare Erlebnis des neunzehnten Jahrhunderts – oder es anders auszudrücken: der gleiche deutsche suchende, nach höchsten Verantwortungen und Bindungen dürstende Geist spricht aus ihnen wie aus jenen früheren, aber er ist indessen einen furchtbaren Weg gelaufen und als ein Veränderter wieder zutage getreten. Jenes mit Lust unmündige, knabenhafte titanische Wesen ist ihm auf immer abgestreift. Sehr strenge Zeichen der Männlichkeit sind seiner Miene eingezeichnet: sein intellektuelles Gewissen hat eine unbegrenzte Schärfung erfahren, es ist etwas von dem Verantwortlichkeitssinn der Wissenschaft über ihn gekommen, von den strengen Gelehrtenmethoden des neunzehnten Jahrhunderts, von diesem Nichtsauslassendürfen, alles mit allem konfrontieren zu müssen, diesem Zwang, eine maßlose Vielfältigkeit in sich ausgleichen zu müssen, auf keinem Resultat länger als eine Sekunde ausruhen zu dürfen, noch minder aber auf dem bequemen Bett der Skepsis, sondern immer wieder sich aufraffen und neuen Fragen und Schicksalsentscheidungen auf Leben und Tod ins Auge sehen zu müssen – gewitzigt zugleich und heroisch sein zu müssen und einmal für allemal alle unverantwortlichen Übertreibungen von sich abtun zu müssen, so die Selbstüberhebung wie die romantische Prostration vor diesem oder jenem geliebten Phantom mit ihrer Folge, der romantischen Ironie.

Welch ein Erlebnis aber auch, dieses neunzehnte Jahrhundert, so wie der deutsche Geist es durchzumachen hatte, mit diesen immer neuen Anspannungen und Entspannungen, immer schärferen Reaktionen und Zusammenbrüchen, welche die Seele verzehrenden Täuschungen, Trunkenheiten und furchtbaren Rückschläge, welche halben und Zwischenzustände unausdenklicher Art, bis endlich in diesem ganzen scheingeistigen Bereich die Luft unatembar wurde, bis endlich aus diesem Pandämonium von Ideen, die nach Lebenslenkung gierten – als ob es lebenlenkende Ideen geben könnte –, er sich losrang, unser suchender deutscher Geist, bewährt mit dieser einen Erleuchtung: daß ohne geglaubte Ganzheit zu leben unmöglich ist – daß im halben Glauben kein Leben ist, daß dem Leben entfliehen, wie die Romantik wähnte, unmöglich ist: daß das Leben lebbar nur wird durch gültige Bindungen.

Wie kein Menschengeschlecht vordem weiß sich dieses und das nächste, das wir schon zwischen uns aufsteigen sehen, der Ganzheit des Lebens gegenüberstehend, und dies in einem strengeren Sinne, als ihn romantische Generationen auch nur zu erahnen fähig waren. Alle Zweiteilungen, in die der Geist das Leben polarisiert hatte, sind im Geiste zu überwinden und in geistige Einheit überzuführen; alles im äußeren Zerklüftete muß hineingerissen werden ins eigene Innere und dort in eines gedichtet werden, damit außen Einheit werde, denn nur dem in sich Ganzen wird die Welt zur Einheit. Hier bricht dieses einsame, auf sich gestellte Ich des titanisch Suchenden durch zur höchsten Gemeinschaft, indem es in sich einigt, was mit tausend Klüften ein seit Jahrhunderten nicht mehr zur Kultur gebundenes Volkstum spaltet. Hier werden diese Einzelnen zu Verbundenen, diese verstreuten weltlosen Individuen zum Kern der Nation. Denn von Synthese aufsteigend zu Synthese, mit wahrhaft religioser Verantwortung beladen, nichts auslassend, nirgend zur Seite schlüpfend, nichts überspringend – muß ein so angespanntes Trachten, woanders der Genius der Nation es nicht im Stiche läßt, zu diesem Höchsten gelangen: daß der Geist Leben wird und Leben Geist, mit anderen Worten: zu der politischen Erfassung des Geistigen und der geistigen des Politischen, zur Bildung einer wahren Nation.

In dieser Grundhaltung ist die Sicherung des geistigen Raumes antizipiert, wie in der romantischen Haltung die Vergeudung des Raumes, in der Haltung des Bildungsphilisters die Verengung des Raumes inbegriffen ist.

Was dieser synthesesuchende Geist erringt – wo immer hier, auch in der einzelnen Brust, von Errungenschaften die Rede sein kann –, das sind schon ins Chaos projizierte Punkte, deren Verbindungen den Grundriß jenes Geistraumes ergäben.

Ich spreche von einem Prozeß, in dem wir mitten inne stehen, einer Synthese, so langsam und großartig – wenn man sie von außen zu sehen vermöchte – als finster und prüfend, wenn man in ihr steht. Langsam und großartig dürfen wir den Vorgang wohl nennen, wenn wir bedenken, daß auch der lange Zeitraum der Entwicklung von den Zuckungen des Aufklärungszeitalters bis zu uns nur eine Spanne in ihm ist, daß er eigentlich anhebt als eine innere Gegenbewegung gegen jene Geistesumwälzung des sechzehnten Jahrhunderts, die wir in ihren zwei Aspekten Renaissance und Reformation zu nennen pflegen. Der Prozeß, von dem ich rede, ist nichts anderes als eine konservative Revolution von einem Umfange, wie die europäische Geschichte ihn nicht kennt. Ihr Ziel ist Form, eine neue deutsche Wirklichkeit, an der die ganze Nation teilnehmen könne.

GOTTHOLD EPHRAIM LESSING

ZUM 22. JANUAR 1929

Die geistige Atmosphäre innerhalb dieser (um Grillparzers Worte zu gebrauchen) »wetterwendischen, in sich selber unklaren« Nation, der deutschen, ist in einer solchen Veränderung begriffen, daß es schwierig erscheint – was jedenfalls während der letzten hundert Jahre nicht für schwierig gegolten hätte –, über einen unbezweifelten Klassiker wie Lessing heute etwas auszusagen, worin zugleich das Verhältnis der Allgemeinheit zu ihm klar zum Ausdruck käme. Eine solche Schwierigkeit wäre für einen Franzosen oder Engländer unverständlich, denn dort pflegen auch die heftigsten politischen und sozialen Änderungen die geistigen Hauptverhältnisse unberührt zu lassen. Innerhalb der deutschen Sprachwelt aber sind wir im Zusammenhang mit dem, was geschehen ist, gewissermaßen in ein anderes Klima geraten, von wo aus zu dem sozusagen selbstverständlich Vorhandenen ganz neue Richtlinien gezogen werden müssen.

Trachtet man aber, in sich selber eine neutrale Ebene herzustellen, so erkennt man, daß die Erscheinung dieses außerordentlichen Menschen Lessing sich immer in der gleichen Entfernung von uns befindet – auf einer anderen Ebene zwar als wir selber, aber ohne daß die Distanz sich merklich verändert hätte. Historisch gesprochen, erkennen wir vielleicht mehr als zuvor seine Zusammenhänge mit dem achtzehnten Jahrhundert, dem er so völlig angehört, und darüber hinaus sogar mit dem sechzehnten, dem Jahrhundert des militanten Protestantismus und des militanten Gelehrtentums. Aber mit absoluten Maßstäben gemessen, ist er uns nahe, und gehört zu den Kräften, unter deren Einfluß wir stehen. Der Ton seiner Polemiken, die Vereinigung der Logik mit etwas Höherem, schwer zu Benennendem – das, was seine Logik so wenig trocken erscheinen läßt –; das Wenige und doch Bedeutende, das unser Gedächtnis von seinem Leben mitträgt; die Struktur seiner Stücke, der Rhythmus in ihnen, das Besondere und Einmalige, herb Männliche, leuchtend

Metallische; die merkwürdigen Worte, die gelegentlich über dunkle Gebiete unseres Denkens so blitzartig Licht auswerfen; dies alles ist da und trifft uns mit einer Kraft, der man alles absprechen kann, nur nicht, daß sie lebendig sei. Unsere Schulverfassung, die ja ihrem Geist nach auch schon fast hundert Jahre alt ist, gibt ihm einen imposanten Platz: sie macht aus ihm, mehr als aus einem anderen unserer geistigen Vorfahren, einen Gefährten der Jugend. Man kann zweifeln, wieweit sechzehnjährige Knaben imstande sind, durch solche Verkleidungen hindurch wie den »Laokoon« und die »Hamburgische Dramaturgie« das Großartige seines Charakters zu spüren, aber etwas bleibt von einer solchen Begegnung bei den Empfänglicheren. In einer viel sinnfälligeren Weise hält ihn das Theater am Leben.

Da sind diese drei Stücke: »Minna von Barnhelm«, »Emilia Galotti«, »Nathan der Weise«. Sie sind heute wirksam wie je. Es ist keine Phrase, wenn man sagt, daß durch ihr Wegfallen das Repertoire sehr fühlbar verarmen würde. Was sie stark macht, ist nicht die Erfindung allein und nicht die Charakteristik allein, sondern daß diese beiden ineinandergehen. Lessing hat ausgezeichnete Rollen geschrieben: darum erhalten die Schauspieler seine Stücke auf dem Theater. Aber diese Rollen stehen nicht für sich; sie stehen in Gruppen, und in diesen Gruppen liegt ein ungeheurer Kalkül: so machen die Rollen einander wechselweise noch stärker, als jede für sich schon wäre. Auskalkuliert ist alles an diesen Figuren, aber von einem Mann, dessen Genie die Logik und die Berechnung war. Shakespeare beiseite und Calderon beiseite; aber man nenne mir unter den Deutschen oder überhaupt unter den Modernen, die fürs Theater gearbeitet haben, einen, der es in sich gehabt hätte, aus der auskalkulierten Notwendigkeit, daß er eine Figur brauchte, die dem Odoardo einen Dolch in die Hand spiele, eine Gestalt wie die Orsina herauszuspinnen.

»Emilia« ist das kunstvollste dieser Produkte, im bedenklichen Sinn des Wortes auch, vor allem aber im positiven. Eine Gruppierung wie die: der Prinz, Marinelli, die Orsina, entspringt nur einem Kopf ersten Ranges. Daß der Schluß mit dem Virginiamotiv etwas Überhastetes und Künstliches hat, ist hundertmal ausgesprochen.

Auch gegen die Sprache läßt sich alles sagen – hier ist nichts vom Hauchenden, Seelenhaften, das dann durch Goethe in die Sprache auch des Theaters kam, auch nichts vom finstern Naturlaut, den die Stürmer und Dränger aufbrachten; alle diese Figuren reden in scharfen Antithesen, in pointierten Wendungen, wie wenn sie alle Denker wären, – für diese Sprache aber läßt sich nur das eine sagen: sie hat ein solches geistiges Leben in sich, daß sie aus dem Stück etwas Unverwesliches gemacht hat.

»Nathan« hat man den Gipfel von Lessings poetischem Genie genannt; Friedrich Schlegel nannte es »Lessings Lessing, das Werk schlechthin unter seinen Werken« – andere nennen es ein schwaches Werk, das zwischen der Poesie und Philosophie im Leeren hänge. Das sind Urteile – es ist über wenige Menschen so viel Geistreiches und auch Gescheites gesagt worden wie über Lessing, – aber das Theater gibt die immerhin entscheidende Auskunft, daß »Nathan« auch heute lebt – wenngleich man dieses Stück, für mein Gefühl, nie so gespielt hat, wie es gespielt werden müßte; ganz als das geistreichste Lustspiel, das wir haben, ganz auf die unvergleichliche Gespanntheit dieses Dialoges hin, dies Einander-aufs-Wort-Lauern, Einander-die-Replik-Zuspielen, auf dies Fechten mit dem Verstand (und mit dem als Verstand maskierten Gemüt), wovon das ganze Stück bis in die Figuren der Mamelucken hinab erfüllt ist, fast wie das Stück eines der großen Spanier.

An dem Leben, das in der »Minna« steckt, wagt auch der Zweifel nicht zu zweifeln; hier ist auch die Sprache über dem Nörgeln, aus einem helleren gehämmerten Metall – voll Witz und näher sich herablassend zum Mimischen.

Aber bei scheinbar so großer Verschiedenheit sind sie alle drei innigst verwandt; sie sind wahrhaft die Kinder eines Vaters, und wie seine Polemik aus seinem tiefsten Selbst herauskam, so auch die Dialektik dieser Figuren. Jede von ihnen hat etwas von ihrem Urheber: wie er, stehen sie mitten in einer Nation von Grüblern als höchst ungrüblerische Naturen; den Genuß des Denkens kennen sie alle (das ist, wenn man will, das Unrealistische an ihnen), aber Denken und Handeln sind ihnen eins: das ist das Undeutsche an ihnen.

Er beeinflußte viele, aber in der Stille. Schillers Werden, vor allem der Mut zu den entscheidenden Jugendwerken, ist ohne ihn nicht denkbar; sein Einfluß auf Grillparzer ist versteckt, aber gleichfalls sehr groß: der Dialog Grillparzers, dort wo er am besten, am freiesten von Schiller ist, hat von ihm das Salz im Blut. Andererseits hat er die Iffland und Schroeder hervorgebracht und mit ihnen das ganze deutsche bürgerliche Schauspiel bis auf den heutigen – oder den gestrigen – Tag.

Seine Stücke sind er selbst: seine Wesenheit, Form geworden. So wie diese Figuren sich zueinander und zu sich selber verhalten, so elastisch, bündig, schlagkräftig, voll von einer unglaublichen Wachheit und Bewußtheit (aber ohne alles Zerfaserte und Bohrende), so war er selbst. So verlief diese ganze Existenz. Physiognomisch genommen, um Rudolf Kassner das Wort zu entlehnen, dem seine Arbeiten eine so große Tragweite gegeben haben, ist es eine Figur von solcher Geschlossenheit, wie die deutsche Literaturgeschichte keine zweite aufzuweisen hat. Das ganze männlich Freie, Trockene seiner Lebensführung; die Existenz als freier Gelehrter, als Rezensent, in einer so dumpfen, gebundenen Welt; die Lust am Umspringen, am Wechsel immer wieder (ohne jedes romantische Schweifen) – am Kampf, in dieser herrisch nüchternen Weise; die paar Freundschaften mit Männern, mit dem unglücklichen Ewald von Kleist, mit Moses Mendelssohn; die späte Brautschaft und Ehe, der tiefe Ernst darin und doch das Schwingende; die letzten Jahre als Bibliothekar in Wolfenbüttel, und der frühe Tod, auch er von einem fast römischen Stil in der Nüchternheit – die Abwesenheit gewollt jeder Repräsentation, lebenslang; die paar Details, die wir wissen: die eingestandene Liebe zum Spieltisch, das immer Traumlose seiner Nächte: alles geht zusammen zu einer imponierenden Einheit wie die Züge an einer römischen Porträtbüste.

Achtung zu fühlen, Achtung zuzuerkennen dort, wo er sie fühlte, das setzte sein Gemüt in Bewegung. Da ihm edle Juden, oder ein edler Jude, begegneten, bezeigte er den Juden Achtung; er spricht durch den Mund des alten Galotti von jener »guten, unsers Mitleids, unsrer Hochachtung so würdigen Gattung der Wahnwitzigen«. Die Gesinnung im allgemeinen ist die des Jahrhunderts, aber im Ausdruck ist der ganze Lessing. In der Art, wie er Achtung zuerkannte (und wie er sie verweigerte), liegt das ganze Pathos des Menschen; ein schwingender Stahlstab, fix an einem granitenen Sockel, dem Verstand. Neben ihm, nach ihm, bricht der Schwall durch: der Überschwang des »Werther« (den er geringschätzte), der Überschwang der Stürmer und Dränger (die er mißachtete), Jean Paul, die Romantik, Hegel, Fichte, Schelling: das Ausschweifende des Geistes, mit dem diese »gedankenvolle, aber tatenarme« Nation auf die französische Ausschweifung des Handelns antwortete.

Er war von einem anderen Geschlecht; er zeigte eine Möglichkeit deutschen Wesens, die ohne Nachfolge blieb; er beherrschte den Stoff, statt sich von ihm beherrschen zu lassen. Seine Bedeutung für die Nation liegt in seinem Widerspruch zu ihr. Innerhalb eines Volkes, dessen größte Gefahr der gemachte Charakter ist, war er ein echter Charakter.

DRUCKNACHWEISE

SW: Hugo von Hofmannsthal, Sämtliche Werke. Kritische Ausgabe. Veranstaltet vom Freien Deutschen Hochstift. Frankfurt am Main: S. Fischer Verlag 1975 ff.

GW: Hugo von Hofmannsthal, Gesammelte Werke in zehn Einzelbänden. Herausgegeben von Bernd Schoeller in Beratung mit Rudolf Hirsch. Frankfurt am Main: Fischer Taschenbuch Verlag 1979.

GEDICHTE

SW, Bd. I, ›Gedichte 1‹. Hg. v. Eugene Weber (1984), S. 7, 26, 31, 43, 44, 45, 48, 49, 50, 52, 54, 63, 78, 84, 88, 95 u. 106.

DRAMEN

Der Tod des Tizian

SW, Bd. III, ›Dramen 1‹. Hg. v. Götz Eberhard Hügner, Klaus Gerhard Pott, Christoph Michel (1982), S. 221–235.

Jedermann

Hugo von Hofmannsthal: ›Jedermann. Das Spiel vom Sterben des reichen Mannes‹. Aufgrund der Vorarbeiten des Dichters revidierter Text. Hg. v. Heinz Rölleke. Frankfurt am Main: Fischer Taschenbuch Verlag 1990, S. 11–104.

ERZÄHLUNGEN

SW, Bd. XXVIII, ›Erzählungen 1‹. Hg. v. Ellen Ritter (1975), S. 5–11 (›Das Glück am Weg‹); 13–30 (›Das Märchen der 672. Nacht‹); 37–48 (›Reitergeschichte‹) u. 49–60 (›Erlebnis des Marschalls von Bassompierre‹).

SW, Bd. XXIX, ›Erzählungen 2‹. Hg. v. Ellen Ritter (1978), S. 228–230 (›Gerechtigkeit‹).

GW, ›Erzählungen, Erfundene Gespräche und Briefe, Reisen‹, S. 67–81 (›Soldatengeschichte‹).
SW, Bd. XXXIII, ›Reden und Aufsätze 2‹. Hg. v. Martina Schmidt u. Konrad Heumann (in Vorbereitung), ›Die Wege und die Begegnungen‹.

REDEN UND AUFSÄTZE

GW, ›Reden und Aufsätze I‹, S. 475–478 (›Eleonora Duse. Die Legende einer Wiener Woche‹), 351–356 (›Schiller‹), 54–81 (›Der Dichter und diese Zeit‹) u. 425–431 (›Deutsche Erzähler‹).
GW, ›Reden und Aufsätze II‹, S. 107–113 (›Shakespeare und wir‹), 258–263 (›Die Salzburger Festspiele‹), 82–86 (›Rede auf Beethoven‹) u. 169–175 (›Deutsches Lesebuch‹).
GW, ›Reden und Aufsätze III‹, S. 24–41 (›Das Schrifttum als geistiger Raum der Nation‹) u. 138–142 (›Gotthold Ephraim Lessing‹).

HUGO VON HOFMANNSTHAL

GESAMMELTE WERKE

IN ZEHN EINZELBÄNDEN

Herausgegeben von Bernd Schoeller
in Beratung mit Rudolf Hirsch

Gedichte – Dramen I (1891-1898)
Gedichte. Gestalten. Prologe und Trauerreden
Idylle.Gestern. Der Tod des Tizian. Der Tor und der Tod
Die Frau im Fenster. Die Hochzeit der Sobeide. Das Kleine
Welttheater. Der weiße Fächer. Der Kaiser und die Hexe
Der Abenteurer und die Sängerin
Band 2159

Dramen II (1892-1905)
Ascanio und Gioconda
Alkestis. Das Bergwerk zu Falun. Elektra
Das gerettete Venedig. Ödipus und die Sphinx
Band 2160

Dramen III (1893-1927)
Jedermann
Das Große Welttheater. Der Turm
Prologe und Vorspiele. Dramen-Fragmente
Band 2161

Dramen IV (Lustspiele)
Silvia im »Stern«
Cristinas Heimreise. Der Schwierige. Der Unbestechliche
Timon der Redner. Mutter und Tochter
Band 2162

Dramen V (Operndichtungen)
Der Rosenkavalier
Ariadne auf Naxos. Die Frau ohne Schatten. Danaë
Die Ägyptische Helena. Arabella
Band 2163

fi 214 / 5 a

Dramen VI
(Ballette - Pantomimen - Bearbeitungen - Übersetzungen)
Pantomimen zu ›Das Große Welttheater‹
Sophokles: »König Ödipus«
Molière: »Die Lästigen«; »Der Bürger als Edelmann«
Raimund: »Der Sohn des Geisterkönigs«
Calderon: »Dame Kobold«
Band 2164

Erzählungen
Erfundene Gespräche und Briefe - Reisen
Märchen der 672. Nacht
Die Wege und die Begegnungen. Lucidor
Andreas oder die Vereinigten. Die Frau ohne Schatten
Brief des Lord Chandos. Das Gespräch über Gedichte
Augenblicke in Griechenland u.a.
Band 2165

Reden und Aufsätze I (1891 - 1913)
Poesie und Leben
Shakespeares Könige und große Herren
Der Dichter und diese Zeit. Eleonora Duse
Schiller. Balzac. Deutsche Erzähler
Goethes »West-östlicher Divan«. Raoul Richter u.a.
Band 2166

Reden und Aufsätze II (1914 - 1924)
Rede auf Beethoven. Rede auf Grillparzer
Shakespeare und wir. Ferdinand Raimund
Deutsches Lesebuch. Max Reinhardt
Appell an die oberen Stände. Preuße und Österreicher u.a.
Band 2167

Reden und Aufsätze III (1925 - 1929)
Aufzeichnungen
Das Schrifttum als geistiger Raum der Nation
Wert und Ehre deutscher Sprache
Gotthold Ephraim Lessing. Das Vermächtnis der Antike
Buch der Freunde. Ad me ipsum u.a.
Band 2168

FISCHER TASCHENBUCH VERLAG

fi 214 / 5 b

Hugo von Hofmannsthal
Christiane Gräfin Thun-Salm

Briefwechsel

Herausgegeben von Renate Moering

448 Seiten. Leinen

In seinem Dialog mit der Gräfin Thun-Salm spürt man Distanz und Nähe, vorwaltend aber Respekt und Sympathie, Hinwendung zum Stil aristokratischer Zirkel, vor allem Teilnahme am familiären Ergehen wie an den literarischen Arbeiten. Gräfin Christiane war für ihre Verhältnisse fortschrittlich. Hofmannsthal schätzt ihre Stücke und Erzählungen. Der erhaltene Briefwechsel reicht von 1901 bis 1913. Die Beziehung soll nach dem Zusammenbruch des Habsburger Reiches mit einem politischen Disput abrupt geendet sein. Hofmannsthal: »Ich denke nach, was das Gemeinsame von allen Ihren Briefen ist, und das Gemeinsame der Briefe wieder mit Ihren Worten, Ihrem Schauen und Ihrem stummen Zuhören. Ich glaube, es ist eine undefinierbare Wärme, die von allem ausgeht.«

Hugo von Hofmannsthal
Sämtliche Werke
Kritische Ausgabe in 38 Bänden

Veranstaltet vom Freien Deutschen Hochstift

Herausgegeben von
Rudolf Hirsch †, Mathias Mayer, Christoph Perels,
Edward Reichel und Heinz Rölleke

Bereits erschienen:

Band I: Gedichte 1
Herausgegeben von
Eugene Weber. 1984.
468 Seiten. Leinen

Band II: Gedichte 2
Herausgegeben von
Andreas Thomasberger
und Eugene Weber †
Aus dem Nachlaß. 1989.
532 Seiten. Leinen

Band III: Dramen 1
Herausgegeben von
Götz Eberhard Hübner,
Klaus-Gerhard Pott
und Christoph Michel. 1982.
854 Seiten. Leinen

Band IV: Dramen 2
Herausgegeben von
Michael Müller. 1984.
309 Seiten. Leinen

Band V: Dramen 3
Herausgegeben von
Manfred Hoppe. 1992.
568 Seiten. Leinen

Band VI: Dramen 4
Herausgegeben von
Hans-Georg Dewitz. 1995.
416 Seiten. Leinen

Band VII: Dramen 5
Herausgegeben von
Klaus E. Bohnenkamp und
Mathias Mayer. 1996.
384 Seiten. Leinen

Band VIII: Dramen 6
Herausgegeben von
Wolfgang Nehring und
Klaus E. Bohnenkamp. 1983.
748 Seiten. Leinen

S. Fischer

fi 555 036 / 1 / a

Band IX: Dramen 7
Herausgegeben von
Heinz Rölleke. 1990.
348 Seiten. Leinen

Band X: Dramen 8
Herausgegeben von
Hans-H. Lendner und
Hans-G. Dewitz. 1977.
336 Seiten. Leinen

Band XI: Dramen 9
Herausgegeben von
Mathias Mayer. 1992.
680 Seiten. Leinen

Band XII: Dramen 10
Herausgegeben von
Martin Stern in Zusammenarbeit mit Ingeborg Haase und
Roland Haltmeier. 1993.
500 Seiten. Leinen

Band XIII: Dramen 11
Herausgegeben von
Roland Haltmeier. 1986.
265 Seiten. Leinen

Band XIV: Dramen 12
Herausgegeben von
Jürgen Fackert. 1976.
664 Seiten. Leinen

Band XV: Dramen 13
Herausgegeben von
Christoph Michel und
Michael Müller. 1990.
350 Seiten. Leinen

Band XVI.1: Dramen 14.1
Herausgegeben von
Werner Bellmann. 1991.
636 Seiten. Leinen

Band XVI.2: Dramen 14.2
Herausgegeben von
Werner Bellmann und
Ingeborg Beyer-Ahlert. 2000.
576 Seiten. Leinen

Band XVIII: Dramen 16
Herausgegeben von
Ellen Ritter. 1987.
572 Seiten. Leinen

Band XIX: Dramen 17
Herausgegeben von
Ellen Ritter. 1994.
504 Seiten. Leinen

Band XX: Dramen 18
Herausgegeben von
Hans-Georg Dewitz. 1987.
300 Seiten. Leinen

S. Fischer

fi 555 036 / 1 / b

Band XXI: Dramen 19
Herausgegeben von
Mathias Mayer. 1993.
336 Seiten. Leinen

Band XXII: Dramen 20
Herausgegeben von
Mathias Mayer. 1994.
320 Seiten. Leinen

Band XXIII: Operndichtungen 1
Herausgegeben von
Dirk Hoffmann und
Willi Schuh. 1986.
758 Seiten. Leinen

Band XXIV: Operndichtungen 2
Herausgegeben von
Manfred Hoppe. 1985.
318 Seiten. Leinen

Band XXV.1: Operndichtungen 3.1
Herausgegeben von
Hans-A. Koch und
Ingeborg Beyer-Ahlert. 1996.
800 Seiten. Leinen

Band XXV.2: Operndichtungen 3.2
Herausgegeben von
Ingeborg Beyer-Ahlert. 2001.
656 Seiten. Leinen

Band XXVI: Operndichtungen 4
Herausgegeben von
Hans-A. Koch. 1976.
356 Seiten. Leinen

Band XXVII: Ballette – Pantomimen – Filmszenarien
Herausgegeben von
G. Bärbel Schmid. 2002.
600 Seiten. Leinen

Band XXVIII: Erzählungen 1
Herausgegeben von
Ellen Ritter. 1975.
462 Seiten. Leinen

Band XXIX: Erzählungen 2
Herausgegeben von
Ellen Ritter. 1978.
424 Seiten. Leinen

Band XXX: Roman. Biographie
Herausgegeben von
Manfred Pape. 1982.
504 Seiten. Leinen

Band XXXI: Erfundene Gespräche und Briefe
Herausgegeben von
Ellen Ritter. 1992.
560 Seiten. Leinen